深度討論力

高教深耕的國文閱讀思辨素養課程

王世豪——主編

序

國文改革起步走

　　國立臺灣師範大學自民國35年（1946）創校以來，全校的「國文」課悉由國文系負責課程規畫及教學支援。教學目標主要是提升學生語文能力、豐富文化涵養，因此課程多以研讀古今文選，或配合教師專長講授經典作品。民國105年（2016）本校成立共同教育委員會，下設國文教育組、外文教育組、普通體育組，「國文」課的主責單位由國文系改為共教國文組，包括課程規畫、教材教法、學習成效、資源投入等，悉改由全校觀點進行整體思考與設計。為了避免課程淪為「高四國文」，針對教學目標和教學方法有了全面性的改革。

　　這項工程的靈魂人物，是本校國文系教授、同時也是著名作家徐國能先生。他在接下共教國文組主任職務後，宣布「國文」課不再以提升語文能力、豐富文化涵養為唯一導向，更優先的教育目標，是為大一學生建立思考辯證的習慣，進而提升他們中文寫作的能力。為此，校方引進美國賓州大學Prof. P. Karen Murphy等人開發的「深度討論」（Quality Talk）教學法，教師在課堂上除了帶領學生閱讀文本，還要組織學生進行深度且有意義的討論對話，並且鼓勵學生進行「議題導向」（guiding question）的寫作訓練。

　　閱讀─思辯─寫作，成為臺灣師大「國文」課連貫的教學重心。在變革伊始，師生主要把心力放在「深度討論」（Quality Talk）教學法的學習與應用上，兩年下來累積了不少挫折，也獲致許多心得，因此有好幾位老師撰文把他們的課堂實踐寫成文章，將寶貴的經驗分享給學界同好，於是有了《深度討論力──高教深耕閱讀思辨及書寫教學研究與實踐》這本書的產出。同時，在交流的過程中，有老師注意到不同的文本選擇可能引

發不同的教學設計，因此老師們決定提供自己的課堂選文及相應的教學設計，期望藉此創造更多的對話空間，於是造就《深度討論力——高教深耕的國文閱讀思辨素養課程》。

　　感謝王世豪老師帶領十餘位國文老師推動這項變革，這些老師平均年齡大概三十五、六歲，為了讓國文課更好，他們自發地組織教師社群，無私地貢獻個人心力，才能快速累積這麼多的教學心得。另外，也要感謝本校教學發展中心提供支援，就我所知，很少有學校願意為以兼任老師為主體的教師社群提供補助，希望這兩本書的出版可以證明他們的眼光。

　　國文改革起步走，歡迎有志同好作伙來！

胡衍南

國立臺灣師範大學國文系教授
副教務長
通識教育中心主任
共同教育委員會國文組主任

序

大學國文的淺思考

　　中文人人會講，國字人人會寫，小學中學，國文十二年的學習考試，上了大學，我們還需要再學一年的國文嗎？如果那還是必要的，課程的內容仍是從〈鄭伯克段於鄢〉、《莊子・秋水》一路上到余光中和黃春明嗎？而教師除了分享閱讀心情，聆聽同學報告、演戲之外，還能做些什麼？

　　如果我們假定，大學生在入學時應已具備一定的國文能力，則大學國文的使命，除了提升、優化其程度以外，必然有更重要的目標，同時也應思考達成此目標的方法與手段。就我個人實際參與大學國文的教學經驗，我認為大學國文至少在三方面必須有所創新和突破：

　　第一，讓學生懂得思辨。

　　「思辨」是一個抽象的概念，此處所指並非專業領域內複雜問題的實務解決之道，而是以具有人文內涵的理解和分析能力，來面對一課題。而這種能力必須奠基於對事物脈絡的完整關照和多元理解，國文的教學透過文本閱讀，解讀文本表面的意涵屬於相對較為初階的學習，如何能引領學生進入文本深層結構，思考文字未嘗呈現，但更為深刻的意識或價值觀，是大學國文責無旁貸的訓練。換言之，大學國文所教授的作品，其難度並非在於表面字詞典故，而是在於作品本身所蘊含的問題意識；教授的困難也不是在於如何去解釋這問題，而是如何引領學生自發性地思考、辨識、追索這些問題。

　　國文課所授作品，宜選擇內蘊較深、結構較為複雜的文本；這類文本可能更接近人生路上所面臨的困難或險境。而國文課的訓練，正是讓學生在洞悉結構、看清本質、破除思考惰性的訓練，未來在職場或人生，很可

能有相當決定性的影響。

　　第二，讓學生能夠溝通。

　　基於上述的理想，「思辨」絕非透過教師一人講授而可能達成，討論、辯難或質疑等實際操作，很可能更是讓學生自發性思考的重要過程。相互討論除了意見交流，在有經驗的教師引導下，學生更能思考「差異」是如何形成的。「差異」可能來自性別、種族、文化、階級、政治立場等不同背景，也可能是本身性格或對知識的認識，對語文的理解所致。因此國文課如果能提供一個深度討論的環境，讓學生體會思想意見上的衝突與接納，並感受異質性同儕所帶來的價值差異，這對學生的心靈成長及社會化，具有相當正向的價值。

　　同時這樣的討論過程是語言最佳的練習，如何說服、如何反駁，在修辭、情態及語言的深度調動下，怎麼「說」才是最有效的表達，這些都是非常重要的訓練，也是國文課所應提供的訓練平台。尤其亞洲學生，從小並不被鼓勵表達自我意見，因此國文課的溝通訓練，在靜態的閱讀、寫作外，如果能具備動態的語言討論，並在具有專業的教師指導下進行，則「溝通」的能力，相信會是學生最寶貴的人生資產。

　　第三，讓學生自覺創新。

　　未來的趨勢是大數據、人工智慧、互聯網、高速下載等科技，而「人」的價值，最不可替代的便是感受與創新。創新並不會憑空而來，而是需要觸發、創意和團隊合作。國文課如果能透過學習活動的刺激，讓學生自由發揮創意，並接受同儕間的批評與競爭，課程激發其勇於創造、善於求變的思考態度，未來在職場上，也將具有更多的競爭力。

　　教育本來應具有鼓勵創新、挑戰傳統權威的價值，但台灣在中小學的教育中，習慣給予既定答案和反覆記憶與習作操練，讓屬於「人」的創新價值多被壓抑，因此學習只是求知，而非啓智。大學國文如果能就藉由各種議題設定，在沒有標準答案的學習環境下，鼓勵學生發揮創意，讓他們找回自己原本具有的可貴能力，這將是大學教育最可貴的部分。

　　上述理想在過去實踐上充滿困難，缺乏適當教材、缺乏教學設計和缺乏理論基礎都可能讓這類理想礙難實踐。不過師大共同教育中心國文組經

過了這幾年努力的實踐,終於有了初步的成果,而本書,即是薈萃了諸多教師努力的心血,可說是為大學國文改革踏出了堅實的第一步。

　　我期待這本書能為大學國文的教學夥伴提供教學實務與教學靈感上的幫助,更期待能有更多教師投入大學國文教學設計。有時候,我覺得傳統的教學方式也非常好,親炙大師,深思大道,也可以帶給我們很多智慧。但是如果我們想嘗試一些教學上的變化,或是帶給學生不一樣的學習目標,我相信這本書絕對是一個非常好的開始。我也期待這個工作能持續進行,未來有更多成果能嘉惠教師與學生。教學是快樂而有意義的事,每一次的相遇,都是成長的開端。

徐國能

臺灣師範大學國文系教授

當代華文作家

編輯說明

　　本書作為深度討論教學法在大學國文課程的教學參考，有別於一般大學共同國文教材的編纂，是以固定選文及純粹的問題思辨為主要內容，而是採取有機的、延伸的、互動的模式，將單元精神、選文閱讀、深度討論，體現在教學活動當中。

　　本編以「閱讀思辨」為主軸，內容的設計依循深度討論教學（Quality Talk）模式之要求，由教師負責「文本選擇」以及「主題決定」。主題為「認識自我與發展未來」、「經典閱讀與深度思辨」、「專題探索與優質表達」三個單元，依其屬性擇取文本，提供學生於課堂中進行閱讀思辨及深度討論。

　　結構的安排為「三綱四目」之設計，在三個單元下，進行主題的概述，然後分為「一、教材來源」、「二、說明簡介」、「三、深度討論」、「四、作業活動」四個部分，收錄「文本內容」，說明「選文出處」、「介紹文本主題」。

　　接著進入「深度討論」中「教師引導問題」和「學生深度討論」的核心課程。其中註明教師問題之類型，作為學生自我小組提問的參酌，並設計「深度討論單」，附記各類型之深度討論類型之說明，引導學生討論時能符合深度思辨的期待，提出「理解型問題（uptake questions=UTs）」和「高程度思辨型問題（high-level thinking questions=HLTs）」。

　　最後於「作業活動」中，透過各主題及文本所設計及規劃之練習與活動，產生「支持性討論（Support Question）」及進一步地「批判性的反思（Critical thinking）」與「創造性的思考（Creative Thinking）」。

　　在每個單元選文之後，還會提供該單元主題相關之延伸篇目，作為教師闡述、學生閱讀文本的擴充，有助於深度討論教學法中關聯性延伸型問題（connection questions=CQs）的觸發及引導。

　　本書的選文及參考延伸書目和深度討論活動，屬於三大單元框架之下

的教學應用，目的在於保留討論教學的彈性以及各類議題的時效性與實用性，故會在學生的研討和教學活動的進行當中，激發出更多含有個人學習經驗和觸媒新生的篇章、議題與問題。整本教學手冊將於每次的課程進行過程中，不斷產生新內容與連結更多的訊息，每一個班級、每一位老師、每一個學期的結束，就會成就更多元豐富的面貌，該本書即為該班級進行深度討論教學的成果，也成為未來教學手冊修訂與增補的極具價值的參考材料。

王世豪

國立臺灣師範大學共同教育委員會國文組

國立雲林科技大學漢學應用研究所

深度討論教學法在閱讀理解的教學應用　(9)

深度討論教學法在閱讀理解的教學應用

　　學生在進入大學高教體系之後，面臨了專業學識與博雅通識兩大類的學習範疇，而這兩大範疇的學習基礎在於能否運用精通流利的語文能力，進行各類主題的思辨與表述。這也是臺灣師範大學將大學國文、英文界定為「共同學科」而非「通識」的原因。

　　長年以來針對國語文的教學模式，已經逐漸脫離由老師講授、學生聽寫的模式，但是仍舊在「教師引導-學生回應—教師評估」（Initiation-Response-Evaluation, IRE）模式（Chinn, Anderson, & Waggoner, 2001）的框架裡頭打轉。此教學模式在動機方面端賴各課堂老師的引導和帶領，常常流於課堂上單向的反射性回應，而無法激起學生學習意願和深化研討與思辨的能力。

　　深度討論（Quality Talk）教學法的研究起自於2002年，P.Karen Murphy、Ian Wilkinson、Ana Soter三位學者開始針對課堂討論的教學模式進行研究調查。在課堂教學過程中，P.Karen Murphy教授和其研究團隊採用了「協同推理（Collaborative reasoning）」、「教學研討會（Paideia seminar）」、「兒童哲學（Philosophy for children）」、「教學對話（Instructional conversations）」、「少年好書共享查詢（Junior great books shared inquiry）」、「質疑作者（Questioning the author）」、「讀書會（Book club）」、「大話題的對話（Grand conversations）」、「文學圈（Literature circles）」等九種模式，觀察如何提升學生高層次的理解力。其中她們觀察到學生藉由討論的方式對其所學習的文本或主題的理解能力較之純粹由老師課堂的講述來得更高。（王世豪，2018）

　　深度討論的教學宗旨意在透過學生對於文本或主題的高層次討論，提升學生高端深度的理解力。以小組討論作為基本模式，藉由課程中的對話，使學生加深對文本或該主題所包含各種現象的理解。學生得以透過這種模式的討論進而提升其運用環繞該文本主題的探索性問題、稱量分析、

推理論證的思辨能力。

其教學架構可從下表得知：

指標	理想狀態
討論前活動	為促進個人回應
文本選擇	教師
主題決定	教師
詮釋文本	學生
輪流順序	學生
全班／小組	小組
教師／學生領導	兩者都會進行，一開始由教師引導。
如何分組	異質性能力分組
閱讀文本時間點	在小組討論之前閱讀
文本類型	各類型文本
表達立場	學生能夠表達自己的立場（Medium to high）
資訊立場	學生能夠從閱讀中獲得知識（Medium to high）
批判分析性立場	學生能夠提出自己的批判性想法（High）
活動後討論	有時檢討討論過程，或文本內容。

整理自Pennsylvania State University, 2016，陳昭珍，2019

上述的教學模式，重點在由學生主導文本內容的討論，教師在課程討論所扮演的只是一個「弱化的引導者（fading facilitator）」，而讓學生成為主導對話的要角。在討論的過程中，老師可以適恰地提供「引導（Channeling）」、「挑戰（Challenging）」、「檢視（Checking）」、「釐清（Clarifying）」、「摘述（Debriefing）」、「指導（Instructing）」、「評分（Marking）」、「建構（Modeling）」、「程序（Procedural）」、「提示（Prompting）」、「讀誦（Reading）」、「總結（Summarizing）」。這些執行原則和方式，教師必須知曉在討論課程之中何時轉變這諸多規則或者同時制定其他多個規範，使討論能順利進行。（王世豪，2018）

討論時並非單純提出問題，而是必須清楚知曉自己應該提出「什麼類型的問題」，才有助於「深度的討論」，其問題類型有：

問題事件	代碼	定義與範例
求知型問題 Authentic Question	(AQ)	開放性問題，問題具多樣性，提問者對於他人的回答感興趣。除測試型問題以外都為求知型問題。
測試型問題 Test Question	(TQ)	特定答案的問題，封閉性的問題，無法誘發更多的討論。
追問型問題 Uptake Question	UT	是追問其它人所說的意見，用以釐清、深化問題與認知，並會帶出更多的對話。
高層次思考問題 High-Level Thinking Question，包括：	(HLT)	
分析型問題	Ay	找出文本各部分不同的看法，及這些看法有何相關的問題
歸納型問題	Ge	整合相關資訊得到更通用化概念的問題
推測型問題	SQ	思考各種可能性的問題
支持性討論 Support Question，包括：	(SP)	
感受型問題	Af	將文本與回應者自身的情感或生命經驗連結
連結型問題	CQ	將這次的討論與上一次的討論或上次已分享的知識連結

資料來源：Wilkinson, I. A. G., Soter, A. O., & Murphy, P. K. (2010)，陳昭珍，2019

　　綜上所述可以發現，在「閱讀理解」的教學上，透過深度討論教學法能夠完整的將閱讀理解四大層次含括在其中：

閱讀理解的層次	深度討論問題類型	深度討論回應表述
提取訊息	求知型問題	解釋性談話Elaborated Explanation
推論訊息	追問型問題、推測型問題	探索性談話Exploratory Talk
詮釋整合	分析型問題、感受型問題	累積式談話Cumulative Talk
比較評估	歸納型問題、連結型問題	探索性談話Exploratory Talk

王世豪，2019

　　如果進一步結合老師的在深度討論課程中的職能，以及結合閱讀理解中「認知發展」的關係，則如下表：

教師引領討論、進階討論論述類型與認知歷程向度對照表

教師引領討論的任務	認知歷程向度	進階討論之論述類型（學生）
「檢視（Checking）」 「提示（Prompting）」 「讀誦（Reading）」	記憶（Remember）： a.再認。b.回憶。	詳盡地闡述說明（elaborated explanations=EEs）
「引導（Channeling）」 「釐清（Clarifying）」 「摘述（Debriefing）」 「指導（Instructing）」	了解（Understand）： a.詮釋。b.舉例。c.分類。d.摘要。e.推論。f.比較。g.解釋。	
「挑戰（Challenging）」 「建構（Modeling）」	應用（Apply）： a.執行。b.實行。	探究式的論述（exploratory talk=ET）
「釐清（Clarifying）」 「程序（Procedural）」 「檢視（Checking）」	分析（Analyze）： a.辨別。b.組織。c.歸因。	累進式的論述（cumulative talk=CT）
「評分（Marking）」 「總結（Summarizing）」	評鑑（Evaluate）： a.檢查。b.評論。	

王世豪，2018

　　可以得見從「教師」和「學生」雙方在深度討論的教學模式中，將閱讀理解和認知發展學習做精準的搭配，把學習理論、教學方法運用於課程現場之中。

　　教育部為因應全球化與知識經濟的潮流，在過去十年邁向頂尖大學計劃、獎勵教學卓越計畫之後，提出「高教深耕計畫」的藍圖。其著重的「教學創新」是以學生為主體，用「解決問題」為目標來組織學習共同體，創建學習模式，讓學生以互動的方式，主動積極地「發現問題，分析問題和解決問題」。深度討論教學法正回應了該計劃的核心，也符合其期待之教學策略。

　　日本教育學者齋藤孝的「提問力」和管理學者大前研一的「質問力」，談的是未來職場上人才必備的基礎思維和能力。重新翻轉學生在閱讀理解的認知，由他們自我為起始，使他們在進入社會的前哨站——「大學」的學習生涯中，培養出具備理解、思辨、分析、批判的「深度討論力」。

王世豪

國立臺灣師範大學共同教育委員會國文組
國立雲林科技大學漢學應用研究所

目　次

序〈國文改革起步走〉/ 胡衍南　　　　　　　　　　　　　　(2)

序〈大學國文的淺思考〉/ 徐國能　　　　　　　　　　　　　(4)

編輯說明 / 王世豪　　　　　　　　　　　　　　　　　　　　(7)

深度討論教學法在閱讀理解的教學應用 / 王世豪　　　　　　(9)

第一單元　認識自我與發展未來

單元說明 從深度討論中發現深層的自我　　　　　　　　　　1

　　厭世哲學家：〈面對排山倒海的標籤，就連最有個性的

　　作家魯迅都「找不到自己」〉　　　　　　　　　　　　　2

　　顧玉玲：〈俊興街224巷〉（節錄）　　　　　　　　　　　9

　　簡媜：〈風中的白楊樹〉　　　　　　　　　　　　　　　17

　　王文華：〈我的生日禮物〉　　　　　　　　　　　　　　23

　　許榮哲：〈名字，重複一輩子的愛〉　　　　　　　　　　31

　　舒國治：〈玩古最癡，玩古何幸〉　　　　　　　　　　　37

　　蔣勳：〈少年彌陀〉　　　　　　　　　　　　　　　　　43

　　李明倩：〈念書時該怎麼聆聽〉、〈學樂器生活品質更好〉　51

　　曹雪芹：《紅樓夢》（節選）　　　　　　　　　　　　　61

第二單元　經典閱讀與深度思辨

單元說明 從深度討論中思辨經典的意義　　　　　　71

　　佚名：〈盧充幽婚〉　　　　　　72

　　佚名：《大學》　　　　　　79

　　佚名：《禮記·冠義》　　　　　　85

　　佚名：〈上山采蘼蕪〉　　　　　　91

　　馮夢龍：〈白娘子永鎮雷峰塔〉　　　　　　95

　　李復言：〈杜子春〉　　　　　　125

　　芥川龍之介：〈杜子春〉　　　　　　133

　　魯迅：〈狂人日記〉　　　　　　147

　　佚名：〈錯斬崔寧〉　　　　　　161

　　張小虹：〈資本主義的「時物鏈」〉　　　　　　181

第三單元　專題探索與優質表達

單元說明 從深度討論中探索社會與表述觀點　　　　　　189

　　焦桐：〈論便當〉　　　　　　190

　　張系國：〈星際大戰爆發以前〉　　　　　　203

　　林立青：〈呷藥仔〉（節錄）　　　　　　211

　　徐國能：〈第九味〉（節錄）、楊索：〈回頭張望〉
　　　　　（節選）　　　　　　217

劉政暉：〈從《可可夜總會》，看見全球競合力的重要〉　231

蔣勳：〈薩埵那太子捨身飼虎〉（節錄）　241

平路：〈人工智慧紀事〉　249

陳義芝：〈為了下一次的重逢〉　275

林建華：〈星巴克與城市杯〉、戴翊峰：〈致六輕——我看見
　　灰白煙囪和燃燒的海〉　285

李立凡：〈黑奴、侵略與大屠殺：Brenda Romero 的《新世界》
　　創作挑戰〉　297

編輯後記　308

第一單元 認識自我與發展未來

單元說明 從深度討論中發現深層的自我　　　　　王世豪

　　大學初入學的新生，在結束十二年基礎教育的同時，也面臨了自我生命的重新定位，並且開始嘗試摸索未來的方向。

　　德國的諺語說：「只有在人群中間，才能認識自己。」老子也說：「知人者智，自知者明。」在跨入社會的前段——大學生涯，有識者必然會展開一場自我追索，無感者或許也能透過一場恰當的學習模式，發現深層的自我。故本單元之設計，在於透過深度討論的模式，讓學生在廣泛的文本閱讀與互動談論、激辯交鋒之中，藉由個人閱讀的理解與彼此觀點的碰撞，慢慢構築屬於自己生命的框架，開展人生未來的道路。

面對排山倒海的標籤，就連最有個性的作家魯迅都「找不到自己」

厭世哲學家

一、教材來源

文本內容

> **我們想讓你知道的是**
>
> 　　不只他活著的時候，做不了自己；在他死後，他還是做不了自己。魯迅死後，立刻被當成各種標籤，供奉在神壇上，說他是什麼偉大的革命思想家，偉大的革命主義導師……，你倒是說說看，我們要如何在人際互動中，找到自己呢？
>
> 　　提倡個人主義，且一向被視為最有個性的作家──魯迅，竟然說他找不到自己。
>
> 　　我在這裡（編按：指廣州），被抬得太高，苦極！……我想不做名人了，玩玩。一變「名人」，「自己」就沒有了。
>
> ──魯迅寫給好友川島的一封信，收錄於《魯迅文集》
>
> 　　魯迅是「個人主義」的信奉者。劉半農曾經用「托尼學說，魏晉文章」來形容魯迅這個人，魯迅本人也覺得很貼切。所謂「托尼學說」，指魯迅推崇托爾斯泰及尼采的個人主義思想；「魏晉文章」則指魯迅的風格與魏晉文人相似，充滿「個體自覺」的精神。
>
> 　　簡單來說，魯迅如果活在現代，他肯定是一個鼓吹大家「勇敢做自己」的人。縱觀魯迅的一生，他是一個特立獨行，不追隨

流俗的人，確實是很「做自己」沒錯；但正是因爲他太「做自己」，所以容易被眾人當成一個標籤來利用，也因爲他太敢表達自己的想法，所以容易被有心人士抓住把柄攻擊。

1926年8月，魯迅因支持北京學生愛國運動，抗議三一八慘案，對北洋政府失望，於是南下廈門大學任文科教授。

魯迅之所以離開北京，就是爲了躲避北京的政治鬥爭；但想不到去了廈門大學之後，學校裡竟然也是鬥來鬥去，而且鬥得更兇。由於魯迅的理念與校方不合，又不願意妥協，所以校方與幾個教授聯合起來排擠他，說他太有個性，喜歡賣弄「名士脾氣」；又說魯迅不是眞心要來廈大教書，只是要來搗亂、放火的。魯迅曾批評這一干人「正如明朝的太監，可以倚靠權勢，胡作非爲」，又說「我以北京爲污濁，乃至廈門。現在想來，可謂妄想；大溝不乾淨，小溝就乾淨嗎？」

在到處被排擠的情況下，魯迅不得不失意地離開廈門，來到另一個「淨土」——廣州中山大學。他想要在這裡重新來過。

由於魯迅此時已經很有名氣，很受青年學生的歡迎，被稱爲「青年導師」，所以他一到廣州，就很多人想拉攏他。其中一位就是大才子（投機分子）郭沫若。

郭沫若當時成立了一個文藝組織「創造社」，目的是宣傳西方的文藝思想及進步的哲學、政治思想，以對抗國民黨的文化獨裁策略。郭沫若想邀請魯迅一起爲這偉大的文化事業共同努力，當時魯迅被他說動了，曾充滿希望地表示：

我還想與創造社聯合起來，造一條戰線，更向舊社會進攻，我再勉力寫些文字。

看來，魯迅與創造社掀起新的革命文學運動的願望，似乎可以實現了。但想不到，這個希望很快就幻滅了。

當時創造社延攬了一批具有盲目革命熱情的青年加入，他們左傾的色彩十分強烈，堅決透過文學創作來推動革命。由於郭沫若是一名投機分子，所以他很快就見風轉舵，一面倒向左傾路

線，反過來批評魯迅是「資本主義以前的一個封建餘孽」，給魯迅貼上了保守反動派的標籤。

在這樣的情況下，魯迅仍然信奉他的個人主義，堅持要「做自己」，所以他在多次演講中發表言論，反對當時在學生群中流行的革命文學，他認為文學不應該隸屬於愛國宣傳。他在一次演講中說到：

好的文藝作品，向來多是不受別人命令，不顧利害，自然而然地從心中流露出來的東西；如果先掛起一個題目，做起文章來，那又何異於八股？在文學中並無價值，更說不到能否感動人了。

──這樣不同流俗的立場，當然給魯迅招來更多的批評與敵人。

對於這類的攻擊，魯迅當然一個一個罵了回去。這個世界上，大概很難找到比魯迅更會罵、更會酸的人了，現在的網路酸民也許還要拜他為祖師爺吧。舉個例子來說，他罵郭沫若的內容是：

遠看是條狗，近看是條東洋狗，到了眼前，哦！原來是沫若先生。（註：有學者認為此並非出自魯迅之語）

表面上看來，魯迅還是很有自信，堅決地「做自己」；但是在內心他卻常常感到困擾，沒有把握。他一向自認為是「青年導師」，但現在學生竟大舉傾向革命文學，背離了他的教導，走上一條新的路線。這條路在他看來非常愚蠢，但按照當時的聲勢看來，卻極有可能成功──是不是他的個人主義哲學已經趕不上時代了？是不是他已經老了，終於被這個社會淘汰了？

結局是不到幾個月，1927年的秋天，魯迅再次失意地離開了廣州，北歸上海，在那裡定居著；一直到1936年，他在上海逝世。這十年之間，表面上他過著安定悠閒的生活，但他早已失去了創造力，失去了對這個世界的熱情，也不再那麼堅定地信奉個人主義哲學。

> 　　我在這裡，被抬得太高，苦極！……我想不做名人了，玩玩。一變「名人」，「自己」就沒有了。
>
> 　　不只他活著的時候，做不了自己；在他死後，他還是做不了自己。魯迅死後，立刻被當成各種標籤，供奉在神壇上，說他是什麼偉大的革命思想家，偉大的革命主義導師……。
>
> 　　你倒是說說看，我們要如何在人際互動中，找到自己呢？

二、說明簡介

文本主題介紹

　　〈面對排山倒海的標籤，就連最有個性的作家魯迅都「找不到自己」〉敘述魯迅在成名之後，受到的盛名之累。雖然自身是中國近現代第一個提倡個人主義的旗手，卻在各種的人事傾軋中，逐漸成為受困於「名氣」標籤的那個「魯迅」，而非純粹的「周樹人」了。

　　本選文旨在透過學生熟悉的近現代文學作家之生命履歷，作為閱讀思考的對象，進一步反思自我的定位與自身生命的價值觀與社會的互動方式。

三、深度討論

教師課堂深度討論引導問題

1. 透過文章提及魯迅的感受以及死後世人為他貼上的標籤，分析其中有哪些相同和相異之處？（分析型問題）
2. 文中提及：表面上看來，魯迅還是很有自信，堅決地「做自己」。請試著從自己的經驗思考，以「勇敢做自己」題，仔細閱讀文章後，闡發自己的感受。（感受型問題）

四、作業活動

深度討論作業

　　在我們學習或成長過程中，多少都曾經遇過/看過被貼標籤的經驗，貼標籤是源自於對他人某一個面向的刻板印象，你能不能從「這頓晚餐不開燈」這段影片中https://youtu.be/nmpmGIWgna4，敘述你的想法以及曾經遇到類似的生命故事給你的啟發？

黃子純老師　撰

學生深度討論單

1. 閱讀思辨討論篇章

　　厭世哲學家：〈面對排山倒海的標籤，就連最有個性的作家魯迅都「找不到自己」〉

2. 分組討論

主要討論人	討論成員	書面記錄人	口頭報告人

本組提問	問題描述：	
問題類型	問題類型歸納（可複選）：	
本組回應	問題描述：	
	回答：	

備註	1. 回應問題時，必須有「主題句（Topic Sentence）」表達觀點或立場。
	2. 回應問題時，必須舉出各類例證或數據，形成「支持句（Supporting sentences）」，以論證觀點或立場。
	3. 回應問題時，必須統整前述之論述，總結為「結論句（Concluding sentence）」，整合論證，說明結論。

青出虛泉簡下

請沿虛線剪下

求知型問題AQ/Authentic Question：開放性問題，問題具多樣性，提問者對於他人的回答感興趣。除測試型問題以外都為求知型問題。

追問型問題UT/Uptake Question：是追問其它人所說的意見，用以釐清、深化問題與認知，並會帶出更多的對話。

分析型問題Ay/Analysis Question：找出文本各部分不同的看法，及這些看法有何相關的問題。分析文本中的概念、想法或論點。

歸納型問題Ge/Generalize Question：整合相關資訊得到更通用化概念的問題。將文本所出現的概念或想法重新組織，建構觀點或創造新的資訊。

推測型問題SQ/Speculate Question：在閱讀時帶入個人體會，這類型的問題能使文章與各自的感受及經歷之間建立聯繫，引導學生對文本產生更豐富、高層次理解。通常是以下面句型出現：「如果……，你會怎麼做？」、「你是否有類似於……的經歷？」、「如果你是……，你會有什麼感受？」

感受型問題Af/Affective Question：將文本與回應者自身的情感或生命經驗連結。聯結個人生活經驗與文本之間的聯繫，進而提出問題。

連結型問題CQ/Connective Question：聯結個人生活經驗與文本之間的聯繫，進而提出問題。根據組內成員早先的討論、主題或是彼此共同擁有的經驗而來的問題。與其他小說、資料、藝術品、電影、網路、電視、雜誌等文本材料的關聯或比較而提出問題。

（深度討論教學教師社群）

俊興街224巷（節錄）

顧玉玲

一、教材來源

文本內容

冬日清晨的俊興街224巷，密莉安大約是最早醒過來的。

天色尚暗，密莉安在寤寐間聽到遠方的雞啼，彷彿是夢中菲律賓南部農村景致的配樂，聲聲接續。全世界的雞都有同樣的啼叫聲嗎？她的意識從夢的深海中緩緩浮升上岸，每上升一寸，陽光初暖的家鄉景致就淡出一分，而台灣冬天的寒氣也毫不客氣地從窗縫中溢進屋內、侵入夢中。

這樣冷，密莉安瑟縮躲回被褥。窗外有冷霧，滲入夾道的染整、皮革、電子、家俱、拉鍊、電子廢料，凍凝的積油味，像冰過的脂肪浮在煤炭上。

隔壁房的泰籍女孩大雅已窸窸窣窣起床，她習慣腳夾拖鞋、捧著紅塑膠料的洗面盆先到浴室梳洗，時間若來得及還可以先在二手電鍋裡洗米作飯，一併備妥了早餐、中餐。六點以前，大雅會是整條俊興街最早上工的人，她手上拎著成串的廠房鑰匙，縮著身子小跑步到斜對角的電鍍廠，軋啦軋啦撐開鐵門，清掃結了一層油漬的地面，以抹布一一擦淨機檯。

再過半小時，綁著馬尾辮的密莉安會匆忙趕來開機、暖機、燒熱水、收拾昨天晾乾但還散放刺鼻的有機溶劑氣味的工作臂套。等到七點以後，其他台灣工人陸續抵達，人聲、機器聲交錯嘈雜，所有的聲音都轟隆啟動，一整天的勞動正式展開。

河堤那端再有雞啼狗吠傳來，也是聽不到的了。

　　俊興街位處台北縣樹林、新莊交接地帶，離環河道路近，距市中心遠。當年新闢成街道時，巷弄間幾乎有志一同進駐家庭式小工廠，不分勞雇泰半是外來人口。這些島內先來後到的移民，或是南部賣了田地帶著妻小來討生活、或是東部沒有出路的年輕人、或是農村女孩成群結黨來找工作……每個人都帶著無窮的夢想與具體的需求，向台北移動。

　　那些沒能越過河進駐台北市生存的，就在橋的這頭，留在全無規畫、工商住宅零碎混雜的都市邊緣。

　　早二、三十年，俊興街上的年輕工人多半住在廠房或倉庫的頂樓，省下通勤時間，也省下房租；也有那住廠合一的家庭工廠，全家大小的勞動力盡數投入，無眠無夜，期待黑手變頭家。一年又過一年，經濟起飛的小龍年代，俊興街的人們陸續搬至鄰近的住宅區租房、購屋，加班也少了，服務業慢慢聚集在不遠處的主要道路上。俊興街一帶，就徹底成為工業區；白日裡熱鬧嘈雜，下班入夜了就冷清寂寥，連路燈都慘白無甚作用。

　　直到近十年來，老舊的廠房又開始有人進駐。他們是新一批的都市移民，跨海越洋而來，膚色黝黑些，眼睛深沉些，但因懷抱夢想與現實需求而在工作上耐操、隱忍，都與三十年前南部來的年輕人有幾分神似。唯他們因著言語不通，外顯可見的多半只能是低頭、沉默、微笑與傻笑。

　　密莉安總是笑著的。她才剛來不到兩週，中文程度還只停留在：「會不會？會。好不好？好。要不要？要。」問號的後面永遠是肯定句與點頭，不敢說不，不敢不裝懂，怕被定性為笨。語言不通，所有的智識、才能、幽默感都無從表達，只能退縮回最稚幼也最安全的微笑與傻笑。

　　泰國女孩大雅是第二次來台，中文能力與機檯操作都流暢得多，有時見密莉安說著：「好好好……」的同時根本沒有相對配合的動作，她會主動挨過身：「我來。」她的塊頭比密莉安大，手腳也熟練許多，會開車、能扛重、五部機檯的作業都行，每天

還得提早一小時去開門，工作量明顯吃重許多。

　　電鍍廠的機油味總是積沉不散，一整天下來，油漬味像黏在鼻腔裡，洗刷不淨，連帶的整個人都自覺是灰色的。密莉安模樣清瘦，半長的鬈髮平日綁成下垂的馬尾，笑起來會露出不整齊的齒列，聽不懂而睜圓了眼時看來就有幾分孩子氣。她初次跨海工作，動作常跟不上機檯的速度，老闆娘不時要她「慢慢來」，她一聽更急，怕被嫌棄手腳不俐落，每天上工時如臨大敵，超出她負重能力的成品，還是咬牙勉力搬抬。下背痛於是成為慣性。

　　回到宿舍，大雅主動喊密莉安「妹妹」，兩個音都是平聲，親切好聽；她開心時雙掌合十，謙遜低頭，牙齒露出安靜的笑。密莉安不由得也合十回應，用身體表達好意。兩個人共用一個電鍋煮飯，中午匆匆趕回煮燙一點配菜後，多半是各自沾著辣椒醬和蕃茄醬，無暇對話。

　　大雅與密莉安的宿舍外形看來與其他廠房無異，入夜了才從一片闇黑中亮起孤單的燈光，恍然知曉尚有人居住。這宿舍原本也是工廠的一部份，一樓拿來辦公，二樓統共只住了她們兩人，一人一房，其他蒙塵的多餘空房倒像是敗落的豪門，空間愈大唯愈見其頹圮寒酸，夜深時說話都有迴音。但其實更多時候，兩個人一整天工作下來，回到宿舍只餘作飯、洗衣的力氣，沒多餘的心力來絞腦袋說中文表意。

　　密莉安睡覺時總要把大燈打開，會怕。她與大雅各自窩回床上和同鄉人講手機、傳簡訊，倦極入眠時，也許有一滴淚，也許沒有。

　　巷口有野狗低鳴。

　　早上八點多，熱氣騰騰的電鍍機身磨動低沉的機械聲響，密莉安的額頭已冒出細微的汗意。一陣摩托車馬達突然減速、引擎欲動還控的噪音，清朗的男子聲毫不遮掩地傳進工廠：「Good morning！」

　　大家都轉過頭。密莉安立即臉紅了。

　　整條俊興街，外籍勞工不少，但密莉安是極少數的菲律賓人。說英文似乎是她的專利，這聲招呼明顯是對著她來。且這不是第一次了。連續好幾天，早上開工後，中午休息時，傍晚下班前，總有這麼一個聲音，先是馬達聲，再來是理直氣壯的孩童般無邪地叫喚：早安！午安！晚安！晚安他說得不對時，總把good evening說成good night，像在枕邊細語，無端有點親密感，叫人臉紅無措。

　　她沒敢認真回望，眼角約莫瞄到一個台灣男人騎車離去的背影，小平頭，寬肩膀，藍T細恤與休閒褲，一路騎到巷子底的拉鍊廠。她知道那家工廠，224巷絕無僅有的另一個菲律賓人奧利佛在那裡工作。奧利佛四十多歲了，早年組樂團到台灣西餐廳流動駐唱，直到景氣蕭條、飯店不再供現場演唱，他就轉入工廠做工。這樣的男人，在菲律賓與她幾乎是兩條平行線，同處一個時空裡也沒得交集。但在台灣，空間逆轉千里定焦在俊興街上，殊異的軌道反而接上了頭，彼此不免心生親切，有家鄉人般的可親、可信與可靠。

　　沒幾天，奧利佛就來找她要手機號碼了。他說廠裡有個台灣人許晉溢想和你作朋友；他說阿溢是老實人，會講一點英文；他說你一定早知道他是誰了。那個騎機車的背影。

　　密莉安的手機裡開始出現初階英語般的簡訊，泰半是問候語，像會話練習，祝你天天快樂，今天是個好日子，你好美麗。她默默看著，唇角綻放一朵笑意。

　　然後，阿溢直接打電話來了，說的是破碎的英文，東拉西扯像個手足不協調的孩子。溝通使用的語言是密莉安相對熟悉的，這使她立即在兩人關係中稍稍佔了上風，異鄉人的侷促不安都在對方說起外語時，得到安置、放心、從容，甚且得以俏皮。

　　她笑了，直接質問他：「你喝酒嗎？吸煙嗎？結婚了嗎？」

　　阿溢聽得懂，但找不到正確的辭彙回應，一時結結巴巴乾笑如俊興街上常見的外勞。最後他大聲用中文說：「我喝水啊，吸

空氣啊，沒結婚啊。」每個字的尾聲上揚，像唱歌一樣。

　　她又笑了起來，露出好看的梨渦。可惜他看不見。

　　持續著，摩托車的引擎聲與英語招呼聲。有時下工後，阿溢到巷口接她去夜市吃晚餐。工廠老闆娘說：「密莉安，你交男朋友哦？是阿弟仔嗎？」……（未完待續）

二、說明簡介

文本主題介紹

　　〈俊興街224巷〉一文收錄於「認識自我與發展未來」，是因著本文主題在於「追尋自我價值的過程，常常不只是自我感覺良好，而是與群體的互動，及對人類的關懷。」不管人類移居到哪裡，哪裡就是我們的家鄉，不要鄙視從他鄉移工來的族群。侯孝賢先生在序中引戰地攝影記者羅勃‧卡帕說的話：「如果你拍得不夠好，那是你離火線不夠近。」本文藉著樹林俊興街的族群變遷，讓我們理解每個人走進人群與人類相互關懷的重要性。

三、深度討論

教師課堂深度討論引導問題

1. 你覺得書名「我們」可能有幾層意思？（推測型問題）
2. 作者細膩的描述俊興街的移民特色、地理位置，你覺得這和書名「我們」有什麼關係？（分析型問題）
3. 二三十年前與十幾年前的俊興街有何異同？（求知型問題）
4. 密莉安、大雅、奧利佛與書名「我們」的關係是？（分析型問題）
5. 阿溢、密莉安與書名「我們」的關係是？（分析型問題）

四、作業活動

深度討論教學活動

　　結合「Story Maps」的課程教學內容，請同學設計一份「議題小旅行」

顧蕙倩老師　撰

學生深度討論單

1. 閱讀思辨討論篇章

　　顧玉玲：〈俊興街224巷〉

2. 分組討論

主要討論人	討論成員	書面記錄人	口頭報告人

本組提問	問題描述：

問題類型	問題類型歸納（可複選）：

本組回應	問題描述：
	回答：

備註	1. 回應問題時，必須有「主題句（Topic Sentence）」表達觀點或立場。 2. 回應問題時，必須舉出各類例證或數據，形成「支持句（Supporting sentences）」，以論證觀點或立場。 3. 回應問題時，必須統整前述之論述，總結為「結論句（Concluding sentence）」，整合論證，說明結論。

求知型問題AQ/Authentic Question：開放性問題，問題具多樣性，提問者對於他人的回答感興趣。除測試型問題以外都為求知型問題。

追問型問題UT/Uptake Question：是追問其它人所說的意見，用以釐清、深化問題與認知，並會帶出更多的對話。

分析型問題Ay/Analysis Question：找出文本各部分不同的看法，及這些看法有何相關的問題。分析文本中的概念、想法或論點。

歸納型問題Ge/Generalize Question：整合相關資訊得到更通用化概念的問題。將文本所出現的概念或想法重新組織，建構觀點或創造新的資訊。

推測型問題SQ/Speculate Question：在閱讀時帶入個人體會，這類型的問題能使文章與各自的感受及經歷之間建立聯繫，引導學生對文本產生更豐富、高層次理解。通常是以下面句型出現：「如果……，你會怎麼做？」、「你是否有類似於……的經歷？」、「如果你是……，你會有什麼感受？」

感受型問題Af/Affective Question：將文本與回應者自身的情感或生命經驗連結。聯結個人生活經驗與文本之間的聯繫，進而提出問題。

連結型問題CQ/Connective Question：聯結個人生活經驗與文本之間的聯繫，進而提出問題。根據組內成員早先的討論、主題或是彼此共同擁有的經驗而來的問題。與其他小說、資料、藝術品、電影、網路、電視、雜誌等文本材料的關聯或比較而提出問題。

（深度討論教學教師社群）

風中的白楊樹

簡媜

一、教材來源

文本內容

　　秋天，藏在藍色天空某一群白雲裡，悠遊著，尋找落腳之處。小城處處可見野雁與水鴨，閒棲於湖上或在草地闊步；秋天，裹著冷氣流的秋天必定藏入湖心，沁涼了雁鴨的羽翼，隨雁陣低空而飛，灑落於群樹、屋頂及綠油油的草茵上。

　　於是，在你揮汗躲避豔陽的時候，一夜之間，一小片秋天來了。

　　只是一小片薄薄的涼意，幾乎不易察覺。白日仍是純粹的銀亮與無瑕的藍空——這裡的天空像善良天使很少陰沉，但日落之後，接手的必是那一片沁涼；它悄悄繁殖，隨月升而增厚。明月高掛中天，一輪清輝在樹影間顯現，召喚憑窗不眠的人：來，月光下散步吧！接受誘引的人才開門踏出一步，立刻縮回屋內，取衣披上。夜像一只黑水晶冰桶，那鑽亮星辰與銀鑄明月，如今都浸在肉眼不見而膚觸可知的波光粼粼般的秋意中。

　　接著，樹群變了。這小城酷愛大樹，放眼望去皆是參天綠雲，忽然，幾乎是一夜間但想必經過數日埋伏，樹群像學童翻書至同一頁，一齊翻黃。每日的生活舞台不變，孩童仍在同一時間排隊等待校車，上班的人仍開車經過同樣街道，但城市換了布幕，黃金力量降臨。

　　這力量如此澎湃、柔美，敏感的人可能在某一個早晨起床後被院子那幾棵黃澄澄的大樹嚇住，即使低頭忙碌的人也撐不住這

一場美的騷擾，總會自車窗探頭，巡賞車道兩旁的參天綠雲如今變成金色海岸。秋天，確實定居了。

夏日未盡，朋友即提醒我們，此地秋季最重要的美學佈道會是上洛磯山賞白楊樹黃葉，這是不能錯過的年度盛事。其慎重之狀近似告誡，彷彿錯過約定尚可原諒，錯過美的召喚等於犯罪，該坐一年心煩意亂的牢。

白楊樹（Aspen），在台灣城市鄉間不易見到，對我是陌生的，印象中，曾在畫家筆下及攝影作品見過，是具有藝文氣息的樹。這小城群樹繁茂，各展丰采，偏偏不見白楊蹤影。想必這樹自有哲人隱士性格，不愛見人。我們從友人的眸光中讀到對白楊的崇拜，那讚嘆的語句像火苗在我心內竄動，一吋吋燒去印在記憶岩層的夏季綠色景致——我覺得夠豪華了，不相信還有比夏天更美的時候。朋友一再強調夏秋之異，又提了幾次白楊名字，彷彿秋天只為這樹而來。

一個有陽光的秋日，我們再度驅車上山。才過國家公園入口處，四處分佈的黃金色塊吸住遊人眼光。

隱在無邊際松林雜樹之中的白楊，春夏兩季披著同色調綠葉躲入茫茫樹海不易被察覺，但秋寒一降臨，如美神聖殿裡的血緣鑑定，毫無疑問地，這潛逃至民間隱入農樵行列的王子脫去綠布衣現出天賜金身，光芒震懾群樹不可逼視，純正血統令他無所藏於天地之間，無需任何語句，只一眼人人知道他是誰。

上山賞葉的遊人絡繹於途，顯然都知道醉人的賞葉期僅短短十日，若第一場雪提早來臨恐更短，金葉將落盡而剩枯枝。這是公平的：美，從來不等任何人，除了把握別無他途。

我們停在一處寬闊平野，雜草叢生；遠望可見洛磯山巔終年不化的積雪，藍空中白雲悠悠。在這兒，時間這輛戰車彷彿被卸下輪子、支解零件，廢木條被野鹿踐踏，任雀鳥塗污。關在戰車裡折磨得不成人形的囚徒才踏出步伐，頓覺手銬腳鐐砰然粉碎，身心輕得像蝴蝶，不免責怪自己：「被關這麼久都不抗暴，怎把

人生過得這樣狼狽？」踩著野草向前，視線停駐處是暗綠色高山，山腳下一排白楊樹林，現出純粹無瑕的黃金色澤。

在美面前，任何人都無話可說，唯有一步步朝聖。

斑白直立的樹幹顯得高挑，圓幣形葉片十分平滑。一排白色骨幹開展如恆河沙數的金幣之葉，純粹且尊貴，於高山秋寒中窸窣低吟，因風而飛，自成一絕美國度。置身其中，仰望陽光下這金碧輝煌的小國，瞬間，我的心被美充滿，如在聖殿。頓覺白楊樹一年一度說法，對他人說的是韶光易逝，生命苦短；對我說的是，即使世態混沌江湖炎涼，即使知音離席讀者棄絕，即使門前荒草沒膝枯枝擋路，一個文學國度的人也應守護純粹且尊貴的心靈。沒有任何人觀賞，白楊依然是白楊，遺失讀者的作者不遺失自己的筆依然是作者。一世總要堅定地守住一個承諾，一生總要勇敢地唾棄一個江湖。

山上寒風刺骨，不宜久留。我貪戀這場美的洗禮，頻頻回顧，心裡向他話別：「美啊美！永遠永遠，不要遺棄我！」

風中的白楊吐露黃金語句，落葉隨風而飄。我撿了幾片金葉放入口袋，當作他剛寫了一首短詩贈答。

二、說明簡介

文本主題介紹

從美國的基礎建設、小學教育看到這個國家重視的品格、價值，流露出對台灣這塊土地因深情而生的怨懟；從異國廚房的「豪華」設備、超市的柴米油鹽，延伸出一連串飲食生活的喜怒哀樂；再從湖濱小徑的日常漫步，寫到遼闊的哲學問題，關於生死失去、創傷陰影、工作熱情和生命期許。自稱「不可救藥的散文愛好者」，簡媜的筆調犀利幽默又優美靈動，文字細膩婉約，卻總難掩澎湃熱情。

這一趟短期居留伴讀遊學記錄，除了疑問和省思（在那一塊土地成長會不會更好？），簡媜也再次透過書寫充分體現她「將生活的漫天煙塵化為思想朝露」的散文觀。

三、深度討論

教師課堂深度討論引導問題

1. 「風中的白楊樹」告訴了你什麼？請分享你藉由外物省察自我的經驗。（感受型問題）
2. 面對社會價值的服從與否：「被關這麼久都不抗暴，怎把人生過得這樣狼狽？」請問有什麼觀念是必須抗暴到底？又有什麼承諾必須一世堅定地守住？而怎麼樣的江湖是要勇於唾棄的。（分析型問題）
3. 關於個人內在美與外在美，二者需用什麼方式「整型」？以達到自我對美的要求？（連結型問題）

四、作業活動

深度討論作業

1. 結合蒲松齡《聊齋誌異・畫皮》閱讀，提出你的個人內在與外在的「整型報告書」
2. 國家地理頻道追蹤二年的系列報導（2016-2018年）：「凱蒂的新臉」，紀錄凱蒂18歲自殺未遂後面部嚴重變型，急需捐贈者新臉的故事。請在看完影片後提出你的個人見解。

徐敏媛老師　撰

學生深度討論單

1. 閱讀思辨討論篇章

　　簡媜：〈風中的白楊樹〉

2. 分組討論

主要討論人	討論成員	書面記錄人	口頭報告人

本組提問	問題描述：	
問題類型	問題類型歸納（可複選）：	
本組回應	問題描述：	
	回答：	
備註	1. 回應問題時，必須有「主題句（Topic Sentence）」表達觀點或立場。 2. 回應問題時，必須舉出各類例證或數據，形成「支持句（Supporting sentences）」，以論證觀點或立場。 3. 回應問題時，必須統整前述之論述，總結為「結論句（Concluding sentence）」，整合論證，說明結論。	

請沿虛線剪下

求知型問題AQ/Authentic Question：開放性問題，問題具多樣性，提問者對於他人的回答感興趣。除測試型問題以外都為求知型問題。

追問型問題UT/Uptake Question：是追問其它人所說的意見，用以釐清、深化問題與認知，並會帶出更多的對話。

分析型問題Ay/Analysis Question：找出文本各部分不同的看法，及這些看法有何相關的問題。分析文本中的概念、想法或論點。

歸納型問題Ge/Generalize Question：整合相關資訊得到更通用化概念的問題。將文本所出現的概念或想法重新組織，建構觀點或創造新的資訊。

推測型問題SQ/Speculate Question：在閱讀時帶入個人體會，這類型的問題能使文章與各自的感受及經歷之間建立聯繫，引導學生對文本產生更豐富、高層次理解。通常是以下面句型出現：「如果……，你會怎麼做？」、「你是否有類似於……的經歷？」、「如果你是……，你會有什麼感受？」

感受型問題Af/Affective Question：將文本與回應者自身的情感或生命經驗連結。聯結個人生活經驗與文本之間的聯繫，進而提出問題。

連結型問題CQ/Connective Question：聯結個人生活經驗與文本之間的聯繫，進而提出問題。根據組內成員早先的討論、主題或是彼此共同擁有的經驗而來的問題。與其他小說、資料、藝術品、電影、網路、電視、雜誌等文本材料的關聯或比較而提出問題。

（深度討論教學教師社群）

我的生日禮物

王文華

一、教材來源

文本內容

爸爸在二○○○年的十二月十七日過世，兩年後的今天，我依然收到他送我的禮物。

一九九八年十月，爸爸的左耳下突然腫了起來，起先覺得是牙周病，後來以為是耳鼻喉的問題，最後才懷疑是淋巴瘤。在此之前，爸爸一向是家中最健康的，煙酒不沾、早睡早起、一百七十五公分、七十公斤。

由於淋巴散佈全身的特性，淋巴瘤通常是不開刀、而用化學治療的。但爸爸為了根治，堅持開刀。七小時後被推出來，上半身都是血。由於麻藥未退，他在渾沌中微微眨著眼睛，根本認不出我們。醫生把切下來的淋巴結放在塑膠袋裡，舉得高高地跟我解釋。曾經健康的爸爸的一塊肉被割掉了，曾經健康的爸爸的一部分被放在裝三明治的塑膠袋裡。

手術後進行化學治療，爸爸總是一個人，從忠孝東路坐車到台大醫院，一副去逛公園的輕鬆模樣。打完了針，還若無其事地走到重慶南路吃三商巧福的牛肉麵。我勸他牛肉吃多了不好，他笑說吃肉長肉，我被割掉的那塊得趕快補回來。化療的針打進去兩週後，白血球降到最低，所有的副作用，包括疲倦、嘔吐等全面進攻，他仍然每週去驗血，像打高爾夫球一樣勤奮。

但這些並沒有得到回報，腫瘤復發，化療失敗，放射線治療開始。父親仍神采奕奕，相信放射線是他的秘密武器。一次他做

完治療後，跑到明曜百貨shopping。回家後我問他買了什麼，他高興地拿出來炫耀，好像剛剛買了一個Gucci皮包。「因為現在脖子要照放射線，所以我特別去買了一件夾克，這樣以後穿衣服就不會碰到傷口。」傍晚七點，我們坐在客廳，我能聽到鄰居在看娛樂新聞，爸爸自信地說：「算命的曾經告訴我，我在七十歲之後還有一關要過，但一定過得去。過去之後，八十九十，就一帆風順了。」他閉上眼、欣慰地微笑。

一九九九年四月，爸爸生病半年之後，他中風了。

我們在急診室待了一個禮拜，與五十張鄰床只用綠色布簾相隔，我可以清楚地聽到別人急救和急救失敗的聲音。「前七天是關鍵期！跟他講話，你們要一直跟他講話。」我跟他講話，他聽得見卻不能回答。我換著尿布、清著尿袋、盯著儀器、徹夜獨白。「你記不記得小學時有一年中秋節你帶我去寶慶路的遠東百貨公司，我們一直逛到九點他們打烊才離開……」我開始和爸爸說話，才發現我從來沒有和他說過話。

爸爸回來了，我不知道他怎麼做到的，但他這硬氣的老小子，真的就回來了。帶著麻痺的半身，我們住進復健病房，腫瘤的治療不得不暫停。任何復健過的人和家人都知道，那是一個漫長、挫折、完全失去尊嚴的過程。你學著站，學著拿球，學著你三歲就會做的事，而就算如此，你還做不到。但他不在乎看起來可笑，穿著訂做的支架和皮鞋，每天在醫院長廊的窗前試著抬腳。

癌症或中風其中之一，就可以把有些人擊垮。但爸爸跟兩者纏鬥，卻始終意興風發。他甚至有興趣去探索祕方，命令我到中壢中正路上一名中醫處求藥，「我聽說他的藥吃個三次中風就會好！」復健、化療、求祕方，甚至這樣他還嫌不夠忙，常常幫我向女復健老師要電話，「她是台大畢業的，我告訴她，你也是台大的，這樣你們一定很配。」

我還沒有機會跟復健師介紹自己，腫瘤又復發了。醫師不

建議我們再做化療或放療，怕引起再次中風。「那你們就放棄囉？」我質問。醫師說：「不是這麼講，不是這麼講……。」

我知道我的質問無禮，但我只是希望有人能解釋這一年的邏輯。從小到大，我相信：只要我做好事，就會有回報。只要我夠努力，就可以得到我想要的東西。結果呢？那麼好的一個人、那麼努力地工作了一生、那麼健康地生活、那麼認真地治療、我們到最好的醫院、請最好的醫生、全家人給他最好的照顧，他自己這麼痛苦，結果是什麼？結果都是bullshit！

「還有最後一種方法，叫免疫療法。還在試驗階段，也是打針，健保不給付，一針一萬七。」

免疫療法失敗後，爸爸和我們都每下愈況。二〇〇〇年六月，他再次中風，開始用呼吸器和咽喉管呼吸，也因此無法再講話。他瘦成一百六十五公分、五十公斤。床越來越大，他越來越往下塌。我們開始用文字交談，他左手不穩、字跡潦草，我們看不懂他的字，久了之後，他也不寫了。中風患者長期臥床，四小時要拍背抽痰一次。夜裡他硬生生地被我們叫醒，側身拍背。他的頭靠在我的大腿上，口水沾濕了我的褲子。拍完後大家回去睡覺，他通常再也睡不著。夜裡呼吸器運轉不順突然嗶嗶大叫，我們坐起來，黑暗中最明亮的是他孤單的眼睛。

一直到最後，當他臥床半年，身上插滿鼻胃管、咽喉管、心電圖、氧氣罩時，爸爸還是要活下去的。他躺在床上，斜看著病房緊閉的窗和窗上的冷氣機，眼睛會快速地一眨一眨，好像要變魔術，把那緊閉的窗打開。就算當走廊上醫生已經小聲地跟我們討論緊急時需不需要急救，而我們已經簽了不要的同意書時，他自己還是要活下去的。當我握著他的手，替他按摩時，他會不斷地點著我的手掌，像在打密碼似地說：「只要過了這一關，八十、九十，就一帆風順了。」

爸爸過世後的這兩年，我學到三件事情。第一件叫「perspective」，或是「視野」，意思是看事情的角度，就是把事情

放在整個人生中來衡量，因而判斷出它的輕重緩急。好比說小學時，我們把老師的話當聖旨，相信的程度超過相信父母。大學後，誰還會在乎老師怎麼說？因為看事情的角度不一樣了，事情真正的重要性就清楚了。在忠孝東路四段，你覺得每一個紅燈都很煩、每一次街頭分手都是世界末日，但從飛機上看，你肝腸寸斷的事情小得像鳥屎，少了你一個人世界並沒有什麼損失。我的視野是爸爸給我的。我把自己過去、現在，和未來所有的挫折加起來，恐怕都比不上他在醫院的一天。如果他在腫瘤和中風的雙重煎熬下還要活下去，我碰到人生任何事情有什麼埋怨的權利？後來我常問自己：我年輕、健康、有野心、有名氣，但我真得像我爸爸那麼想活下去嗎？我把自己弄得很忙，表面上看起來很風光，但我真的在活著嗎？我比他幸運這麼多，但當有一天我的人生也開始兵敗如山倒時，過去的幸運是讓我軟弱，還是讓我想復活？

　　有了視野，我學到的第二件事是：搞清楚人生的優先順序。三十歲之前，我的人生只有自己。上大學後我從不在家，看到家人的頻率低於學校門口的校警。我成功地說服了我的良知，告訴爸媽也告訴自己：我不在家時是在追求自己的理想，實踐理想的目的是讓爸媽以我為傲。於是我畢業、當兵、留學、工作，去美國七年，回來時媽媽多了白髮，爸爸已經要進手術房。當我真正要認識爸爸時，他已經分身乏術。子欲養而親不待，我離家為了追求創意的人生，沒想到自己的人生卻掉進這個最俗不可耐的陷阱。

　　每個人，在每個人生階段，都可以忙一百件事情，而因為在忙那些事情而從自己真正的人生中缺席。他可以告訴朋友：「我爸爸過世前那幾年我沒有陪他，因為我在忙這個忙那個。」我相信每個人的講法都會合邏輯，大家聽完後不會有人罵你這個忘恩負義的東西。但人生最難的不是怎麼跟社會交代，而是怎麼面對自己。我永遠有時間去留學、住紐約、寫小說、「探索自己的心

靈」，但認識父母，只剩下這幾年。爸爸走後，不用去醫院了，我有全部的時間來寫作，卻一個字都寫不出來。我的人生變成一碗剩飯，份量雖多我卻一點都沒有食慾。失去了可以分享成功的對象，再大的成功都只是隔靴搔癢。

　　我學到的第三件事是：承認自己的脆弱。爸爸什麼都沒做，只是一天晚上坐在陽台乘涼，然後摸到耳下的腫塊，碰！兩年內他老了二十歲。無時無刻，壞事發生在好人身上，你要如何從其中詮釋出正面的意義？每一次空難都有兩百名罹難者，你要怎麼跟他們的家人說「這雖然是一個悲劇，但我們從其中學到了…」？悲劇中所能勉強歸納出來的唯一意義，就是人是如此脆弱，所以我們都應該「小看」自己。不管你多漂亮多成功，不管你多平凡多失落，都不用因此而膨脹自我。在無法理解的災難面前，我們一戳就破。

　　爸爸在二〇〇〇年的十二月十七日過世，這一天剛好是我的生日。他撐到那一天，為了給我祝福。爸爸雖然不在了，但兩年來，以及以後的每一年，他都會給我三樣生日禮物。這三樣禮物的代價，是化療、放療、中風、急診、呼吸器、強心針、電腦斷層、磁振造影。他離開，我活過來，真正體會到：誕生，原來是一件這麼美麗的事。

——原刊載於《中國時報》人間副刊2002/12/17

二、說明簡介

文本主題介紹

　　本文書寫父親從患病到逝世的過程中，作者的心境與省思。包含對父親受病魔折騰的不捨；對父親堅毅性格的感佩；作者同意放棄急救（消極安樂死）的掙扎。還有更多人生的哲思，例如：父子四五十年的相處，「才發現我從來沒有和他說過話。」再如：個人事業成就與親情依戀，孰先孰後。最後更深入一層由人事思索天道：善人卻惡報，「無時無刻，壞

事發生在好人身上」如何從中詮釋天道何在？

　　文學是在他人的經歷中，體驗豐沛的人生況味。大學生尚且未經歷酸甜苦辣的生命階段。但藉由閱讀本文，提前思索人生的課題。本文以中年人角度，對人生做大格局的整體觀照，教師可引導學生擴大視野，體味親情、感受無奈、思考哲理，並修正、調整自己當前的生命座標。

三、深度討論
教師課堂深度討論引導問題

1. 文中說爸爸中風後，「我開始和爸爸說話，才發現我從來沒有和他說過話。」作者要表達的意義是什麼？（推測型問題）
2. 作者在文中反覆強調，一切野心、名氣等事業成就，在疾病與死亡面前，都失去意義，你認不認同這句話？如果認同，那麼人生難免一死，是否你也不必追求事業成就了？（感受型問題）
3. 作者說父親從不為惡卻罹癌，「壞事發生在好人身上，你要如何從其中詮釋出正面的意義？」你是否有「善人惡報」的相同感受？你能否從其中詮釋出正面意義？（宗教、哲學等角度）（連結型問題）

四、作業活動
深度討論作業

1. 請閱讀瓊瑤《雪花飄落之前──我生命中最後的一課》，摘要作者如何描寫親人重病是否放棄治療的掙扎？
2. 查考閱讀李開復《我修的死亡學分》談罹癌後的心情點滴，閱讀之後，嘗試思考工作的意義何在？在人生當中應占的比重為何？

許惠琪老師　撰

學生深度討論單

1. 閱讀思辨討論篇章

　　王文華：〈我的生日禮物〉

2. 分組討論

主要討論人	討論成員	書面記錄人	口頭報告人

本組提問	問題描述：	
問題類型	問題類型歸納（可複選）：	
本組回應	問題描述：	
	回答：	

備註	1.回應問題時，必須有「主題句（Topic Sentence）」表達觀點或立場。 2.回應問題時，必須舉出各類例證或數據，形成「支持句（Supporting sentences）」，以論證觀點或立場。 3.回應問題時，必須統整前述之論述，總結為「結論句（Concluding sentence）」，整合論證，說明結論。

求知型問題AQ/Authentic Question：開放性問題，問題具多樣性，提問者對於他人的回答感興趣。除測試型問題以外都為求知型問題。

追問型問題UT/Uptake Question：是追問其它人所說的意見，用以釐清、深化問題與認知，並會帶出更多的對話。

分析型問題Ay/Analysis Question：找出文本各部分不同的看法，及這些看法有何相關的問題。分析文本中的概念、想法或論點。

歸納型問題Ge/Generalize Question：整合相關資訊得到更通用化概念的問題。將文本所出現的概念或想法重新組織，建構觀點或創造新的資訊。

推測型問題SQ/Speculate Question：在閱讀時帶入個人體會，這類型的問題能使文章與各自的感受及經歷之間建立聯繫，引導學生對文本產生更豐富、高層次理解。通常是以下面句型出現：「如果……，你會怎麼做？」、「你是否有類似於……的經歷？」、「如果你是……，你會有什麼感受？」

感受型問題Af/Affective Question：將文本與回應者自身的情感或生命經驗連結。聯結個人生活經驗與文本之間的聯繫，進而提出問題。

連結型問題CQ/Connective Question：聯結個人生活經驗與文本之間的聯繫，進而提出問題。根據組內成員早先的討論、主題或是彼此共同擁有的經驗而來的問題。與其他小說、資料、藝術品、電影、網路、電視、雜誌等文本材料的關聯或比較而提出問題。

（深度討論教學教師社群）

名字，重複一輩子的愛

許榮哲

一、教材來源

文本內容

　　我的女兒，名叫「三三」，一二三的「三」。

　　朋友知道我為女兒取名為三三時，大多不以為然，他們認為不能因為自己的喜好，而造成孩子一輩子的困擾，因為三三這個名字太特別了，肯定會招來關注的眼神，每個老師都想叫她起來說幾句話，或回答幾個問題。

　　我笑著說，這正是我的目的，我希望女兒從小就知道自己是特別的，所以她必須隨時做好上台的準備，因為她無法躲在其他名字裡，混水摸魚，得過且過。女兒必須時時刻刻意識到，自己是個一眼就會被看到，並且永遠記下來的女孩。

　　但這只是其中一個原因，另一個原因和我父親有關。

　　我是從自己的父親身上，學會當爸爸的。我從父親那兒學到的是沉默的力量。我的父親是個農夫，求學過程中，每年兩次，開學前夕，他就會突然消失。直到稍稍長大，才從姑姑口中得知，他又去借錢了。

　　我們家三個孩子都讀私立中學，但家裡務農，根本付不起學費。所以父親每年固定兩次，一個人騎著腳踏車，偷偷到開電器行的姑姑家借錢，等到當期稻作收成之後，再把錢還給姑姑。足足超過十年的時光，我們兄妹三人，就是在父親低下頭來借錢，和彎下腰來種稻，來來回回交錯之下，才得以完成學業。所以每次考試時，我們三兄妹都戰戰兢兢，因為我們知道，我們正在超

支父親的能力。父親供我們上學的學費，不只是用汗水換來的，它還包含了⋯⋯屈辱。我們可以浪費汗水，但絕不能辜負屈辱。

　　好幾次，我們考壞了，合理認爲父親一定會責罵我們，因爲沒有人比他更有資格，但他連一次叨唸，諸如「爸爸這麼辛苦，而你們居然⋯⋯」之類的話也沒說出口。正因爲如此，我們更自責了。

　　十年如一日，父親的沉默開始慢慢變成力量。

　　自己當了父親之後，我希望自己也能像父親一樣，沉默地努力工作、沉默地不誇一次口、沉默地不把責任轉嫁到兒女身上，但我知道這實在太難了，我永遠做不到。

　　最後，我想到了「名字」，一個不用說話，就可以說話的好方法。

　　中國字裡，重複的字出現三遍，大都有「多」或「大」的意思。如三個人，众，眾立也。如三輛車，轟，巨大的聲響。但「三」這個帶有多數，或多次意涵的字，卻只有簡單三劃，因爲希望自己的女兒既豐富，又單純，於是取名「三三」──人生豐富的三，個性單純的三。

　　三三，這是作家父親，所能送給女兒最好，也最長久的禮物。她是帶著父親的愛，降生到這個世界的。

　　三三，我每叫一次女兒的名字，就提醒自己一遍，那個最初的願望。日後有一天，我不在女兒身邊了，她依然會一而再，再而三地想起父親想對她說的話。

　　三三，人生豐富的三，個性單純的三。像我的父親一樣，他一輩子沒有說出口的話，卻成了我對他最深的回憶。叨叨絮絮，卻又沉默異常，重要的是⋯⋯充滿了力量。

二、說明簡介

文本主題介紹

　　〈名字，重複一輩子的愛〉一文發表於2014年2月7日《國語日報‧家庭版》。作者許哲榮，曾任《聯合文學》雜誌主編，被譽為「台灣七〇後最會說故事的人」。

　　作者運用說故事的方法，娓娓道出一位父親為自己的女兒命名為「三三」的用意與期望。名字代表的是父母對新生兒的一份祝福，透過此文引導學生發掘自己名字所隱含的涵義，進而體會出父母，乃至整個家族對自己的愛，從「名字」的角度去了解自己。

三、深度討論

教師課堂深度討論引導問題

1. 在〈名字，重複一輩子的愛〉一文中，作者為什麼要將自己的女兒取名為「三三」？（求知型問題）

2. 文中提到作者的朋友聽到他將女兒取名為三三時，為什麼大多不以為然？你認同作者朋友的說法嗎？為什麼？（推測型問題）

3. 作者提到「我是從自己的父親身上，學會當爸爸的。我從父親那兒學到的是沉默的力量」，這個「沉默的力量」指的是什麼？（求知型問題）

4. 你覺得作者的父親為何從不叨念成績考壞的兒女們？（推測型問題）

5. 作者提到：「最後，我想到了『名字』，一個不用說話，就可以說話的好方法。」你覺得這段話代表什麼意思？（推測型問題）

四、作業活動

深度討論作業

1. 尋找自己的姓名密碼！請利用網路或圖書資料，完成下列表格：

姓名				
字形	甲骨文			
	金文			
	戰國文字			
	小篆			
字義	說文			
	字典			

請利用上述所蒐集的字形，設計一個專屬自己的名字圖案。

呂映靜老師　撰

學生深度討論單

1. 閱讀思辨討論篇章

　　許榮哲〈名字，重複一輩子的愛〉

2. 分組討論

主要討論人	討論成員	書面記錄人	口頭報告人

本組提問	問題描述：
問題類型	問題類型歸納（可複選）：
本組回應	問題描述：
	回答：

備註	1. 回應問題時，必須有「主題句（Topic Sentence）」表達觀點或立場。 2. 回應問題時，必須舉出各類例證或數據，形成「支持句（Supporting sentences）」，以論證觀點或立場。 3. 回應問題時，必須統整前述之論述，總結為「結論句（Concluding sentence）」，整合論證，說明結論。

求知型問題AQ/Authentic Question：開放性問題，問題具多樣性，提問者對於他人的回答感興趣。除測試型問題以外都為求知型問題。

追問型問題UT/Uptake Question：是追問其它人所說的意見，用以釐清、深化問題與認知，並會帶出更多的對話。

分析型問題Ay/Analysis Question：找出文本各部分不同的看法，及這些看法有何相關的問題。分析文本中的概念、想法或論點。

歸納型問題Ge/Generalize Question：整合相關資訊得到更通用化概念的問題。將文本所出現的概念或想法重新組織，建構觀點或創造新的資訊。

推測型問題SQ/Speculate Question：在閱讀時帶入個人體會，這類型的問題能使文章與各自的感受及經歷之間建立聯繫，引導學生對文本產生更豐富、高層次理解。通常是以下面句型出現：「如果……，你會怎麼做？」、「你是否有類似於……的經歷？」、「如果你是……，你會有什麼感受？」

感受型問題Af/Affective Question：將文本與回應者自身的情感或生命經驗連結。聯結個人生活經驗與文本之間的聯繫，進而提出問題。

連結型問題CQ/Connective Question：聯結個人生活經驗與文本之間的聯繫，進而提出問題。根據組內成員早先的討論、主題或是彼此共同擁有的經驗而來的問題。與其他小說、資料、藝術品、電影、網路、電視、雜誌等文本材料的關聯或比較而提出問題。

（深度討論教學教師社群）

玩古最癡，玩古何幸

舒國治

一、教材來源

文本內容

　　年前於中壢雲南聚落嘗小吃，見一人家門聯，「四季有花春富貴；一生無事小神仙」，讀之佇步，悠然神往。噫，一生無事，千萬人中，得一人乎？

　　人一生奔忙何者？來來往往，汲汲營營，不可稍停。但有一歇腳處，即樹下石旁，便感無限清涼，眞不願立然就道，心忖：再賴一會兒多好。多半之人不久又登途，續往前行。此中若有於其人生一瞬稍作停思者，不免興出好些個零瑣念頭。

　　便這等零瑣雜念，積存胸中，時深月久，揮發成某種從事，其中一項，謂之玩古。

　　倏忽已是二十一世紀，國人積前數十年勤奮業作，社會稱富，好古者更加樂於擁物。三五月夜，良朋來家，出酒治菜，把杯言歡。大暢醺飽，隨又上茶，茶過數盅，延至另室，開箱取物，展看己所珍藏，摩弄研討，斷朝代，道興廢，眞樂之至矣。

　　大凡人之沉浸古器，隱隱然有其先天前世召喚之不得不之勢，一旦觸探，便深牽縈入之。如言天性，不待學而知、知而喜、喜而癡迷也。好古，亦隱有拋斬世腥棄絕繁華之志，偶於几前摩賞，但覺古硯解語、梅瓶知心也。

　　社會既富，傖俗之人蒐買古物不免以之妝點家廳，以之炫誇朋友，以之應酬賓客，甚而以之儲值保財也。清雅之人博看詳討，爲蒐得一器，愛不釋手，雨破天青，邢越汝定，雖由人造，

終成天物，常自詡爲解人，大有人生得一知己足矣之慨。以古器映照自家品味，而自己原是此器之知音，便他人蓄此，亦是不得正主。其癡概有如此。

俗雅二者之玩古，相異固如是；然愛其斑斕錦繡、年浸月淬之古氣舊趣美致，則其一也。

玩古最賴有癡。癡者原不乏，苛惡社會桎枯了他；癡者原多有，窮狠世界障蔽了他。癡者固有，於玩古最見其極；嘗見有人每於靜夜，心神俱閒，取古器於櫥籠，一一陳列几榻，展之觀之不足，繼以手握之，指甲輕摳之，放大鏡窺睍之，張口呵潤之；隨又重新排陣，如校閱兵士，看一回，歎讚一回；燃香菸吸吐，神往也；取檳榔嚼咬，發高昂情也；斟茶湯漱呑，解渴熱也；更有篩烈酒下喉，盡酣肆之心也；播放搖滾音樂，振其波盪不盡淋漓快意也。當此一刻，顧盼生姿，游心太玄，塵土肚腸爲之浣盡。所列諸器，其年代固稱宋元明清，然於他，不過與古人通聲氣耳。此以一人與諸器訂交，但求遨遊古人大塊也。遇閱古甚廣者，可徹夜談；若對傖父，何妨珍祕不出。其癡也如此。

人之大患，在於有我；上天有好生之德，遂發派我人奔忙庸碌於外間萬務，使之得一忘我。世務紛紜，人之心神終要覓一棲息處，否之空空渺渺，最是難堪，大有不可如何之日深嘆。當此時者，最宜也玩古。佳友往還，古籍映求，須得有他；長日清談，寒宵兀坐，亦賴有他。賞心也，瀹性也。而玩古者，最宜也喪志。不喪志，何知有志？有志而不偶喪，不可確此志之當否固立。

值此腥風穢雨濁世，則癡人愈發要癡，愈發要抱殘守缺。不癡若何，莫非有益。有益復何？終做了無益之事。

二、說明簡介

文本主題介紹

　　作者從「小吃」談及人生中諸多「小事」，遂念起飄忽一生所求為何？倘若稍做停留，不免思之良久人生之意義。未料這般之「思」竟成為作者對待「玩古」的心境大有不同！從貧困到富裕，現今人們探觸起所謂「古」，或有以古物妝點家居、炫耀、應酬、保值者，然其中仍亦有真心之痴者。作者再就其「癡」談及「有我」之境乃人生之患，倘能無我實為玩古之幸。最末以「癡」一字為人生執著之心做結，世務紛紛，人心終需一處得以安頓之。

三、深度討論

教師課堂深度討論引導問題

1. 文本中「人一世奔忙何者？來來往往，汲汲營營，不可稍停。但有一歇腳處，及樹下石旁，便感無限清涼，真不願立然就道，心忖：再賴一會兒多好。多半之人不久又登途，續往前行。此中若有於其人一生一順稍作思停者，不免興出好些個零碎念頭。」這段話既有前行有略有思考前行意義之思與沉澱。對於你而言，人生中的停頓所代表的意義除了休息是為了走更長遠的路這般俗套語外，還有何種樣貌？請以「停頓」的意涵作為基礎，自由發揮對此二字之想法。（推測型問題）

2. 接續前文，古代中國諸子百家各有專精思想、理想，在本文中你可曾看見或者認為哪一家的思想可與之契合？又或者哪一家的思想可使你對這段話提出任何不同想法？請深刻穩當的提出見解，盡量發揮無妨。（追問型問題）

3 文學和生活既然是不可分割的一體，那麼請你從這段文字中提煉出專屬於你的生命精華。寫下「十五字」以內的文案，主題即為「停頓」。任何想法都可，只需使文字精簡、意義獨特、發人深省。（連結型問題）

4.請靜心思考關於你生命中的停頓，將為你的人生帶來什麼樣的轉變。
或許你不可稍停、或許你已疲憊亟需停頓。請靜心思考並將想法寫在
回饋單上。（感受型問題）

四、作業活動

深度討論作業

　　請以本篇文本為基準點，討論「你的人生興趣」、「對奔忙的感
受」、「對汲汲營營四字的體悟」、「抱殘守缺」幾個項目，寫在小組回
饋單中。並加以延伸寫下六百字文章，題目可自訂。

李純瑪老師　撰

學生深度討論單

1. 閱讀思辨討論篇章

　　舒國治：〈玩古最癡，玩古何幸〉

2. 分組討論

主要討論人	討論成員	書面記錄人	口頭報告人

本組提問	問題描述：

問題類型	問題類型歸納（可複選）：

本組回應	問題描述：
	回答：

備註	1. 回應問題時，必須有「主題句（Topic Sentence）」表達觀點或立場。 2. 回應問題時，必須舉出各類例證或數據，形成「支持句（Supporting sentences）」，以論證觀點或立場。 3. 回應問題時，必須統整前述之論述，總結為「結論句（Concluding sentence）」，整合論證，說明結論。

請沿虛線剪下

求知型問題AQ/Authentic Question：開放性問題，問題具多樣性，提問者對於他人的回答感興趣。除測試型問題以外都為求知型問題。

追問型問題UT/Uptake Question：是追問其它人所說的意見，用以釐清、深化問題與認知，並會帶出更多的對話。

分析型問題Ay/Analysis Question：找出文本各部分不同的看法，及這些看法有何相關的問題。分析文本中的概念、想法或論點。

歸納型問題Ge/Generalize Question：整合相關資訊得到更通用化概念的問題。將文本所出現的概念或想法重新組織，建構觀點或創造新的資訊。

推測型問題SQ/Speculate Question：在閱讀時帶入個人體會，這類型的問題能使文章與各自的感受及經歷之間建立聯繫，引導學生對文本產生更豐富、高層次理解。通常是以下面句型出現：「如果……，你會怎麼做？」、「你是否有類似於……的經歷？」、「如果你是……，你會有什麼感受？」

感受型問題Af/Affective Question：將文本與回應者自身的情感或生命經驗連結。聯結個人生活經驗與文本之間的聯繫，進而提出問題。

連結型問題CQ/Connective Question：聯結個人生活經驗與文本之間的聯繫，進而提出問題。根據組內成員早先的討論、主題或是彼此共同擁有的經驗而來的問題。與其他小說、資料、藝術品、電影、網路、電視、雜誌等文本材料的關聯或比較而提出問題。

（深度討論教學教師社群）

少年彌陀

蔣勳

一、教材來源

文本內容

他走上漯底山的時候，覺得自己全身像被汗水洗了一次。

漯底山不高，其實只是一個矗立在海岸上的小山丘

但是漯底山樣子長得非常奇怪，一般的山都長滿了樹木綠草，翁翁鬱鬱，漯底山卻是光禿禿的。

地質學家說這就叫做「惡地形」，是火山爆發形成的泥漿岩層。這些灰白的，像人或動物死去後留下的屍骨一般高高低低的山稜，走起來就有一點艱難。

加上他特別肥胖的身體，一步一步，挪移在有點滑、光溜溜的山稜上，必須小心保持平衡，那些陡斜的山坡稜線，好像刀背，很窄，腳不容易踩穩，身體上面九十幾公斤的重量晃動著不容易擺平的多餘出來的肉，他的確走得有點狼狽難堪。

汗如雨下，濕透了他上身的T恤，棉質的衣服就緊緊黏在身上，好像要變成他肥胖軀體的另外一層皮膚。

汗水也順著腰部兩側的肉向下流淌，整條運動短褲也都濕透了沿著大腿、膝蓋、足踝，一路滴下去，滴在灰白色的土地上，留下了斑斑點點深色水印子，但不多久，又被太陽曬乾了，仍然是屍骨一樣的灰白。

（他叫柱子，可能不只是他的名字中有個「柱」這個字，也同時從小的身材特別高大壯碩，像廟宇裡頂天立地一根粗壯的柱子，大家就都覺得理所當然應該叫他——柱子。）

　　柱子是這個叫做彌陀的海邊鄉村的人。

　　他的父親是軍職，一九四九年隨政府遷到台灣，在南部定居。

　　母親的老家在彌陀，一個到處是虱目魚魚塭的海邊村鎮。

　　他不特別覺得自己跟「彌陀」有什麼關係，那只是身分證上填寫戶籍的時候註明的一個地方。

　　而且他一直以為「彌陀」跟佛教的「阿彌陀佛」有關，後來被一個老師糾正，告訴他「彌陀」早先叫「微羅」，也有寫做「眉螺」的，所以有可能是平埔族語言中的「Viro」的漢語音譯。

　　漢人總是記不住其他民族的語言，把「Viro」變成「微羅」，變成「眉螺」，都還是不容易記，最後誤打誤撞，有人唸成「彌陀」，大家反而記住了，這兩個字對漢人來說有特別的意思，容易記下來。

　　他的老師還告訴他：「Viro這個發音應該是『竹子』的意思！」

　　但是，他擦了擦額頭上的汗，汗匯聚在他濃重的眉毛上，有些流進了眼睛，有點酸澀。

　　「但是——這死人白骨一樣的濛底山上怎麼找不到一根竹子？」

　　他幻想著翠綠翠綠的竹林，一叢一叢，高高的梢頭在風裡搖曳，密密的竹葉過濾著太強的陽光，所以即使在夏日中午，只要在竹林中，還是覺得很陰涼。

　　他也彷彿聽到竹林裡一直亢奮叫著的蟬的聲音，他也彷彿聽到了竹林深處有一條潺潺湲湲的溪流，不斷如歌聲一樣發出聲響。

　　（他是愛幻想的，他的老師批改他的作業，也常常說他有過度做白日夢的傾向。但是，夢想有什麼不好呢？他走在酷熱像燒著大火的鍋子的山丘上，四望出去，方圓幾里，寸草不生，屍白

屍白的一片荒丘，他可以夢想到竹林、蟬聲、溪流、微風，潮濕又陰涼的空氣——）

「夢想是真的——」柱子跟同伴們強調：「你閉著眼睛想，竹林，竹林就出現了，很綠很綠的竹林喔，一點都不假，一片一片，你要多少有多少，走都走不完的竹林，你要側著身子才能通過，看過嗎？那麼密集茂盛的竹林，真是他媽的——爽！」

柱子捧著自己肥肥的肚子，呵呵笑了起來。

山上有一朵白雲，正停在他的頭頂。

他仰望著白雲，覺得那是和他講話的一朵雲。

他說：你停下來做什麼？如果是我，我會一直飛翔，旋轉，一直願流，到哪裡都好，但是，我不會停留在原地不動。

白雲沒有回答，一直低頭望著他。

他想：白雲是不是愛上他了。

他因此又對白雲說：「你也不要愛上我，因為我會跑來跑去，我不會因為你愛我，就停留不動。」

白雲在緩緩飄遠的時候，他想：白雲是聽懂了我的話了。

他也感覺到白雲的孤獨與憂傷，但他不知道怎麼辦。

他這麼胖，大概九十多公斤的肉掛在身上，當然是一個沉重的負擔。

他可以感覺到身體裡每一個小小的細胞都胖嘟嘟的，像一朵棉花糖，但是，棉花糖很輕，正好輕得像天上的白雲，所以可以飄來飄去，在任何地方都高高飄在天空上。

他可以飛起來了，他相信許多許多棉花糖一樣的細胞，就像幾千億的氣球，可以輕易地讓他沉重的身體飛舉到天上去。

他想起一首義大利的歌，他聽不懂義大利文，但是他知道那個歌手一直在重複著「Danza」這個字。

「Danza-Danza」他也模仿著歌手愉快又有點辛酸的噪音重複著「Danza」這個義大利的發音。

「我要舞蹈起來——」

他在漯底山的頂端旋轉著，像一只特別大的陀螺。

有人在山下看到了，覺得很好笑，他們大聲告訴旁邊的人說：「你們看到沒有，一個大胖子，那個九十幾公斤的柱子，在山上跳舞。好像一頭大象。」

柱子沒有聽見，他的耳邊呼嘯著那首義大利的歌，他覺得那個歌手就在身邊，用激昂的歌聲鼓勵他——旋轉，跳舞，旋轉，跳舞——。

他看到滿天都是金色的彩霞，彩霞像一種流動的血，血不純然是紅色的，有一點紫，有一點藍，在最流動的地方有很多金色和橙色。

「如果我的血有一天都變成了晚霞，一道一道留在彌陀的天空上，人們會驚叫著說：看啊！看啊！多麼美麗的夕陽——」

（那時候他低垂著頭，十分沮喪，他知道那是他身體裡的血，因為沒有了血小板，血不能凝固，就四處流動，變成天空上紅一塊、紫一塊的夕場，而那些金色便是他不甘心死去的一些夢想與希望吧！）

彌陀鄉一棵很老很老的茄苳樹，樹幹要二、三人合抱，樹皮皺老如同漯底山岩石的皺摺，他不知道為什麼這棵樹在夏天的時候綠葉扶疏，卻在冬天的時候完全掉完了葉子，只剩禿禿的枝幹張在空中。

皮影戲的小戲台有時候就搭在樹下。晚上的時候，蒙了白布的影箱打了燈，一些老師父就在白色的影窗上演出皮影戲——《陳三五娘》。

皮影是用一張薄薄的豬皮製作的，有點半透明，雕成人的形狀，有細細的手指，手肘，有裊娜移動的腳，用線穿在竹棍上，老師父轉動竹棍，皮偶就像真人一樣笑起來或哭起來，或者憂傷地嘆氣，用尖尖細細的聲音說著自己的心事。

（他童年的時候便在這茄苳樹下看了很多齣皮影戲，看到深夜，戲班的老師父都收了影窗，把皮偶一具一具放進木箱裡，他

還是死盯著那皮偶看，他想，這樣他們就可能安心休息了嗎？）

「但是——」柱子忍不住問老師父：「戲還沒有演完啊——」

老師父笑著摸摸柱子的頭，問他：「你喜歡演戲嗎？」

「我喜歡跳舞！」

老師父手舞足蹈，像一朵花，停在半空中。

柱子很驚訝，覺得老師父是一個魔術師，可以讓扁扁平平的皮偶動起來，又哭又笑，也可以一下子飛在空中，變成一朵悄悄掉下來的落花。

「你教我——」柱子央求著老師父。

老師父笑了，他說：「不行，沒有人可以教你。」

「那怎麼辦？」柱子快哭了。

（老師父走了，把一木箱的皮偶裝進他的小貨車，然後發動引擎，就在黑黑的街道上消失了。但他臨開車前，俯身在柱子的耳邊說：你就留在這棵樹下，等人走完了，等天空有了星辰，你會看到一些會在空中跳舞的人——）

他一直等，一直等，一直到某一個初春的晚上，茄苳樹光禿禿，還沒有新芽，他等得睡著了，忽然他看到一群上身赤裸的少女舞蹈著出來，她們踩著義大利歌的節拍，搖擺著美麗的身體，她們都像一朵一朵落花，輕輕從空中落下。

於是，他決定自己是一個寂寞的小女孩，一個人呆呆站在樹下，等待這些少女來邀他一起舞蹈。

二、說明簡介

文本主題介紹

柱子？他是彌陀還是竹子？那是關於希望的故事。作者緩緩訴說關於一位名為「柱子」男子的生活與心境，從原生家庭談起，聊著柱子住的地方、接觸到的人們、嚮往的人事物——以及柱子對人生的希望和迷惘。柱

子對自己的未來有著無限想像，哪怕被說是個白日夢，然而柱子的心中永遠有一片空間，是一片能夠懂得自己的空間，那是柱子的自在天地，柱子的夢想能在這裡發芽生根並且茁壯。柱子唱歌跳舞，在他居住的彌陀鄉；看著皮影戲渴望學會這般「魔術」。柱子有許多的美好想望，雖然總是落空。然而柱子心中的那方自在天地讓他的心中依然生出美麗的花，猶如一次又一次的新生與希望。

三、深度討論

教師課堂深度討論引導問題

1. 認識自己的過程到底該生成什麼模樣？或許我們得從原生家庭談起。請試著細想你的原生家庭曾帶給你最深刻的影響為何？致使你做了何種決定或者當下的判斷？（感受型問題）

2. 你曾感到失落了什麼嗎？兒時的小小希望、童年時對生活的一點期待竟在無意中被時間沖刷而逝。請小組對作者所描述的關於白日夢、理想、興趣、喜歡等意念提出看法。可以贊同、可以批判、可以挑揀出任何疑問、提出文章中你感到不明就裡或有誤之處，請盡量發揮無妨。（感受型問題、追問型問題）

四、作業活動

深度討論作業

1. 每個人都有理想，然而理想豐滿、現實骨感，當你如書中主角一般閉上雙眼做著一份白日夢，你的豐滿理想是什麼呢。請以「白日夢」為題，寫下「十字」以內文案，讓眾人一目瞭然何者為「白日夢」。（文中不可出現白日夢三字）

2. 請將本文〈少年彌陀〉結合另一篇你所想到的任何文章加以對比，並寫成六百字文章。挑選的文章不限體裁和內容，該文只需讓你深刻的加以延伸、體會、聯想、對照即可。文章亦不需如國高中作文一般充滿陽光充滿愛，若遇表達人生黑暗面自然無礙。

李純瑀老師　撰

學生深度討論單

1. 閱讀思辨討論篇章

　　蔣勳：〈少年彌陀〉

2. 分組討論

主要討論人	討論成員	書面記錄人	口頭報告人

本組提問	問題描述：
問題類型	問題類型歸納（可複選）：
本組回應	問題描述：
	回答：

備註	1.回應問題時，必須有「主題句（Topic Sentence）」表達觀點或立場。 2.回應問題時，必須舉出各類例證或數據，形成「支持句（Supporting sentences）」，以論證觀點或立場。 3.回應問題時，必須統整前述之論述，總結為「結論句（Concluding sentence）」，整合論證，說明結論。

求知型問題AQ/Authentic Question：開放性問題，問題具多樣性，提問者對於他人的回答感興趣。除測試型問題以外都為求知型問題。

追問型問題UT/Uptake Question：是追問其它人所說的意見，用以釐清、深化問題與認知，並會帶出更多的對話。

分析型問題Ay/Analysis Question：找出文本各部分不同的看法，及這些看法有何相關的問題。分析文本中的概念、想法或論點。

歸納型問題Ge/Generalize Question：整合相關資訊得到更通用化概念的問題。將文本所出現的概念或想法重新組織，建構觀點或創造新的資訊。

推測型問題SQ/Speculate Question：在閱讀時帶入個人體會，這類型的問題能使文章與各自的感受及經歷之間建立聯繫，引導學生對文本產生更豐富、高層次理解。通常是以下面句型出現：「如果⋯⋯，你會怎麼做？」、「你是否有類似於⋯⋯的經歷？」、「如果你是⋯⋯，你會有什麼感受？」

感受型問題Af/Affective Question：將文本與回應者自身的情感或生命經驗連結。聯結個人生活經驗與文本之間的聯繫，進而提出問題。

連結型問題CQ/Connective Question：聯結個人生活經驗與文本之間的聯繫，進而提出問題。根據組內成員早先的討論、主題或是彼此共同擁有的經驗而來的問題。與其他小說、資料、藝術品、電影、網路、電視、雜誌等文本材料的關聯或比較而提出問題。

（深度討論教學教師社群）

念書時該怎麼聆聽、
學樂器生活品質更好

李明蒨

一、教材來源

文本內容

念書時該怎麼聆聽

問：「為什麼孩子喜歡邊讀書邊聽音樂，可是功課卻不怎麼
　　樣？」

答：「請問你的孩子念書時聽什麼音樂？」

問：「最新流行歌曲。」

答：「那他應該都能朗朗上口。」

問：「對……，他都會唱，邊聽邊唱。」

答：「邊聽邊唱邊讀書……，一心好幾用，這樣能專心
　　嗎？」

　　很多父母對於孩子讀書該不該聽音樂感到困惑。我通常反
問：「你的孩子聽什麼音樂？」答案不是流行樂，就是搖滾樂。
每個人聽的音樂包羅萬象，我們理當尊重，但念書為求效率，有
些守則必須特別加以規範。

念書聽音樂四守則

1. 守則一：控制音量

　　音樂既然可以當作背景音樂，當然也適用於念書時，帶有陪

伴以及提振精神的效果。熬夜念書是常有的事,夜深人靜來點音樂相伴,念起書來會少些孤單。既是當作背景音樂,重點在於音量的控制,以免干擾到念書的效率。如果從旁邊經過還能聽到耳機傳來的聲音,或是隔著房門還可聽到清楚樂聲,顯然都不符合背景音樂應有的音量。

2. 守則二:避免聽有歌詞的音樂

有歌詞的音樂容易轉移注意力,忍不住想聽歌詞內容,聽到熟悉或喜愛之處,不自覺跟著哼上兩句,影響讀書心情。若歌詞內容正好引起共鳴,整個思緒陷入其中,音樂反覆在腦中盤旋,手上抱著書本又哼又唱,心思散亂,應予修正。要看書就專心看,想唱歌就好好唱,又看又唱,思緒難以連貫,無法有效率地學習。

除非將原本歌詞改為書本內容,以哼唱方式記憶成效更高,因為音樂旋律能夠輔助記憶,有加深記憶的效果。

3. 守則三:避免聆聽熟悉的電影配樂,或過於悲傷的音樂

熟悉的電影配樂容易與電影情節產生聯想,劇情加上音樂的催化,很容易陷入幻想。悲傷的音樂則容易引發曾有過的情感記憶,大腦偏好負面情緒記憶,對於悲傷音樂的反應也大於愉快的音樂。所以念書時盡量避免陷入情感聯想中,以輕快、喜悅的音樂為首選,有助放鬆及提振精神。

4. 守則四:聽純音樂,或輕音樂

純音樂或輕音樂的特色是沒有歌詞,旋律不易朗朗上口,不容易誘發情感聯想,有助於集中注意力。國外經常實驗各種有助於學習的音樂,莫札特永居冠軍寶座!並非莫札特人緣特別好,兩百多年來大家都在說他的好話,而是其音樂帶有豐富的高頻率,有助頭腦清醒,簡單悅耳的旋律使心情愉悅輕鬆,規律的節奏影響規律心跳帶來安定與安全感。綜合以上音樂特色,對學習成效有明顯幫助。美國有些中學會在課堂上播放莫札特音樂當作背景音樂,以提升學生的學習成效。

科學家愛因斯坦也極力推薦莫札特的音樂，除了莫札特，他也極力推薦巴哈的音樂。許多好友問他，為什麼偏愛演奏巴哈與莫札特？他說這兩位音樂家的音樂規律又和諧，有如宇宙樂音，對思考和學習有極大幫助。因為他有過親身的體驗，他的科學成就全因音樂的幫助。

巴哈嚴謹的音樂對位，使多聲部能在穩定和諧中同時進行，如偉大的音樂工程師將每個音擺放在最恰當的位置，聲部複雜卻穩定和諧，像是經過縝密計算產生的結果。這樣的音樂有助釐清思緒，促進學習，尤其是運算數學時的最佳背景音樂。

不過，並非所有古典音樂皆有助學習。曾經以大學生為實驗對象，讓他們在念書聽貝多芬交響曲，九成以上反映忽強忽弱的音樂雖有助精神提升，但難以專心念書，專注力總是在忽而出現的強音下被打擾。

α波v.s.β波

理想的念書狀態是能夠在既放鬆又集中精神的狀態下進行，身體放輕鬆，腦袋就能集中運轉；一般人正好相反，身體緊繃，心思鬆散，學習成效不彰。二〇〇九年一月，風潮唱片與工研院合作發表研究結果，測試二十五位對象，在聽過由風潮唱片發行的音樂十分鐘後，主意識清醒的α波提升了百分之二十一，主緊張的β波大為降低，平衡情緒。焦慮的父母也許擔心，音樂會不會讓人過於放鬆反而影響了學習成效？事實上α波是讓人處於警覺性放鬆，而非完全性放鬆，符合前述「又放鬆，又集中」的狀態。只要不是過於緩慢低沉，讓人進入冥想狀態的音樂，都不會有過於放鬆的疑慮。經由音樂平衡過的情緒，頭腦變清晰，念起書來也會事半而功倍。

學樂器生活品質更好

芸的奶奶六十歲退休後生活過得很空洞，我建議她學琴！

奶奶問：「看不懂五線譜、不認識豆芽菜，學琴可能嗎？」

我回答：「有種簡譜，只要看懂數字就不是問題。」

奶奶從此每天練琴兩小時，直呼生活變得好充實。

一年後，奶奶以「最老的學生」資格，跟著音樂教室其他小朋友在發表會上彈奏。上臺前不斷有人向她致意，以為她是指導老師呢……。

每個人想必體驗過，藉由某種樂器製造出聲響，看到樂器本能地想敲一敲、按一按、吹一吹，當樂器藉著我們的手或嘴巴發出聲音，常會讓人感覺興奮。大部分的人從小到大多多少少有過接觸樂器的機會，才藝班、安親班推出的各種樂器課程一向都很熱門，鋼琴、小提琴、長笛是普遍入門的選擇。就算沒有機會加入才藝班，學校音樂課也會指導吹直笛、彈吉他，或是加入學校社團、節奏樂隊、管樂隊，當手指按壓琴鍵，撥動琴弦，對著音孔吹出聲音，敲打鼓面，不知你是否還記得，聽著自己在樂器上製造出聲音的那瞬間有多開心？是一種暢快，也是一種成就感。這種快樂不分年齡，誰都能享受到製造音樂的快感。

我曾帶社區大學學生到位於大溪的樂器展覽館進行一場音樂體驗。館內備有各種樂器供作體驗，這群資深學生玩到忘我，到了過午忘食的地步。他們彈琴、彈吉他、敲擊樹鐘、鍾琴、木魚、爵士鼓等，每個人盡情彈奏、盡情發洩，臉上綻放出青春氣息，全身充滿活力，讓我深感成年人是需要學習樂器的。

學習樂器好處多。有哪些好處呢？說明如下：

手腦並用，讓你變聰明

美國科學家曾找來一群十歲大的孩子進行研究，透過儀器觀察到學過一年樂器的孩子，光是湧入小腦的腦神經細胞，遠比沒學過樂器的孩子的整個大腦多更多。儀器也顯示，人在練習樂器時，腦中幾乎沒有一個區域是不活躍的。

彈鋼琴可說是最全面性的訓練，眼睛看雙行譜，雙手彈奏不同的音，腳踩踏板，過程相當艱難。但也是這種艱難的訓練，致使大腦充活化，變得更聰明。

　　任何年齡都是學習彈琴的好時機，成年人無須有任何擔憂，看不懂五線譜有簡譜可替代；怕琴音擾人，現在盛行數位鋼琴，戴上耳機只有自己聽到，可盡情彈奏。手腦並用還可以預防老年癡呆，銀髮族尤其需要持續練習，保養腦力。

紓憂解悶，宣洩情緒

　　有一次爬山健行，進入苗栗南庄翁鬱的山區，聽到一陣古簫樂聲不絕於耳，迴盪山谷間的聲音顯得遼闊悠揚，聽者無不心曠神怡，好奇地想知道聲音的來源。步道走到盡頭，看到有個由簡陋木板搭成的攤位，吸引路過的爬山健行者一探究竟。攤位上販售各式大小尺寸的簫和笛，老闆年約七旬，只要有人好奇詢問或圍觀，老闆都會熱情地詳細解說，並親自示範吹奏，剛才一路聽到的音樂即是從此處發出。

　　老闆開始吹奏，神情極為忘我，接二連三吹了多首知名老歌和民謠小調，吹奏完畢他帶著勸世的口吻說：「每天吹奏音樂，心情輕鬆舒暢，哪裡還會得什麼憂鬱症！」

　　演奏音樂要耳到、手到、心到和眼到，很容易進入渾然忘我之境，專注在音樂當中，彈奏過程，感受音樂的爆發、靜止、上升、下降，有助還原身體活力與協調性，動盪血脈，通暢身心，釋放內心鬱積的壓力與苦悶，可謂解鬱之良方。

　　古代文人多以彈琴賦詩解憂消愁，宋代文人歐陽脩憂鬱難癒，也是在習琴彈奏中得到康復，他說：「欲平其心以養其疾，於琴亦將有得焉。」

　　「玩琴可以養心」，彈奏樂器可以平緩情緒，抒發心事，傳達難以言喻的心思，現代人常常因孤單寂寞而情緒異常，引發心理失去平衡，需要有正常管道疏通，情緒才能夠保持平衡。偶爾在郊外或海邊聽到有人獨自吹奏口琴，或拉奏二胡，他們的演奏有著共同特色，就是全都發自內心，就像在述說心情，這正是我們每個人都需要的。我們心中總是反覆著太多的對話，這些對話無處可洩，不敢說或無處可說，全都積塞在胸膛，心肺無法負

荷，如果能透過樂聲抒發，那真是暢快的享受。

充實退休生活

　　退休是新的生活學習，仍在工作崗位上時，渴望有一天自由自在，不用每天趕打卡。退休後享受了三個月不用打卡，每天睡到自然醒的日子，睡飽了，心卻空了起來，生活突然沒重心，不知要做什麼？不少人退休後不是得了憂鬱症，就是快速老化得了癡呆症。有個退休才開始學琴的朋友告訴我，剛開始的退休生活突然多出了好多空白，於是就用午睡來打發漫長白天，吃過午飯，一點鐘開始睡，下午四點起來，等候太陽下山，消極地打發時間，一天過一天。聽得出她閒得發慌，深怕時間空在那邊不曉得要幹嘛。後來建議她學琴，開始學琴後她告訴我，隨便一練，兩個鐘頭就過去，現在生活得好充實，反而擔心時間不夠用。

永保青春活力

　　練樂器需要有好的視力看譜，好的聽力辨別聲音，好的耐力持續練習。萬事起頭難，成人剛進入練琴狀態很容易感到困難重重，尤其在可塑性不如小孩的情況下，學習起來顯得很生硬。有人看不習慣五線譜，嫌音符太小了看不清楚；有人不慣久坐，彈一下就想停；有人說手好痠，彈不動，任何抱怨都可以成為放棄學習的理由。

　　成年人想保青春活力就須有恆心，持之以恆才能維持在最佳狀態。老化，始於當你決定放棄前進的那一刻起。如果能克服初期的困難，持之以恆地學習，過段時間你會發現，在同齡的老朋友之中，你的閱讀反應最好，聽覺最靈敏，身體耐力最好。更重要的是，在音樂的薰陶下，成就感的滿足下，你變得容光煥發，神采宜人。

　　——選自《聆聽自己，聽懂別人：35堂讓生活更美好的聲音魔法課》

（臺北：張老師文化，2011年）

二、說明簡介

文本主題介紹

　　身處現代高科技社會，每個人的學業、工作甚至日常生活，已無時無刻離不開電腦、網路、手機等3C產品。而在面對壓力，尋求紓解時，從古典樂到流行樂；輕柔Jazz或重金屬Rock；百聽不厭的情歌到給人安慰的福音，音樂著實是一重要情緒療癒良方。

　　李明蒨老師提供音樂學理上的專業建議，更著重教導個人學習聆聽與記錄成果，藉由聽遠方的聲音、洗個音樂澡、辦公室音樂等多重活潑面向，讓我們傾聽自己，更聽懂別人：「學會聆聽讓生活更美好」、「善用聆聽讓身心都健康」、「聆聽音樂世界變得不一樣」。

三、深度討論

教師課堂深度討論引導問題

1. 當你念書時播放各種音樂體驗看看，哪種音樂最能讓你平衡情緒、放鬆身體，進而頭腦清晰。（感受型問題）
2. 別只「說」不「聽」，除了音樂之外，還有那些（某句話、表情、心跳聲……）值得我們靜下心來仔細傾聽。（連結型問題）

四、作業活動

深度討論教學活動

　　「樂音悠揚」，請在課堂上，由曾學習各種不同音樂的同學，帶著樂器上台演奏，共同聆聽與分享。

翁敏修老師　撰

學生深度討論單

1. 閱讀思辨討論篇章

　　李明蒨：〈念書時該怎麼聆聽〉、〈學樂器生活品質更好〉

2. 分組討論

主要討論人	討論成員	書面記錄人	口頭報告人

	問題描述：	
本組提問		
問題類型	問題類型歸納（可複選）：	
本組回應	問題描述：	
	回答：	

備註	1.回應問題時，必須有「主題句（Topic Sentence）」表達觀點或立場。 2.回應問題時，必須舉出各類例證或數據，形成「支持句（Supporting sentences）」，以論證觀點或立場。 3.回應問題時，必須統整前述之論述，總結為「結論句（Concluding sentence）」，整合論證，說明結論。

求知型問題AQ/Authentic Question：開放性問題，問題具多樣性，提問者對於他人的回答感興趣。除測試型問題以外都為求知型問題。

追問型問題UT/Uptake Question：是追問其它人所說的意見，用以釐清、深化問題與認知，並會帶出更多的對話。

分析型問題Ay/Analysis Question：找出文本各部分不同的看法，及這些看法有何相關的問題。分析文本中的概念、想法或論點。

歸納型問題Ge/Generalize Question：整合相關資訊得到更通用化概念的問題。將文本所出現的概念或想法重新組織，建構觀點或創造新的資訊。

推測型問題SQ/Speculate Question：在閱讀時帶入個人體會，這類型的問題能使文章與各自的感受及經歷之間建立聯繫，引導學生對文本產生更豐富、高層次理解。通常是以下面句型出現：「如果……，你會怎麼做？」、「你是否有類似於……的經歷？」、「如果你是……，你會有什麼感受？」

感受型問題Af/Affective Question：將文本與回應者自身的情感或生命經驗連結。聯結個人生活經驗與文本之間的聯繫，進而提出問題。

連結型問題CQ/Connective Question：聯結個人生活經驗與文本之間的聯繫，進而提出問題。根據組內成員早先的討論、主題或是彼此共同擁有的經驗而來的問題。與其他小說、資料、藝術品、電影、網路、電視、雜誌等文本材料的關聯或比較而提出問題。

（深度討論教學教師社群）

《紅樓夢》（節選）

曹雪芹

一、教材來源

文本內容

甄士隱夢幻識通靈　賈雨村風塵懷閨秀

　　一日，炎夏永晝，士隱於書房閒坐，手倦拋書，伏几昤睡。不覺朦朧中走至一處，不辨是何地方，忽見那廂來了一僧一道，且行且談。只聽道人問道：「你攜了此物，意欲何往？」那僧笑道：「你放心。如今現有一段風流公案正該了結，——這一干風流冤家尚未投胎入世——趁此機會，就將此物夾帶於中，使他去經歷經歷。」那道人道：「原來近日風流冤家又將造劫歷世。但不知起於何處？落於何方？」那僧道：「此事說來好笑。只因當年這個石頭，媧皇未用，自己卻也落得逍遙自在，各處去遊玩。一日，來到警幻仙子處，那仙子知他有些來歷，因留他在赤霞宮中，名他為赤霞宮神瑛侍者。他卻常在西方靈河岸上行走，看見那靈河岸上三生石畔有棵絳珠仙草，十分嬌娜可愛，遂日以甘露灌溉，『這絳珠草』始得久延歲月。後來既受天地精華，復得甘露滋養，遂脫了草木之胎，幻化人形，僅僅修成女體，終日游於『離恨天』外，饑餐『秘情果』，渴飲『灌愁水』。只因尚未酬報灌溉之德，故甚至五內鬱結著一段纏綿不盡之意，常說：『自己受了他雨露之惠，我並無此水可還；他若下世為人，我也同去走一遭，但把我一生所有的眼淚還他，也還得過了！』因此一事，就勾出多少風流冤家都要下凡，造歷幻緣。那絳珠仙草也在其中。今日這石正該下世，我來特地將他仍帶到警幻仙子案前，

給他掛了號，同這些情鬼下凡，一了此案。」那道人道：「果是好笑，從來不聞有還淚之說。趁此你我何不也下世度脫幾個，豈不是一場功德？」那僧道：「正合吾意。你且同我到警幻仙子宮中，將這蠢物交割清楚。待這一干風流孽鬼下世，你我再去。如今有一半落塵，然猶未全集。」道人道：「既如此，便隨你去來。」

賈夫人仙逝揚州城　冷子興演說榮國府

　　子興冷笑道：「萬人都這樣說，因而他祖母愛如珍寶。那週歲時，政老爺試他將來的志向，便將世上所有的東西擺了無數叫他抓，誰知他一概不取，伸手只把些脂粉釵環抓來玩弄。那政老爺便不喜歡，說將來不過酒色之徒，因此便不甚愛惜。獨那太君還是命根子一般。說來又奇：如今長了十來歲，雖然淘氣異常，但聰明乖覺，百個不及他一個。說起孩子話來也奇。他說：『女兒是水做的骨肉，男子是泥做的骨肉。我見了女兒便清爽，見了男子便覺濁臭逼人！』你道好笑不好笑？將來色鬼無疑了！」

二、說明簡介

文本主題介紹

　　沒有過去就沒有情感基礎，沒有未來就沒有發展願景，人是過去現在未來的三位一體，你是誰？你該何去何從？你的存在意義是什麼？這就是故事源頭，追尋真理的開始，你也才真正踏上為自己出征的道路。

　　從認識自己到展望未來，透過榮格十二原型人格作為框架，搭配英雄之旅叩問學生們渴望自己成為什麼類型的英雄？擁有什麼樣的旅程？而在上路之前該怎麼理解並接納自己的狀態與特質，做什麼樣的準備？

　　每個人都有故事，也都在寫下故事的路途上，希望故事怎麼發展，要從認識自己開始。「我是誰」是學問發生的兩大母題之一，《蘇菲的世界》也是從收到這樣一封沒頭沒腦的信開始，我們都是自己最熟悉親密的

陌生人，「找到自己」、「做自己」、「成為自己」這些話我們天天都在聽，但自己為什麼會不見？會失去？會變成不是自己的自己？為什麼很多報章雜誌不能缺少的會是星座的專欄？因為人們渴望用各種方式更認識自己，星座啟發了一個著名的心理學家，就是佛洛伊德的學生榮格，我們先來做個測驗，看看在榮格的原型人格中，你是什麼樣的人。

三、深度討論

教師課堂深度討論引導問題

1. 回歸本質：以表格歸納寶玉黛玉今生性格和前世關係。（分析型問題）
2. 賈政為何憤怒？這樣的憤怒在當時的社會脈絡的原因？若時空轉置現在，該如何反思評價父親的反應並與之對話？（推測型問題）
3. 這樣的性向測驗效度？在什麼脈絡下產生這樣的機制？當我們既無法得知前世，性向測驗又只是一種參考，我們可以做些什麼接納自己、貼近自己、了解自己進而喜歡自己？（連結型問題）

四、作業活動

深度討論教學活動

活動：榮格十二人格心理測驗

https://reurl.cc/MA0Nv

　　測驗時間兩分鐘，測驗後請同學們在五分鐘內盡量收集不同的人格，互相說明自己的測驗結果，並舉生命中一件真實事件去支持覺得測驗中最有趣的論點。隨機點兩三位同學一人一分鐘分享他聽到最有趣的事例和測驗結果。

　　分成五個小組。

---

1. 正題：原型人格到英雄之旅

　　原型人格是榮格用將每個人生命不同特質和不同階段交叉考慮得出的結果，原型人格的結果不是固定的，而是會因為種種因素而產生變化，關於這種變化的驅動力，榮格稱為「個體化原則」，我們一生將不停進行個體化的工作，同時這也是我們的故事，或者電影、小說、動漫裡不斷書寫的題材，神話學家坎伯曾經提出「英雄之旅」幾乎可以涵蓋所有故事，影響了後世很多的作家、編劇或其他的故事性創作者，很難以置信吧？我們先把原型人格和英雄之旅這兩個詞含在心裡，先看一段影片，讓我們知道甚麼是英雄之旅，讓我們原型人格的討論能更順利。

　　https://youtu.be/Hhk4N9A0oCA

2. 影篇案例分析

　　請小組試寫《飢餓遊戲》與《哈利波特》的主角的英雄類型偏向榮格十二原型人格的哪一種？為什麼？這和他/她的英雄之旅有什麼關係？

　　舉手搶答加分，以速度和內容交叉考慮，此次加分權由TA掌握。

3. 引導思考

　　從剛剛的影片或許可以這麼說：我們都是自己生命裡的英雄，我們在不斷出征，不斷寫下英雄之旅的生命史詩，但是這股驅動力是怎麼回事？深受榮格影響的心理學家莫瑞・史丹在《英雄之旅：個體化原則概論》是這麼解釋的：

　　個體化，是一輩子的人格發展，它是指在家族和文化脈絡下，從一種萌芽狀態以弧形和螺旋形方式向前移動，讓人格的最大潛力得到更充實完全的表達。在往後階段，它更超越了家庭與文化層次，在殊象之內展現普世價值。如果前半生的目標是發展一個健康的自我，以調適文化和環境，那麼，後半生的目標就是超越自我，獲得一種象徵性中心的意識感。中年轉化是從前者邁向後者的重要關鍵。

　　從莫瑞的說明我們可以發現，這樣的變化是一輩子的，除了我們自己，還有文化和家族的影響，在不同階段有不同的目標。現在我們一

起來讀一段文章。

　　曹雪芹：《紅樓夢》。為方便課堂操作，此處文本選段採用中國哲學書電子化計畫，網址：https://ctext.org/hongloumeng/ch1/zh

　　前世今生：寶玉與黛玉VS.神瑛真人與絳珠仙子

　　第一回：甄士隱夢幻識通靈　賈雨村風塵懷閨秀

　　第二回：賈夫人仙逝揚州城　冷子興演說榮國府

4. 修正與反饋

　　小組針對其他小組的發表提供簡要回饋，並針對自己的發表展開修訂，可向教師與TA尋求修改意見或建議方向，在時間內以貼文張貼於課程社團，完成後展開匿名投票，得票最高的小組獲得加分。

5. 結語

　　當你接受了自己是英雄，你的傳說和旅途將就此開始。

6. 閱讀討論參考文本

參考書目

喬斯坦・賈德著：《蘇菲的世界》，台北：木馬文化有限公司，2010年。

喬瑟夫・坎伯：《千面英雄》，台北：立緒文化出版有限公司，1997年。

莫瑞・史丹：《英雄之旅：個體化原則概論》，台北：心靈工坊，2012年。

邱于芸：《用故事改變世界：文化脈絡與故事原型》，台北：遠流出版社，2014年。

網路資源

榮格十二原型人格測驗https://reurl.cc/MA0Nv

TED演講：什麼是英雄之旅https://youtu.be/Hhk4N9A0oCA

　　　　　　　　　　　　　　　　　　　　　　　　鄭雅之老師　撰

學生深度討論單

1. 閱讀思辨討論篇章

曹雪芹：《紅樓夢》（節選）

2. 分組討論

主要討論人	討論成員	書面記錄人	口頭報告人

本組提問	問題描述：
問題類型	問題類型歸納（可複選）：
本組回應	問題描述：
	回答：

請沿虛線剪下

備註	1.回應問題時，必須有「主題句（Topic Sentence）」表達觀點或立場。 2.回應問題時，必須舉出各類例證或數據，形成「支持句（Supporting sentences）」，以論證觀點或立場。 3.回應問題時，必須統整前述之論述，總結為「結論句（Concluding sentence）」，整合論證，說明結論。

求知型問題AQ/Authentic Question：開放性問題，問題具多樣性，提問者對於他人的回答感興趣。除測試型問題以外都為求知型問題。

追問型問題UT/Uptake Question：是追問其它人所說的意見，用以釐清、深化問題與認知，並會帶出更多的對話。

分析型問題Ay/Analysis Question：找出文本各部分不同的看法，及這些看法有何相關的問題。分析文本中的概念、想法或論點。

歸納型問題Ge/Generalize Question：整合相關資訊得到更通用化概念的問題。將文本所出現的概念或想法重新組織，建構觀點或創造新的資訊。

推測型問題SQ/Speculate Question：在閱讀時帶入個人體會，這類型的問題能使文章與各自的感受及經歷之間建立聯繫，引導學生對文本產生更豐富、高層次理解。通常是以下面句型出現：「如果……，你會怎麼做？」、「你是否有類似於……的經歷？」、「如果你是……，你會有什麼感受？」

感受型問題Af/Affective Question：將文本與回應者自身的情感或生命經驗連結。聯結個人生活經驗與文本之間的聯繫，進而提出問題。

連結型問題CQ/Connective Question：聯結個人生活經驗與文本之間的聯繫，進而提出問題。根據組內成員早先的討論、主題或是彼此共同擁有的經驗而來的問題。與其他小說、資料、藝術品、電影、網路、電視、雜誌等文本材料的關聯或比較而提出問題。

（深度討論教學教師社群）

延伸閱讀 篇目

龍應臺：〈在迷宮中仰望星斗〉

選文出處：龍應臺：〈在迷宮中仰望星斗〉，立緒文化編選：《百年大學演講精華》，臺北：立緒文化，2003年）。

劉克襄：〈雲豹還在嗎？〉

選文出處：劉克襄：《十五顆小行星：探險、漂泊與自然的相遇》，臺北：遠流出版公司，2010年。

辛波絲卡：〈寫履歷表〉

選文出處：Wislawa Szymborska原著，陳黎、張芬齡譯：《辛波絲卡詩集》，寶瓶文化，2011年。

吳曉樂：〈人子與貓的孩子〉

選文出處：吳曉樂：《你的孩子不是你的孩子：被考試綁架的家庭故事——一位家庭教師的見證》，臺北：大塊文化，2014年。

張愛玲：〈必也正名乎〉

選文出處：張愛玲：《流言》，臺北：皇冠，1991年。

沃爾特·惠特曼：有個孩子天天向前走

選文出處：（美）沃爾特·惠特曼（Walt Whitman）著，鄒仲之譯：《草葉集：沃爾特·惠特曼詩全集》，上海：上海譯文出版社，2015年。

蔣夢麟：《西潮》

選文出處：蔣夢麟：《西潮》，臺北：遠流出版公司，1990年。

李雅筑：〈一個改變的故事〉

選文出處：作者：李雅筑　攝影：張智傑　出處：2015年8月號《遠見雜誌》第350期。

安徒生：〈樅樹〉
選文出處：安徒生（Hans Christian Andersen）著，葉君健譯：《安徒
　　　　　生童話故事集》，北京：人民文學出版社，2005年。

莫言：〈諾貝爾文學獎獲獎致辭〉
選文出處：〈莫言：講故事的人〉，《中國評論新聞網》，2012年12
　　　　　月8日，網址：http://hk.crntt.com/doc/1023/3/4/2/102334248.
　　　　　html?coluid=7&kindid=0&docid=102334248&mda
　　　　　te=1208091916。

楊牧：〈又是風起的時候了〉
選文出處：楊牧：《葉珊散文集》，臺北：洪範書店，1977年。

喬斯坦·賈德：〈伊甸園〉
選文出處：喬斯坦·賈德：《蘇菲的世界》，臺北：木馬文化，2017年。

單元說明 從深度討論中思辨經典的意義　　　　　　王世豪

　　在後現代主義的今天，權威消解、經典泯滅、價值重塑，似乎傳統只是一種歷史詞彙，而非生活的模式、觀念的依憑了。從學習的角度看來，卻並非如此。宋代契嵩禪師說：「大凡辦事，必以理推，必以迹驗，而然後議其當否。反是，雖有神明如蓍龜，將如之何！」其辦事之「理」、「迹」何謂，從何而得？則經典可依、古識可循。孔恩「典範的轉移」之論，談的是「一個科學研究傳統，不論多麼專門，學者加入此一科學社群的研究，都要由研究它的典範著手。社群成員因為共有的典範為基礎，就能信守研究規訓和標準。」（國家教育研究院）

　　經典乃世人積累智慧之長明燈，日本茶聖千利休的「守破離」原則，即在於自遵守教條、學習典範開始，然後打破規則，兼容並包且靈活運用，最後自創一格。本單元之設計，即在於引導學生能以深度討論的方式從經典篇章發現有價值的材料，在小組討論中，同儕彼此談論各自之理解並拓展學習視野，發展跨領域的思考，甚至能從其中學習典範，而創造轉移，成就新典範。

盧充幽婚

佚名

一、教材來源
文本內容

　　盧充者，范陽人，家西三十里，有崔少府墓，充年二十，先冬至一日，出宅西獵戲，見一麞，舉弓而射，中之。麞倒復起，充因逐之，不覺遠，忽見道北一里許，高門，瓦屋四周，有如府舍，不復見麞。門中一鈴下唱：「客前。」充問：「此何府也？」答曰：「少府府也。」充曰：「我衣惡，那得見少府？」即有一人提一襆新衣，曰：「府君以此遺郎。」充便著訖，進見少府，展姓名。酒炙數行。謂充曰：「尊府君不以僕門鄙陋，近得書，為君索小女婚，故相迎耳。」便以書示充。充父亡時雖小，然已識父手跡，即歔欷，無復辭免。便敕內：「盧郎已來，可令女郎妝嚴。」且語充云：「君可就東廊。」及至黃昏。內白：「女郎妝嚴已畢。」充既至東廊，女已下車，立席頭，卻共拜。時為三日，給食三日畢，崔謂充曰：「君可歸矣。女有娠相，若生男，當以相還，無相疑；生女，當留自養。」敕外嚴車送客。充便辭出。崔送至中門，執手涕零。出門，見一犢車，駕青衣，又見本所著衣及弓箭，故在門外。尋傳教將一人，提襆衣，與充相問曰：「姻緣始爾，別甚悵恨。今復致衣一襲，被褥自副。」充上車，去如電逝，須臾至家。家人相見，悲喜推問，知崔是亡人而入其墓，追以懊惋。

　　別後四年，三月三日，充臨水戲，忽見水旁有二犢車，乍沉乍浮，既而近岸，同坐皆見，而充往開車後戶，見崔氏女與三

歲郎共載。充見之忻然，欲捉其手。女舉手指後車曰：「府君見人。」即見少府。充往問訊，女抱兒還充，又與金鋺，并贈詩曰：「煌煌靈芝質，光麗何猗猗！華豔當時顯，嘉異表神奇。含英未及秀，中夏罹霜萎。榮耀長幽滅，世路永無施。不悟陰陽運，哲人忽來儀。會淺離別速，皆由靈與祇。何以贈余親，金鋺可頤兒。恩愛從此別，斷腸傷肝脾。」充取兒，鋺及詩，忽然不見二車處。

充將兒還，四坐謂是鬼魅，歛遙唾之，形如故。問兒：「誰是汝父？」兒逕就充懷。眾初怪惡，傳省其詩，慨然歎死生之玄通也。充後乘車入市賣鋺，高舉其價，不欲速售，冀有識者。欻有一老婢識此，還白大家曰：「市中見一人，乘車，賣崔氏女郎棺中鋺。」大家，即崔氏親姨母也，遣兒視之，果如其婢言。上車，敘姓名，語充曰：「昔我姨嫁少府，生女，未出而亡。家親痛之，贈一金鋺，著棺中。可說得鋺本末。」充以事對。此兒亦為之悲咽。齎還白母，母即令詣充家，迎兒視之。諸親悉集。兒有崔氏之狀，又復似充貌。兒、鋺俱驗。姨母曰：「我外甥三月末間產。父曰春，煖溫也。願休強也。」即字溫休。溫休者，蓋幽婚也，其兆先彰矣。

兒遂成令器，歷郡守二千石。子孫冠蓋，相承至今，其後植，字子幹，有名天下。

二、說明簡介

文本主題介紹

《搜神記》做為漢晉以來志怪小說之總匯，其中多記神仙鬼怪、歷史傳說、吉凶禎祥、殊方異物等故事，在《搜神記·序》中，干寶指出，這批古今怪異非常之事，材料來源，一來自書面文字，乃有「承於前載」，已收錄於典籍中者；一來自口頭傳聞，是為「採訪近世之事」，因訪問記錄當時傳聞所得。干寶亦明言，撰寫此書的目的之一，即是「足以發明神

道之不誣」。〈盧充幽婚〉，即是一則混合真實、虛構，跨越多重時空，情節曲折的人鬼通婚故事。其中有超常離奇，有奠基於人情義理的約諾，有排斥異端的恐懼，有理性冷靜的推測，既像是報導一則引起時人驚奇的傳聞，同時，又在諸多敘事的縫隙中摻雜對此類超常、非常事件的議論與判斷，此文正是當時「語怪」與「實錄」雙重撰述目的下的文化產物，可以讓我們藉此一窺書寫者及傳述者在當時的宗教、社會、文化氛圍影響下所呈現的心靈世界。

三、深度討論

教師課堂深度討論引導問題

1. 讀完本文後，請問，你認為，這則故事，哪些部分屬於理性的推測議論？哪些部分屬於超常離奇的敘事？（分析型問題）
2. 接續第一個問題，請問，干寶既云《搜神記》「足以發明神道之不誣」，那麼，為何又在敘事中摻雜對此類「語怪」的恐懼與議論？請說明你的理解？（推測型問題）
3. 在這則故事中，「約定」，是一重要主題。書信、金鋺的存在，正是故事轉折變化的重要敘事元素，請問，它們具有何種象徵意義？（分析型問題）

四、作業活動

深度討論作業

　　你聽過「魔神仔」的故事嗎？在今日的電視、網路新聞中，仍時時可見這類新聞事件的報導，以下這段文字為取自《臺灣日日新報》（1899年10月4日）所刊登之報導：

　　昔海山，有兩人共營茶葉，說者忘其姓名。因夏季茶價突興，得行友密函預告，他販未之知也。是夜，兩人商約，一購之橫溪山，一購之十六寮，以期捷足先得。天甫明，兩人如言遄去。及晚，往橫溪者，人茶

俱至。其一則未之歸。該夥友，意其多購，延宿主人家。翌日仍無消息。又謂其踽踽獨行，得毋爲人謀害乎？抑以十六寮地近蕃界，爲凶蕃所殺乎？滿腔狐疑，無從訪問。候至三日不回。遂著多人，如途徧索，皆寂寂無蹤。尋至一山麓，樹木陰翳，露出雨傘茶袋。趁此搜求，即於石隙中得之。觀其側身半臥，目灼灼不能言，曳之又不出，四面蔽以莿棘蔦蘿。極力披開，始出。扶之而歸，急以羌湯灌之，吐數口白沫，乃漸甦醒。少頃自言當日，未至十六寮，途遇一人。說伊家有上茶，邀余往買。余諾，隨其後。導入室中，茫然若失。他屢來供食，無非豬肉雞片小腸諸物，故不至於飢。懷中諒有存者，探而出之，皆殘餘蛙脯螳臂蚯蚓之類。始知所食者即此，思之輒欲作嘔。又撿取銀圓，一毫不動。眾以爲山魔所迷，暑天恆有聞者。後此人改圖別業，誓不入山云。

閱讀完上述文章後，請回答以下問題：

1. 你曾經聽說過關於「魔神仔」的傳聞或這類超理性經驗的故事嗎？若有，又是從何處得知？對於這類新聞或故事，你是抱持著什麼樣的態度去認識它？

2. 讀完下列文章後，請分析這篇文章中如何描述「魔神仔」故事？請將與「魔神仔」相關情節劃線標記，並簡單列點說明。又，你認爲這是一篇文學創作？亦或是一則新聞報導？

3. 請問，你認爲，這一篇，是從文學、歷史或哲學何種角度書寫的文章？請說明你判斷的理由？

謝秀卉老師　撰

學生深度討論單

1. 閱讀思辨討論篇章

　　佚名：〈盧充幽婚〉

2. 分組討論

主要討論人	討論成員	書面記錄人	口頭報告人

本組提問	問題描述：

問題類型	問題類型歸納（可複選）：

本組回應	問題描述：
	回答：

| 備註 | 1. 回應問題時，必須有「主題句（Topic Sentence）」表達觀點或立場。
2. 回應問題時，必須舉出各類例證或數據，形成「支持句（Supporting sentences）」，以論證觀點或立場。
3. 回應問題時，必須統整前述之論述，總結為「結論句（Concluding sentence）」，整合論證，說明結論。 |

求知型問題AQ/Authentic Question：開放性問題，問題具多樣性，提問者對於他人的回答感興趣。除測試型問題以外都為求知型問題。

追問型問題UT/Uptake Question：是追問其它人所說的意見，用以釐清、深化問題與認知，並會帶出更多的對話。

分析型問題Ay/Analysis Question：找出文本各部分不同的看法，及這些看法有何相關的問題。分析文本中的概念、想法或論點。

歸納型問題Ge/Generalize Question：整合相關資訊得到更通用化概念的問題。將文本所出現的概念或想法重新組織，建構觀點或創造新的資訊。

推測型問題SQ/Speculate Question：在閱讀時帶入個人體會，這類型的問題能使文章與各自的感受及經歷之間建立聯繫，引導學生對文本產生更豐富、高層次理解。通常是以下面句型出現：「如果……，你會怎麼做？」、「你是否有類似於……的經歷？」、「如果你是……，你會有什麼感受？」

感受型問題Af/Affective Question：將文本與回應者自身的情感或生命經驗連結。聯結個人生活經驗與文本之間的聯繫，進而提出問題。

連結型問題CQ/Connective Question：聯結個人生活經驗與文本之間的聯繫，進而提出問題。根據組內成員早先的討論、主題或是彼此共同擁有的經驗而來的問題。與其他小說、資料、藝術品、電影、網路、電視、雜誌等文本材料的關聯或比較而提出問題。

（深度討論教學教師社群）

《大學》

佚名

一、教材來源

文本內容

　　大學之道，在明明德，在親民，在止於至善。知止而後有定；定而後能靜；靜而後能安；安而後能慮；慮而後能得。物有本末，事有終始。知所先後，則近道矣。

　　古之欲明明德於天下者，先治其國；欲治其國者，先齊其家；欲齊其家者，先修其身；欲修其身者，先正其心；欲正其心者，先誠其意；欲誠其意者，先致其知；致知在格物。物格而後知至；知至而後意誠；意誠而後心正；心正而後身修；身修而後家齊；家齊而後國治；國治而後天下平。

　　自天子以至於庶人，壹是皆以修身為本。其本亂而末治者否矣。其所厚者薄，而其所薄者厚，未之有也！

二、說明簡介

文本主題介紹

　　《大學》、《中庸》本是《禮記》之篇章。二程及朱熹將之抽出，與《論語》、《孟子》合稱《四書》。朱熹說：「《四子》，《六經》之階梯」。「先讀《大學》，以定其規模；次讀《論語》，以定其根本；次讀《孟子》，以觀其發越；次讀《中庸》，以求古人之微妙處。」《四書》乃《六經》之階梯，而《大學》又是《四書》的綱領。本文所選的八條目：「格物、致知、誠意、正心、修身、齊家、治國、平天下」，更概括《大學》整體精神，可說是中國經學精粹所在。

　　然《四書》對學生而言，過於嚴肅，《論語》、《孟子》尚且有人物對話，《大學》、《中庸》更加抽象。因此教學上的創意巧思尤不可少。本篇扼要說明中國傳統政治的精神，在於執政者修身感召萬民，政治秩序的基礎在於執政者的道德。與西方政治相較，前者重道德修為，後者訴諸人民對執政者的監督制衡。當代憲政學習西方，以立法權監督行政權。教學上以網友Kuso的謝龍介對賴清德「一生監督你一人」為妙喻，頗能寓教於樂。

三、深度討論

教師課堂深度討論引導問題

1. 本文為何說「修身」是「治國」的根本？
2. 你是否認同在當代社會中，「治國」、「平天下」仍以「修身」為本？認同或反對的原因何在？
3. 從教師上課介紹西方憲政上制衡監督的理念（由人民選出代議士，在中央為立委、在地方為縣、市議員，由他們立法監督、制衡執政者，要求執政者「依法行政」），反思在監督、制衡外，《大學》所代表的傳統政治思想在今日有無價值？

四、作業活動

深度討論作業

1. 由歷史典籍（如《貞觀政要》、《新唐書》、《宋史》）中，找出兩、三則君主修身而後天下大治的事例。
2. 找尋西方憲政上，有哪些總統受制於法律、大法官的案例？（「法」高於「君」）
3. 「徒善不足為政，徒法不足以自行」，治國、平天下須要執政者的道德，以及法律的監督制衡，兩者不可缺一。從你身邊的新聞事件說明「大學之道」對今日的啟發。
4. 今日公共領域的運作模式，走向雙方的監督、抗衡，而非自我的道德

要求。以師大學生未來可能從事的教育工作為例，教師組工會抗衡執政當局（教育部、各縣市教育局）。請思考在雙向的監督、抗衡模式之外，「大學之道」所闡述的自我道德要求，有何重要性？

深度討論教學活動

古今相應，深度思辨與討論——「《大學》與當代憲政思想的比較」請從下篇新聞文章主題，結合上述的閱讀，進行思辨與討論，上台分享自己的觀點。

國文課課審會推翻國教院版本，降低文言文比例為35%到45%。這想必會引來更強烈的反彈力道。但個人認為「量」不是問題，「質」才是重點。

經典頻率必須與時代共振，才能延續生命，而最容易與當代交融的，當屬情志書寫一類，例如：〈項脊軒志〉與陳芳明〈霧是我的女兒〉同是親情懷想。蘇軾〈寒食帖〉與蔣勳同名作，談書藝精拙與人生窮通的辯證。但傳統學術的最核心，在建構政治理念。不論高中國文或大學中文系，在這方面的著力卻較少。

傳統學術所謂的「文」與"literature"不全相應，「文」是《論語》所說的「德行、言語、政事、文學」；是《文心雕龍》所說的「原道、徵聖、宗經」，「文」當然重抒情展志，但其宗旨更是期許成就個人德行，上達齊家、治國、平天下的政治理想。

個人這學期在大學教《四書》中的《大學》，「大學八條目」「格物、致知、誠意、正心、修身、齊家、治國、平天下」，古人認為政治是領袖修身而後以道德感召天下的活動，較不強調監督、制衡等制度。教學上必須與當代憲政理念進行比較，才能切合現況。

談當今仿效西方的憲政理念，或許嚴肅，不過通過一首歌卻趣味盎然。近日Kuso版的「那些年龍介一直追的清德」以及「『腐城』小幸運——我的議會時代」，搞笑影片最後一句精要點出當今憲政理念：「一生監督你一人」，西化政治理念出於對執政者道德的不信任，仰賴「監督」、「制衡」，地方行政首長與議員分權（例如：謝龍介在台南市議會

拿布袋戲偶「秘雕」質詢賴清德），中央則行政、立法分立（所以Kuso歌曲最後，謝龍介說：你在行政院等我，天涯海角，我一定拼立委，追你追到底，一生監督你一人），一方有規劃、執行政策的權力，一方藉由預算審查、議會質詢做監督。

之所以強調議員對行政首長的監督、制衡，背後的預設是的「性惡論」，恐懼暴君之惡性。所以kuso影片中，謝龍介質詢到最後，總會握著「秘雕」，憤慨地質疑賴清德人品，說：「這就是賴清德！」

在學習單的設計上，我採用隨興作答的加分題的方式，以免給學生過大壓力，題目是：基督教性惡觀，設計出「恐懼暴君」的模式，因而仰賴「監督」、「制衡」的政治制度，有何利弊得失？西方政治學家Eric A. Posner及Adrian Vermeuley在*"The executive unbound : after the Madisonian republic ."*中，提出了什麼反省？傳統「大學之道」根據性善論設計出「期待明君」的模式，又有何優劣之處？

《大學》是「經典的源流」，但在實際教學上，反不如明清情志文章。不論高中國文科或大學中文系的學術結構，本就是「跨領域」的，本就包含今日一切人文社會學科。與當代各學門相遇、碰撞後，如何構築「『腐城』小幸運——我的議會時代」」所唱的「與你相遇，好幸運」的對話，或許相當值得重視。至於選文比例或許不是最重要的問題。（許惠琪〈談文言文應與法治社會呼應〉「觀策站」2017/10/09）

許惠琪老師　撰

學生深度討論單

1. 閱讀思辨討論篇章

　　佚名：〈大學〉

2. 分組討論

主要討論人	討論成員	書面記錄人	口頭報告人

本組提問	問題描述：	
問題類型	問題類型歸納（可複選）：	
本組回應	問題描述：	
	回答：	

備註	1.回應問題時，必須有「主題句（Topic Sentence）」表達觀點或立場。 2.回應問題時，必須舉出各類例證或數據，形成「支持句（Supporting sentences）」，以論證觀點或立場。 3.回應問題時，必須統整前述之論述，總結為「結論句（Concluding sentence）」，整合論證，說明結論。

求知型問題AQ/Authentic Question：開放性問題，問題具多樣性，提問者對於他人的回答感興趣。除測試型問題以外都為求知型問題。

追問型問題UT/Uptake Question：是追問其它人所說的意見，用以釐清、深化問題與認知，並會帶出更多的對話。

分析型問題Ay/Analysis Question：找出文本各部分不同的看法，及這些看法有何相關的問題。分析文本中的概念、想法或論點。

歸納型問題Ge/Generalize Question：整合相關資訊得到更通用化概念的問題。將文本所出現的概念或想法重新組織，建構觀點或創造新的資訊。

推測型問題SQ/Speculate Question：在閱讀時帶入個人體會，這類型的問題能使文章與各自的感受及經歷之間建立聯繫，引導學生對文本產生更豐富、高層次理解。通常是以下面句型出現：「如果……，你會怎麼做？」、「你是否有類似於……的經歷？」、「如果你是……，你會有什麼感受？」

感受型問題Af/Affective Question：將文本與回應者自身的情感或生命經驗連結。聯結個人生活經驗與文本之間的聯繫，進而提出問題。

連結型問題CQ/Connective Question：聯結個人生活經驗與文本之間的聯繫，進而提出問題。根據組內成員早先的討論、主題或是彼此共同擁有的經驗而來的問題。與其他小說、資料、藝術品、電影、網路、電視、雜誌等文本材料的關聯或比較而提出問題。

（深度討論教學教師社群）

《禮記・冠義》

佚名

一、教材來源

文本內容

　　凡人之所以爲人者，禮義也。禮義之始，在於正容體、齊顏色、順辭令。容體正，顏色齊，辭令順，而後禮義備。以正君臣、親父子、和長幼。君臣正，父子親，長幼和，而後禮義立。故冠而後服備，服備而後容體正、顏色齊、辭令順。故曰：冠者，禮之始也。是故古者聖王重冠。

　　古者冠禮筮日筮賓，所以敬冠事，敬冠事所以重禮；重禮所以爲國本也。故冠於阼，以著代也；醮於客位，三加彌尊，加有成也；已冠而字之，成人之道也。見於母，母拜之；見於兄弟，兄弟拜之；成人而與爲禮也。玄冠、玄端奠摯於君，遂以摯見於鄉大夫、鄉先生；以成人見也。

　　成人之者，將責成人禮焉也。責成人禮焉者，將責爲人子、爲人弟、爲人臣、爲人少者之禮行焉。將責四者之行於人，其禮可不重與？

　　故孝弟忠順之行立，而後可以爲人；可以爲人，而後可以治人也。故聖王重禮。故曰：冠者，禮之始也，嘉事之重者也。是故古者重冠；重冠故行之於廟；行之於廟者，所以尊重事；尊重事而不敢擅重事；不敢擅重事，所以自卑而尊先祖也。

二、說明簡介

文本主題介紹

　　先秦時期，士階級以上貴族男性在二十歲時所舉行的成年禮，稱為「冠禮」。冠禮演變自遠古社會的「成丁禮」，但儀式內涵已由強調忍受身心痛苦的考驗，轉化為賦予成人相應的責任和權力。成人之道始於冠禮，主要儀節為「三加冠服」和「取字」，目前以《儀禮・士冠禮》所記最為具體詳盡；《禮記・冠義》旨在闡發其奧義，並可與《禮記》〈曲禮〉、〈內則〉等文獻互參。女性十五歲時所舉行的成年禮稱為「笄禮」，其儀節重點與冠禮一致。其後，周代王室貴族結構、封建城邦政治、社會型態，隨著秦漢的統一而瓦解，冠笄禮亦逐漸式微，唯有「取字」的禮俗，歷久不衰。法國早期人類學家Arnold Van Gennep以「通過儀式」（又稱「過渡禮儀」）概念，涵攝個人在生命過程中，由一種社會身分轉向另一種社會身分的禮儀；「通過儀式」的核心功能和意義，在於協助人們順利進入新的社會階段、適應新的社會身分，及獲得新的社會地位。成年禮是傳統社會的通過儀式歷程之一，透過儀式的舉行，促使個人作好準備，扮演新的角色，並且達成新的任務。就儀式學觀點而言，「上大學」同樣是一項重要的通過儀式：青少年脫離原有的生活群體，進入新的學習環境，接受高深的知識和品格教育；在這個過渡階段中，難免感到茫然、困惑，但經歷通過儀式之後，將建立新的自我認同，以新的身分地位重新進入社會，同時完成個人角色的轉換和群體關係的整合，使生命更加圓滿。

三、深度討論

教師課堂深度討論引導問題

1. 古代冠禮「三加」的禮制意涵為何？（求知型問題）
2. 古代男性舉行冠禮的前後，有哪些不同（各方面的變化）？（歸納型問題）
3. 古代女性舉行「笄禮」的前後，有哪些不同（各方面的變化）？（歸

納型問題）

4.「成年禮」與「成丁禮」，意義有何差別？（求知型問題）

5.冠禮和笄禮的行禮年齡為何不同？（求知型問題）

6.男、女成年禮對於身心成熟度的要求存在性別差異，你的看法為何？（分析型問題）

7.古代的冠禮，為何逐漸衰微？可能有哪些原因？（推測型問題）

8.請就（所蒐集的）世界各地成年禮內容，舉例說明個人看法或感受。（感受型問題）

9.漢族的成年禮有何特色？和其他民族成年儀式的主要差異為何？（連結型問題）

10.我國法律對「成年」的定義為何？又制訂了哪些規範？（求知型問題）

11.你認為「成年」的意義是甚麼？又應該具備哪些必要條件呢？（求知型問題、分析型問題）

12.你想為自己取甚麼字？意涵為何？（連結型問題、感受型問題）

四、作業活動

深度討論教學活動

（一）課前準備：

　　上網搜尋世界各地成年禮俗，選出印象最深刻的儀式，並探討其與自然、人文環境的關聯性。

（二）延伸閱讀：

1.《儀禮·士冠禮》

2.《禮記·內則》（節選）

3.鹿橋〈不成人子〉

4.楊牧〈成年禮〉

5.小說《花甲男孩》及改編電視劇《花甲男孩轉大人》

陳冠蓉老師　撰

學生深度討論單

1. 閱讀思辨討論篇章

　　佚名：《禮記・冠義》

2. 分組討論

主要討論人	討論成員	書面記錄人	口頭報告人

本組提問	問題描述：
問題類型	問題類型歸納（可複選）：
本組回應	問題描述：
	回答：

備註	1.回應問題時，必須有「主題句（Topic Sentence）」表達觀點或立場。 2.回應問題時，必須舉出各類例證或數據，形成「支持句（Supporting sentences）」，以論證觀點或立場。 3.回應問題時，必須統整前述之論述，總結為「結論句（Concluding sentence）」，整合論證，說明結論。

求知型問題AQ/Authentic Question：開放性問題，問題具多樣性，提問者對於他人的回答感興趣。除測試型問題以外都為求知型問題。

追問型問題UT/Uptake Question：是追問其它人所說的意見，用以釐清、深化問題與認知，並會帶出更多的對話。

分析型問題Ay/Analysis Question：找出文本各部分不同的看法，及這些看法有何相關的問題。分析文本中的概念、想法或論點。

歸納型問題Ge/Generalize Question：整合相關資訊得到更通用化概念的問題。將文本所出現的概念或想法重新組織，建構觀點或創造新的資訊。

推測型問題SQ/Speculate Question：在閱讀時帶入個人體會，這類型的問題能使文章與各自的感受及經歷之間建立聯繫，引導學生對文本產生更豐富、高層次理解。通常是以下面句型出現：「如果……，你會怎麼做？」、「你是否有類似於……的經歷？」、「如果你是……，你會有什麼感受？」

感受型問題Af/Affective Question：將文本與回應者自身的情感或生命經驗連結。聯結個人生活經驗與文本之間的聯繫，進而提出問題。

連結型問題CQ/Connective Question：聯結個人生活經驗與文本之間的聯繫，進而提出問題。根據組內成員早先的討論、主題或是彼此共同擁有的經驗而來的問題。與其他小說、資料、藝術品、電影、網路、電視、雜誌等文本材料的關聯或比較而提出問題。

（深度討論教學教師社群）

上山采蘼蕪

佚名

一、教材來源

文本內容

> 上山采蘼蕪，下山逢故夫。長跪問故夫：新人復何如？
> 新人雖言好，未若故人姝。顏色類相似，手爪不相如。
> 新人從門入，故人從閣去。新人工織縑，故人工織素。
> 織縑日一匹，織素五丈餘。將縑來比素，新人不如故。

二、說明簡介

文本主題介紹

　　〈上山采蘼蕪〉是一首富有戲劇性的古詩，作者僅利用八十個字便說了一個相當完整的故事。內容除了反映東漢的社會現象，女子無子見棄的無怨無悔，亦呈現了古人對婚姻的看法。本詩的敘事，皆透過對話來進行鋪陳，並鮮明刻畫男女主人公的心情，結尾充滿餘韻與想像空間。閱讀本文，除了可搭配《大戴禮記》、《唐律》的記載，了解古代婦女的七出和七去，亦可結合「性別平等」的議題，思考現今世界那些地方的女性地位依舊低落？以及思索婚姻與愛情的關係。

三、深度討論

教師課堂深度討論引導問題

1. 女子為了什麼原因與前夫離異？（求知型問題）
2. 女子為何要下跪？（求知型問題）

3. 女子為什麼要採蘼蕪？（求知型問題）

4. 可以問候的話題很多，女子為什麼要主動詢問「新人復何如？」這句問句背後的情緒為何？（分析型問題）

5. 從女子與男子的對答，我們可以窺見彼此什麼樣的心情？（分析型問題、感受型問題）

四、作業活動

深度討論作業

〈上山采蘼蕪〉古詩小說擴寫

　　在不改變原文旨意的原則下，進行文本的分析研究，思考哪些內容有擴展的可能和必要性？哪些情節可以書寫更多的細節？掌握主人公的心理背景，發揮馳騁想像的空間，合理的擴展內容，使故事更加充實、具體、生動、豐富。

陳嘉琪老師　撰

學生深度討論單

1. 閱讀思辨討論篇章

　　佚名：〈上山采蘼蕪〉

2. 分組討論

主要討論人	討論成員	書面記錄人	口頭報告人

本組提問	問題描述：	
問題類型	問題類型歸納（可複選）：	
本組回應	問題描述：	
	回答：	

備註	1.回應問題時，必須有「主題句（Topic Sentence）」表達觀點或立場。 2.回應問題時，必須舉出各類例證或數據，形成「支持句（Supporting sentences）」，以論證觀點或立場。 3.回應問題時，必須統整前述之論述，總結為「結論句（Concluding sentence）」，整合論證，說明結論。

求知型問題AQ/Authentic Question：開放性問題，問題具多樣性，提問者對於他人的回答感興趣。除測試型問題以外都為求知型問題。

追問型問題UT/Uptake Question：是追問其它人所說的意見，用以釐清、深化問題與認知，並會帶出更多的對話。

分析型問題Ay/Analysis Question：找出文本各部分不同的看法，及這些看法有何相關的問題。分析文本中的概念、想法或論點。

歸納型問題Ge/Generalize Question：整合相關資訊得到更通用化概念的問題。將文本所出現的概念或想法重新組織，建構觀點或創造新的資訊。

推測型問題SQ/Speculate Question：在閱讀時帶入個人體會，這類型的問題能使文章與各自的感受及經歷之間建立聯繫，引導學生對文本產生更豐富、高層次理解。通常是以下面句型出現：「如果……，你會怎麼做？」、「你是否有類似於……的經歷？」、「如果你是……，你會有什麼感受？」

感受型問題Af/Affective Question：將文本與回應者自身的情感或生命經驗連結。聯結個人生活經驗與文本之間的聯繫，進而提出問題。

連結型問題CQ/Connective Question：聯結個人生活經驗與文本之間的聯繫，進而提出問題。根據組內成員早先的討論、主題或是彼此共同擁有的經驗而來的問題。與其他小說、資料、藝術品、電影、網路、電視、雜誌等文本材料的關聯或比較而提出問題。

（深度討論教學教師社群）

白娘子永鎮雷峰塔

馮夢龍

一、教材來源

文本內容

山外青山樓外樓，西湖歌舞幾時休？暖風薰得遊人醉，直把杭州作汴州。

話說西湖景致，山水鮮明。晉朝咸和年間，山水大發，洶湧流入西門。忽然水內有牛一頭見，深身金色。後水退，其牛隨行至北山，不知去向，哄動杭州市上之人，皆以為顯化。所以建立一寺，名曰金牛寺。西門，即今之湧金門，立一座廟，號金華將軍。當時有一番僧，法名渾壽羅，到此武林郡雲游，玩其山景，道：「靈鷲山前小峰一座，忽然不見，原來飛到此處。」當時人皆不信。僧言：「我記得靈鷲山前峰嶺，喚做靈鷲嶺。這山洞裏有個白猿，看我呼出為驗。」果然呼出白猿來。

山前有一亭，今喚做冷泉亭。又有一座孤山，生在西湖中。先曾有林和靖先生在此山隱居，使人搬挑泥石，砌成一條走路，東接斷橋，西接棲霞嶺，因此喚作孤山路。又唐時有刺史白樂天，築一條路，南至翠屏山，北至棲霞嶺，喚做白公堤，不時被山水沖倒，不只一番，用官錢修理。後宋時，蘇東坡來做太守，因見有這兩條路被水沖壞，就買木石，起人夫，築得堅固。六橋上朱紅欄桿，堤上栽種桃柳，到春景融和，端的十分好景，堪描入畫。後人因此只喚做蘇公堤。又孤山路畔，起造兩條石橋，分開水勢，東邊喚做斷橋，西邊喚做西寧橋。真乃：隱隱山藏三百

寺，依稀雲鎖二高峰。

　　説話的，爲何只説西湖美景，仙人古蹟？俺今日且説一個俊俏後生，只因游玩西湖，遇著兩個婦人，直惹得幾處州城，鬧動了花街柳巷。有分教才人把筆，編成一本風流話本。單説那子弟，姓甚名誰？遇著甚般樣的婦人？惹出甚般樣事？有詩爲證：清明時節雨紛紛，路上行人欲斷魂。借問酒家何處有，牧童遙指杏花村。

　　話説宋高宗南渡，紹興年問，杭州臨安府過軍橋黑珠巷內，有一個官家，姓李名仁。見做南廊閣子庫募事官，又與邵太尉管錢糧。家中妻子有一個兄弟許宣，排行小乙。他爹曾開生藥店，自幼父母雙亡，卻在表叔李將仕家生藥舖做主管，年方二十二歲。那生藥店開在官巷口。忽一日，許宣在舖內做買賣，只見一個和尚來到門首，打個問訊道：「貧僧是保叔塔寺內僧，前日已送饅頭並卷子在宅上。今清明節近，追修祖宗，望小乙官到寺燒香，勿誤！」許宣道：「小子准來。」和尚相別去了。許宣至晚歸姐夫家去。原來許宣無有老小，只在姐姐家住，當晚與姐姐説：「今日保叔塔和尚來請燒菴子，明日要薦祖宗，走一遭了來。」次日早起買了紙馬、蠟燭、經幡、錢垛一應等項，吃了飯，換了新鞋襪衣服，把菴子錢馬，使條袱子包了，逕到官巷口李將仕家來。李將仕見了，間許宣何處去。許宣道：「我今日要去保俶塔燒菴子，追薦祖宗，乞叔叔容暇一日。」李將仕道：「你去便回。」

　　許宣離了舖中，入壽安坊、花市街，過井亭橋，往清河街後錢塘門，行石函橋，過放生碑，遷到保俶塔寺。尋見送饅頭的和尚，懺悔過疏頭，燒了菴子，到佛殿上看眾僧念經，吃齋罷，別了和尚，離寺迤邐閒走，過西寧橋、孤山路、四聖觀，來看林和靖墳，到六一泉閒走。不期雲生西北，霧鎖東南，落下微微細雨，漸大起來。正是清明時節，少不得天公應時，催花雨下，那陣雨下得綿綿不絕。許宣見腳下濕，脱下了新鞋襪，走出四聖觀

來尋船，不見一只。正沒擺佈處，只見一個老兒，搖著一只船
過來。許宣暗喜，認時正是張阿公。叫道：「張阿公，搭我則
個！」老兒聽得叫，認時，原來是許小乙，將船搖近岸來，道：
「小乙官，著了雨，不知要何處上岸？」許宣道：「湧金門上
岸。」這老兒扶許宣下船，離了岸，搖近豐樂樓來。

　　搖不上十數丈水面，只見岸上有人叫道：「公公，搭船則
個！」許宣看時，是一個婦人，頭戴孝頭髻，烏雲畔插著些素
釵梳，穿一領白絹衫兒，下穿一條細麻布裙。這婦人肩下一個
丫鬟，身上穿著青衣服，頭上一雙角髻，戴兩條大紅頭鬚，插
著兩件首飾，手中捧著一個包兒要搭船。那老張對小乙官道：
「因風吹火，用力不多，一發搭了他去。」許宣道：「你便叫他
下來。」老兒見說，將船傍了岸邊。那婦人同丫鬟下船，見了許
宣，起一點朱唇，露兩行碎玉，深深道一個萬福。許宣慌忙起身
答禮。那娘子和丫鬟艙中坐定了。娘子把秋波頻轉，瞧著許宣。
許宣平生是個老實之人，見了此等如花似玉的美婦人，傍邊又是
個俊俏美女樣的丫鬟，也不免動念。那婦人道：「不敢動問官
人，高姓尊諱？」許宣答道：「在下姓許名宣，排行第一。」婦
人道：「宅上何處？」許宣道：「寒舍住在過軍橋黑珠兒巷，生
藥舖內做買賣。」那娘子問了一回，許宣尋思道：「我也問他一
問。」起身道：「不敢拜問娘子高姓，潭府何處？」那婦人答
道：「奴家是白三班白殿直之妹，嫁了張官人，不幸亡過了，見
葬在這雷嶺。為因清明節近，今日帶了丫鬟，往墳上祭掃了方
回，不想值雨。若不是搭得官人便船，實是狼狽。」又閒講了一
回，船搖近岸。只見那婦人道：「奴家一時心忙，不曾帶得盤纏
在身邊，萬望官人處借些船錢還了，並不有負。」許宣道：「娘
子自便，不妨，些須船錢不必計較。」還罷船錢，那雨越不住。
許宣挽了上岸。那婦人道：「奴家只在箭橋雙茶坊巷口。若不棄
時，可到寒舍拜茶，納還船錢。」許宣道：「小事何消掛懷。天
色晚了，改日拜望。」說罷，婦人共丫鬟自去。

　　許宣入湧金門，從人家屋簷下到三橋街，見一個生藥舖，正是李將仕兄弟的店，許宣走到舖前，正見小將仕在門前。小將仕道：「小乙哥晚了，那裏去？」許宣道：「便是去保俶塔燒菴子，著了雨，望借一把傘則個！」將仕見說叫道：「老陳把傘來，與小乙官去。」不多時，老陳將一把雨傘撐開道：「小乙官，這傘是清湖八字橋老實舒家做的。八十四骨，紫竹柄的好傘，不曾有一些兒破，將去休壞了！仔細，仔細！」許宣道：「不必分付。」接了傘，謝了將仕，出羊壩頭來。

　　到後市街巷口，只聽得有人叫道：「小乙官人。」許宣回頭看時，只見沈公井巷口小茶坊屋簷下，立著一個婦人，認得正是搭船的白娘子。許宣道：「娘子如何在此？」白娘子道：「便是雨不得住，鞋兒都踏濕了，教青青回家，取傘和腳下。又見晚下來。望官人搭幾步則個！」許宣和白娘子合傘到壩頭道：「娘子到那裏去？」白娘子道：「過橋投箭橋去。」許宣道：「小娘子，小人自往過軍橋去，路又近了。不若娘子把傘將去，明日小人自來取。」白娘子道：「卻是不當，感謝官人厚意！」許宣沿人家屋簷下冒雨回來，只見姐夫家當直王安，拿著釘靴雨傘來接不著，卻好歸來。到家內吃了飯。當夜思量那婦人，翻來覆去睡不著。夢中共日間見的一般，情意相濃，不想金雞叫一聲，卻是南柯一夢。正是：心猿意馬馳千里，浪蝶狂蜂鬧五更。

　　到得天明，起來梳洗罷，吃了飯，到舖中心忙意亂，做些買賣也沒心想。到午時後，思量道：「不說一謊，如何得這傘來還人？」當時許宣見老將仕坐在櫃上，向將仕說道：「姐夫叫許宣歸早些，要送人情，請暇半日。」將仕道：「去了，明日早些來！」許宣唱個喏，徑來箭橋雙茶坊巷口，尋問白娘子家裏，問了半日，沒一個認得。正躊躇間，只見白娘子家丫鬟青青，從東邊走來。許宣道：「姐姐，你家何處住？討傘則個。」青青道：「官人隨我來。」許宣跟定青青，走不多路，道：「只這裏便是。」

　　許宣看時，見一所樓房，門前兩扇大門，中間四扇看街搞子眼，當中掛頂細密朱紅簾子，四下排著十二把黑漆交椅，掛四幅名人山水古畫。對門乃是秀王府牆。那丫頭轉入簾子內道：「官人請入裏面坐。」許宣隨步入到裏面，那青青低低悄悄叫道：「娘子，許小乙官人在此。」白娘子裏面應道：「請官人進裏面拜茶。」許宣心下遲疑。青青三回五次，催許宣進去。許宣轉到裏面，只見四扇暗搞子窗，揭起青布幕，一個坐起。桌上放一盆虎鬚菖蒲，兩邊也掛四幅美人，中間掛一幅神像，桌上放一個古銅香爐花瓶。那小娘子向前深深的道一個萬福，道：「夜來多蒙小乙官人應付周全，識荊之初；甚是感激不淺。」許宣：「些微何足掛齒！」

　　白娘子道：「少坐拜茶。」茶罷，又道：「片時薄酒三杯，表意而已。」許宣方欲推辭，青青已自把菜蔬果品流水排將出來。許宣道：「感謝娘子置酒，不當厚擾。」飲至數杯，許宣起身道：「今日天色將晚，路遠，小子告回。」娘子道：「官人的傘，舍親昨夜轉借去了，再飲幾杯，著人取來。」許宣道：「日晚，小子要回。」娘子道：「再飲一杯。」許宣道：「飲饌好了，多感，多感！」白娘子道：「既是官人要回，這傘相煩明日來取則個。」許宣只得相辭了回家。

　　至次日，又來店中做些買賣，又推個事故，卻來白娘子家取傘。娘子見來，又備三杯相款。許宣道：「娘子還了小子的傘罷，不必多擾。」那娘子道：「既安排了，略飲一杯。」許宣只得坐下。那白娘子篩一杯酒，遞與許宣，啟櫻桃口，露榴子牙，嬌滴滴聲音，帶著滿面春風，告道：「小官人在上，真人面前說不得假話。奴家亡了丈夫，想必和官人有宿世姻緣，一見便蒙錯愛，正是你有心，我有意。煩小乙官人尋一個媒證，與你共成百年姻眷，不枉天生一對，卻不是好！」

　　許宣聽那婦人說罷，自己尋思：「真個好一段姻緣。若取得這個渾家，也不枉了。我自十分肯了，只是一件不諧：思量我日

間在李將仕家做主管，夜間在姐夫家安歇，雖有些少東西，只好辦身上衣服。如何得錢來娶老小？」自沉吟不答。

　　只見白娘子道：「官人何故不回言語？」許宣道：「多感過愛，實不相瞞，只爲身邊窘迫，不敢從命！」娘子道：「這個容易！我囊中自有餘財，不必掛念。」便叫青青道：「你去取一錠白銀下來。」只見青青手扶欄桿，腳踏胡梯，取下一個包兒來，遞與白娘子。娘子道：「小乙官人，這東西將去使用，少欠時再來取。」親手遞與許宣。許宣接得包兒，打開看時，卻是五十兩雪花銀子。藏於袖中，起身告回，青青把傘來還了許宣。許宣接得相別，一逕回家，把銀子藏了。當夜無話。

　　明日起來，離家到官巷口，把傘還了李將仕。許宣將些碎銀子買了一只肥好燒鵝、鮮魚精肉、嫩雞果品之類提回家來，又買了一樽酒，分付養娘丫鬟安排整下。那日卻好姐夫李募事在家。飲饌俱已完備，來請姐夫和姐姐吃酒。李募事卻見許宣請他，到吃了一驚，道：「今日做甚麼子壞鈔？日常不曾見酒盞兒面，今朝作怪！」

　　三人依次坐定飲酒。酒至數杯，李募事道：「尊舅，沒事教你壞鈔做甚麼？」許宣道：「多謝姐夫，切莫笑話，輕微何足掛齒。感謝姐夫姐姐管催多時。一客不煩二主人，許宣如今年紀長成，恐慮後無人養育，不是了處。今有一頭親事在此說起，望姐夫姐姐與許宣主張，結果了一生終身，也好。」姐夫姐姐聽得說罷，肚內暗自尋思道：「許宣日常一毛不拔，今日壞得些錢鈔，便要我替他討老小？」夫妻二人，你我相看，只不回話。吃酒了，許宣自做買賣。

　　過了三兩日，許宣尋思道：「姐姐如何不說起？」忽一日，見姐姐問道：「曾向姐夫商量也不曾？」姐姐道：「不曾。」許宣道：「如何不曾商量？」姐姐道：「這個事不比別樣的事，倉卒不得。又見姐夫這幾日面色心焦，我怕他煩惱，不敢問他。」許宣道：「姐姐你如何不上緊？這個有甚難處，你只怕我教姐夫

出錢，故此不理。」許宣便起身到臥房中開箱，取出白娘子的銀來，把與姐姐道：「不必推故。只要姐夫做主。」姐姐道：「吾弟多時在叔叔家中做主管，積攢得這些私房，可知道要娶老婆。你且去，我安在此。」

卻說李募事歸來，姐姐道：「丈夫，可知小舅要娶老婆，原來自攢得些私房，如今教我倒換些零碎使用。我們只得與他完就這親事則個。」李募事聽得，說道：「原來如此，得他積得些私房也好。拿來我看。」做妻的連忙將出銀子遞與丈夫。李募事接在手中，翻來覆去，看了上面鑿的字號，大叫一聲：「苦！不好了，全家是死！」那妻吃了一驚，問道：「丈夫有甚麼利害之事？」

李募事道：「數日前邵太尉庫內封記鎖押俱不動，又無地穴得入，平空不見了五十錠大銀。見今著落臨安府提捉賊人，十分緊急，沒有頭路得獲，累害了多少人。出榜緝捕，寫著字號錠數，『有人捉獲賊人銀子者，賞銀五十兩；知而不首，及窩藏賊人者，除正犯外，全家發邊遠充軍。』這銀子與榜上字號不差，正是邵太尉庫內銀子。即今捉捕十分緊急，正是『火到身邊，顧不得親眷，自可去撥。』明日事露，實難分說，不管他偷的借的，寧可苦他，不要累我。只得將銀子出首，免了一家之害。」老婆見說了，合口不得，目睜口呆。當時拿了這錠銀子，逕到臨安府出首。那大尹聞知這話，一夜不睡。次日，火速差緝捕使臣何立。何立帶了伙伴，並一班眼明手快的公人，逕到官巷口李家生藥店，提捉正賊許宣。到得櫃邊，發聲喊，把許宣一條繩子綁縛了，一聲鑼，一聲鼓，解上臨安府來。

正值韓大尹升廳，押過許宣當廳跪下，喝聲：「打！」許宣道：「告相公不必用刑，不知許宣有何罪？」大尹焦躁道：「真贓正賊，有何理說，還說無罪？邵太尉府中不動封鎖，不見了一號大銀五十錠。見有李募事出首，一定這四十九錠也在你處。想不動封皮，不見了銀子，你也是個妖人！不要打？」喝教：「拿

些穢血來！」許宣方知是這事，大叫道：「不是妖人，待我分說！」大尹道：「且住，你且說這銀子從何而來？」許宣將借傘討傘的上項事，一一細說一遍。大尹道：「白娘子是甚麼樣人？見住何處？」許宣道：「憑他說是白三班白殿直的親妹子，如今見住箭橋邊，雙茶坊巷口，秀王牆對黑樓子高坡兒內住。」那大尹隨即便叫緝捕使臣何立，押領許宣，去雙茶坊巷口捉拿本婦前來。

　　何立等領了鈞旨，一陣做公的逕到雙茶坊巷口秀王府牆對黑樓子前看時：門前四扇看階，中間兩扇大門，門外避藉陛，坡前卻是垃圾，一條竹子橫夾著。何立等見了這個模樣，到都呆了。當時就叫捉了鄰人，上首是做花的丘大，下首是做皮匠的孫公。那孫公擺忙的吃他一驚，小腸氣發，跌倒在地。眾鄰舍都走來道：「這裏不曾有甚麼白娘子。這屋在五六年前有一個毛巡檢，合家時病死了。青天白日，常有鬼出來買東西，無人敢在裏頭住，幾日前，有個瘋子立在門前唱喏。」

　　何立教眾人解下橫門竹竿，裏面冷清清地，起一陣風，捲出一道腥氣來。眾人都吃了一驚，倒退幾步。許宣看了，則聲不得，一似呆的。做公的數中，有一個能膽大，排行第二，姓王，專好酒吃，都叫他做好酒王二。王二道：「都跟我來！」發聲喊一齊哄將入去，看時板壁、坐起、桌凳都有。來到胡梯邊，教王二前行，眾人跟著，一齊上樓。樓上灰塵三寸厚。眾人到房門前，推開房門一望，床上掛著一張帳子，箱籠都有。只見一個如花似玉穿著白的美貌娘子，坐在床上。

　　眾人看了，不敢向前。眾人道：「不知娘子是神是鬼？我等奉臨安大尹鈞旨，喚你去與許宣執証公事。」那娘子端然不動。好酒王二道：「眾人都不敢向前，怎的是了？你可將一罈酒來，與我吃了，做我不著，捉他去見大尹。」眾人連忙叫兩三個下去提一壇酒來與王二吃。王二開了壇口，將一罈酒吃盡了，道：「做我不著！」將那空罈望著帳子內打將去。不打萬事皆休，才

然打去，只聽得一聲響，卻是青天裏打一個霹靂，眾人都驚倒了！起來看時，床上不見了那娘子，只見明晃晃一堆銀子。眾人向前看了道：「好了。」計數四十九錠。眾人道：「我們將銀子去見大尹也罷。」扛了銀子，都到臨安府。

何立將前事稟復了大尹。大尹道：「定是妖怪了。也罷，鄰人無罪回家。」差人送五十錠銀子與邵大尉處，開個緣由，一一稟復過了。許宣照「不應得爲而爲之事」理重者決杖免刺，配牢城營做工，滿日敕放，牢城營乃蘇州府管下。李募事因出首許宣，心上不安，將邵太尉給賞的五十兩銀子盡數付與小舅作爲盤費。李將仕與書二封，一封與押司范院長，一封與吉利橋下開客店的王主人。許宣痛哭一場，拜別姐夫姐姐，帶上行枷，兩個防送人押著，離了杭州到東新橋，下了航船。

不一日，來到蘇州。先把書會見了范院長並王主人。王主人與他官府上下使了錢，打發兩個公人去蘇州府，下了公文，交割了犯人，討了回文，防送人自回。范院長、王主人保領許宣不入牢中，就在王主人門前樓上歇了。許宣心中愁悶，壁上題詩一首：獨上高樓望故鄉，愁看斜日照紗窗。平生自是真誠士，誰料相逢妖媚娘。白白不知歸甚處？青青那識在何方？拋離骨肉來蘇地，思想家中寸斷腸！

有話即長，無話即短，不覺光陰似箭，日月如梭，又在王主人家住了半年之上。忽遇九月下旬，那王主人正在門首閒立，看街上人來人往。只見遠遠一乘轎子，傍邊一個丫鬟跟著，道：「借問一聲，此間不是王主人家麼？」王主人連忙起身道：「此間便是。你尋誰人？」丫鬟道：「我尋臨安府來的許小乙官人。」主人道：「你等一等，我便叫他出來。」這乘轎子便歇在門前。王主人便入去，叫道：「小乙哥，有人尋你。」許宣聽得，急走出來，同主人到門前看時，正是青青跟著，轎子裏坐著白娘子。許宣見了，連聲叫道：「死冤家！自被你盜了官庫銀子，帶累我吃了多少苦，有屈無伸。如今到此地位，又趕來做甚

麼？可羞死人！」那白娘子道：「小乙官人不要怪我，今番特來與你分辯這件事。我且到主人家裏面與你説。」

白娘子叫青青取了包裹下轎。許宣道：「你是鬼怪，不許入來！」擋住了門不放他。那白娘子與主人深深道了個萬福，道：「奴家不相瞞，主人在上，我怎的是鬼怪？衣裳有縫，對日有影。不幸先夫去世，教我如此被人欺負。做下的事，是先失日前所爲，非干我事。如今怕你怨暢我，特地來分説明白了，我去也甘心。」主人道：「且教娘子入來坐了説。」那娘子道：「我和你到裏面對主人家的媽媽説。」門前看的人，自都散了。

許宣入到裏面，對主人家並媽媽道：「我爲他偷了官銀子事。如此如此，因此教我吃場官司。如今又趕到此，有何理説？白娘子道：「先夫留下銀子，我好意把你，我也不知怎的來的？」許宣道：「如何做公的捉你之時，門前都是垃圾，就帳子裏一響不見了你？」白娘子道：「我聽得人説你爲這銀子捉了去，我怕你説出我來，捉我到官，妝幌子羞人不好看。我無奈何，只得走去華藏寺前姨娘家躲了；使人擔垃圾堆在門前，把銀子安在床上，央鄰舍與我説謊。」許宣道：「你卻走了去，教我吃官事！」白娘子道：「我將銀子安在床上，只指望要好，那裏曉得有許多事情？我見你配在這裏，我便帶了些盤纏，搭船到這裏尋你。如今分説都明白了，我去也。敢是我和你前生沒有夫妻之分！」

那王主人道：「娘子許多路來到這裏，難道就去？且在此間住幾日，卻理會。」青青道：「既是主人家再三勸解，娘子且住兩日，當初也曾許嫁小乙官人。」白娘子隨口便道：「羞殺人，終不成奴家沒人要？只爲分別是非而來。」王主人道：「既然當初許嫁小乙哥，卻又回去？且留娘子在此。」打發了轎子，不在話下。

過了數日，白娘子先自奉承好了主人的媽媽。那媽媽勸主人與許宣説合，還定十一月十一日成親，共百年偕老。光陰一瞬，

早到吉日良時。白娘子取出銀兩，央王主人辦備喜筵，二人拜堂結親。酒席散後，共入紗廚。白娘子放出迷人聲態，顛鸞倒鳳，百媚千嬌，喜得許宣如遇神仙，只恨相見之晚。正好歡娛，不覺金雞三唱，東方漸白。正是：歡娛嫌夜短，寂寞恨更長。

　　自此日爲始，夫妻二人如魚似水，終日在王主人家快樂昏迷纏定。日往月來，又早半年光景，時臨春氣融和，花開如錦，車馬往來，街坊熱鬧。許宣問主人家道：「今日如何人人出去閒游，如此喧嚷？」主人道：「今日是二月半，男子婦人，都去看臥佛，你也好去承天寺裏閒走一遭。」許宣見說，道：「我和妻子說一聲，也去看一看。」許宣上樓來，和白娘子說：「今日二月半，男子婦人都去看臥佛，我也看一看就來。有人尋說話，回說不在家，不可出來見人。」白娘子道：「有甚好看；只在家中卻不好？看他做甚麼？」許宣道：「我去閒耍一遭就回，不妨。」

　　許宣離了店內，有幾個相識，同走到寺裏看臥佛。繞廊下各處殿上觀看了一遭，方出寺來，見一個先生，穿著道袍，頭戴逍遙巾，腰繫黃絲條，腳著熟麻鞋，坐在寺前賣藥，散施符水。許宣立定了看。那先生道：「貧道是終南山道士，到處雲游，散施符水，救人病患災厄，有事的向前來。」那先生在人叢中看見許宣頭上一道黑氣，必有妖怪纏他，叫道：「你近來有一妖怪纏你，其害非輕！我與你二道靈符，救你性命。一道符三更燒，一道符放在自頭髮內」許宣接了符，納頭便拜，肚內道：「我也八九分疑惑那婦人是妖怪，眞個是實。」謝了先生，徑回店中。至晚，白娘子與青青睡著了，許宣起來道：「料有三更了！」將一道符放在自頭髮內，正欲將一道符燒化，只見白娘子嘆一口氣道：「小乙哥和我許多時夫妻，尚兀自不把我親熱，卻信別人言語，半夜三更，燒符來壓鎮我！你且把符來燒看！」就奪過符來，一時燒化，全無動靜。白娘子道：「卻如何？說我是妖怪！」許宣道：「不干我事。臥佛寺前一雲遊先生，知你是妖

怪。」白娘子道：「明日同你去看他一看，如何模樣的先生。」

次日，白娘子清早起來，梳妝罷，戴了釵環，穿上素淨衣服，吩咐青青看管樓上。夫妻兩人，來到臥佛寺前。只見一簇人，團團圍著那先生，在那裏散符水。只見白娘子睜一雙妖眼，到先生面前，喝一聲：「你好無禮！出家人在在我丈夫面前說我是一個妖怪，書符來捉我！」那先生回言：「我行的是五雷天心正法，凡有妖怪，吃了我的符，他即變出真形來。」那白娘子道：「眾人在此，你且書符來我吃看！」那先生書一道符，遞與白娘子。白娘子接過符來，便吞下去。眾人都看，沒些動靜。眾人道：「這等一個婦人，如何說是妖怪？」眾人把那先生齊罵。那先生罵得口睜眼呆，半晌無言，惶恐滿面。

白娘子道：「眾位官人在此，他捉我不得。我自小學得個戲術，且把先生試來與眾人看。」只見白娘子口內喃喃的，不知念些甚麼，把那先生卻似有人擒的一般，縮做一堆，懸空而起。眾人看了齊吃一驚。許宣呆了。娘子道：「若不是眾位面上，把這先生吊他一年。」白娘子噴口氣，只見那先生依然放下，只恨爹娘少生兩翼，飛也似走了。眾人都散了。夫妻依舊回來，不在話下。日逐盤纏，都是白娘子將出來用度。正是夫唱婦隨，朝歡暮樂。

不覺光陰似箭，又是四月初八日，釋迦佛生辰。只見街市上人抬著柏亭浴佛，家家布施。許宣對王主人道：「此間與杭州一般。」只見鄰舍邊一個小的，叫做鐵頭，道：「小乙官人，今日承天寺裏做佛會，你去看一看。」許宣轉身到裏面，對白娘子說了。白娘子道：「甚麼好看，休去！」許宣道：「去走一遭，散悶則個。」娘子道：「你要去，身上衣服舊了不好看，我打扮你去。」叫青青取新鮮時樣衣服來。許宣著得不長不短，一似像體裁的。戴一頂黑漆頭巾，腦後一雙白玉環，穿一領青羅道袍，腳著一雙皂靴，手中拿一把細巧百摺描金美人珊瑚墜上樣春羅扇，打扮得上下齊整。那娘子吩咐一聲，如鶯聲巧囀道：「丈夫早早

回來，切勿教奴記掛！」

　　許宣叫了鐵頭相伴，逕到承天寺來看佛會。人人喝采，好個官人。只聽得有人說道：「昨夜周將仕典當庫內，不見了四五千貫金珠細軟物件。見今開單告官，挨查，沒捉人處。」許宣聽得，不解其意，自同鐵頭在寺。其日燒香官人子弟男女人等往往來來，十分熱鬧。許宣道：「娘子教我早回，去罷。」轉身人叢中，不見了鐵頭，獨自個走出寺門來。只見五六個人似公人打扮，腰裏掛著牌兒。數中一個看了許宣，對眾人道：「此人身上穿的，手中拿的，好似那話兒？」數中一個認得許宣的道：「子小乙官，扇子借我一看。」許宣不知是計，將扇遞與公人。那公人道：「你們看這扇子墜，與單上開的一般！」眾人喝聲：「拿了！」就把許宣一索子綁了，好似：數隻皂雕追紫燕，一群餓虎咬羊羔。

　　許宣道：「眾人休要錯了，我是無罪之人。」眾公人道：「是不是，且去府前周將仕家分解！他店中失去五千貫金珠細軟、白玉條環、細巧百招扇、珊瑚墜子，你還說無罪？真贓正賊，有何分說！實是大膽漢子，把我們公人作等閒看成。見今頭上、身上、腳上，都是他家物件，公然出外，全無忌憚！」許宣方才呆了，半晌不則聲。許宣道：「原來如此。不妨，不妨，自有人偷得。」眾人道：「你自去蘇州府廳上分說。」

　　次日大尹升廳，押過許宣見了。大尹審問：「盜了周將仕庫內金珠寶物在於何處？從實供來，免受刑法拷打。」許宣道：「稟上相公做主，小人穿的衣服物件皆是妻子白娘子的，不知從何而來，望相公明鏡詳辨則個！」大尹喝道：「你妻子今在何處？」許宣道：「見在吉利橋下王主人樓上。」大尹即差緝捕使臣袁子明押了許宣火速捉來。

　　差人袁子明來到王主人店中，主人吃了一驚，連忙問道：「做甚麼？」許宣道：「白娘子在樓上麼？」主人道：「你同鐵頭早去承天寺裏，去不多時，白娘子對我說道：丈夫去寺中

閒耍，教我同青青照管樓上；此時不見回來，我與青青去寺前尋他去也，望乞主人替我照管。出門去了，到晚不見回來。我只道與你去望親戚，到今日不見回來。」眾公人要王主人尋白娘子，前前後後遍尋不見。袁子明將主人捉了，見大尹回話。大尹道：「白娘子在何處？」王主人細細稟復了，道：「白娘子是妖怪。」大尹一一問了，道：「且把許宣監了！」王主人使用了些錢，保出在外，伺候歸結。

且說周將仕正在對門茶坊內閒坐，只見家人報道：「金珠等物都有了，在庫閣頭空箱子內。」周將仕聽了，慌忙回家看時，果然有了，只不見了頭巾、條環、扇子並扇墜。周將仕道：「明是屈了許宣，平白地害了一個人，不好。」暗地裏到與該房說了，把許宣只問個小罪名。

卻說邵太尉使李募事到蘇州干事，來王主人家歇。主人家把許宣來到這裏，又吃官事，一一從頭說了一遍。李募事尋思道：「看自家面上親眷，如何看做落？只得與他央人情，上下使錢。」一日，大尹把許宣一一供招明白，都做在白娘子身上，只做「不合不出首妖怪等事」，杖一百，配三百六十里，押發鎮江府牢城營做工。李募事道：「鎮江去便不妨，我有一個結拜的叔叔，姓李名克用，在針子橋下開生藥店。我寫一封書，你可去投托他。」許宣只得問姐夫借了些盤纏，拜謝了王主人並姐夫，就買酒飯與兩個公人吃，收拾行李起程。王主人並姐夫送了一程，各自回去了。

且說許宣在路，饑食渴飲，夜住曉行，不則一日，來到鎮江。先尋李克用家，來到針子橋生藥舖內。只見主管正在門前賣生藥，老將仕從裏面走出來。兩個公人同許宣慌忙唱個喏道：「小人是杭州李募事家中人，有書在此。」主管接了，遞與老將仕。老將仕拆開看了道：「你便是許宣？」許宣道：「小人便是。」李克用教三人吃了飯，分付當直的同到府中，下了公文，使用了錢，保領回家。防送人討了回文，自歸蘇州去了。

　　許宣與當直一同到家中，拜謝了克用，參見了老安人。克用見李募事書，說道：「許宣原是生藥店中主管。」因此留他在店中做買賣，夜間教他去五條巷賣豆腐的王公樓上歇。克用見許宣藥店中十分精細，心中歡喜。原來藥舖中有兩個主管，一個張主管，一個趙主管。趙主管一生老實本分。張主管一生剋剝奸詐，倚著自老了，欺侮後輩。見又添了許宣，心中不悅，恐怕退了他；反生奸計，要嫉妒他。

　　忽一日，李克用來店中閒看，問：「新來的做買賣如何？」張主管聽了心中道：「中我機謀了！」應道：「好便好了，只有一件，……」克用道：「有甚麼一件？」

　　老張道：「他大主買賣肯做，小主兒就打發去了，因此人說他不好。我幾次勸他，不肯依我。」老員外說：「這個容易，我自分付他便了，不怕他不依。」趙主管在傍聽得此言，私對張主管說道：「我們都要和氣。許宣新來，我和你照管他才是。有不是寧可當面講，如何背後去說他？他得知了，只道我們嫉妒。」老張道：「你們後生家，曉得甚麼！」天已晚了，各回下處。

　　趙主管來許宣下處道：「張主管在員外面前嫉妒你，你如今要愈加用心，大主小主兒買賣，一般樣做。」許宣道：「多承指教。我和你去閒酌一杯。」二人同到店中，左右坐下。酒保將要飯果碟擺下，二人吃了幾杯。趙主管說：「老員外最性直，受不得觸。你便依隨他生性，耐心做買賣。」許宣道：「多謝老兄厚愛，謝之不盡」又飲了兩杯，天色晚了。趙主管道：「晚了路黑難行，改日再會。」許宣還了酒錢，各自散了。

　　許宣覺道有杯酒醉了，恐怕沖撞了人，從屋簷下回去。正走之間，只見一家樓上推開窗，將熨斗播灰下來，都傾在許宣頭上。立住腳，便罵道：「誰家潑男女，不生眼睛，好沒道理！」只見一個婦人，慌忙走下來道：「官人休要罵，是奴家不是，一時失誤了，休怪！」許宣半醉，抬頭一看，兩眼相觀，正是白娘子。許宣怒從心上起，惡向膽邊生，無明火焰騰騰高起三千丈，

掩納不住，便罵道：「你這賊賤妖精，連累得我好苦！吃了兩場官事！」恨小非君子，無毒不丈夫。正是：踏破鐵鞋無覓處，得來全不費工夫。

　　許宣道：「你如今又到這裏，卻不是妖怪？」趕將入去，把白娘子一把拿住道：「你要官休私休！」白娘子陪著笑面道：「丈夫，『一夜夫妻百日恩』，和你說來事長。你聽我說：當初這衣服，都是我先夫留下的。我與你恩愛深重，教你穿在身上，恩將仇報，反成吳越？」許宣道：「那日我回來尋你，如何不見了主人都說你同青青來寺前看我，因何又在此間？」白娘於道：「我到寺前，聽得說你被捉了去，教青青打聽不著，只道你脫身走了。怕來捉我，教青青連忙討了一隻船，到建康府娘舅家去，昨日才到這裏。我也道連累你兩場官事，還有何面目見你！你怪我也無用了。情意相投，做了夫妻，如今好端端難道走開了？我與你情似太山，恩同東海，誓同生死，可看日常夫妻之面，取我到下處，和你百年偕老，卻不是好！」許宣被白娘子一騙，回嗔作喜，沉吟了半晌，被色迷了心膽，留連之意，不回下處，就在白娘子樓上歇了。

　　次日，來上河五條巷王公樓家，對王公說：「我的妻子同丫鬟從蘇州來到這裏。」一一說了，道：「我如今搬回來一處過活。」王公道：「此乃好事，如何用說。」當日把白娘子同青青搬來王公樓上。次日，點茶請鄰舍。第三日，鄰舍又與許宣接風。酒筵散了，鄰舍各自回去，不在話下。第四日，許宣早起梳洗已罷，對白娘子說：「我去拜謝東西鄰舍，去做買賣去也；你同青青只在樓上照管，切勿出門！」吩咐已了，自到店中做買賣，早去晚回。不覺光陰迅速，日月如梭，又過一月。

　　忽一日，許宣與白娘商量，去見主人李員外媽媽家眷。白娘子道：「你在他家做主管，去參見了他，也好日常走動。到次日，雇了轎子，逕進裏面請白娘子上了轎，叫王公挑了盒兒，丫鬟青青跟隨，一齊來到李員外家。下了轎子。進到裏面，請員外

出來。李克用連忙來見，白娘子深深道個萬福，拜了兩拜，媽媽也拜了兩拜，內眷都參見了。原來李克用年紀雖然高大，卻專一好色，見了白娘子有傾國之姿，正是：三魂不附體，七魄在他身。

那員外目不轉睛，看白娘子。當時安排酒飯管待。媽媽對員外道：「好個伶俐的娘子！十分容貌，溫柔和氣，本分老成。」員外道：「便是杭州娘子生得俊俏。」飲酒罷了，白娘子相謝自回。李克用心中思想：「如何得這婦人共宿一宵？」眉頭一簇，計上心來，道：「六月十三是我壽誕之日，不要慌，教這婦人著我一個道兒。」

不覺烏飛兔走，才過端午，又是六月初間。那員外道：「媽媽，十三日是我壽誕，可做一個筵席，請親眷朋友鬧耍一日，也是一生的快樂。」當日親眷鄰友主管人等，都下了請帖。次日，家家戶戶都送燭麵手帕物件來。十三日都來赴筵，吃了一日。次日是女眷們來賀壽，也有廿來個。且說白娘子也來，十分打扮，上著青織金衫兒，下穿大紅紗裙，戴一頭百巧珠翠金銀首飾。帶了青青，都到裏面拜了生日，參見了老安人。東閣下排著筵席。

原來李克用是吃虱子留後腿的人，因見白娘於容貌，設此一計，大排筵席。各各傳杯弄盞。酒至半酣，卻起身脫衣淨手。李員外原來預先吩咐心腹養娘道：「若是白娘子登東，她要進去，你可另引她到後面僻淨房內去。」李員外設計已定，先自躲在後面。正是：不勞鑽穴逾牆事，穩做偷香竊玉人。

只見白娘子眞個要去淨手，養娘便引她到後面一間僻淨房內去，養娘自回。那員外心中淫亂，捉身不住，不敢便走進去，卻在門縫裏張。不張萬事皆休，則一張那員外大吃一驚，回身便走，來到後邊，往後倒了：不知一命如何，先覺四肢不舉！

那員外眼中不見如花似玉體態，只見房中蟠著一條吊桶來粗大白蛇，兩眼一似燈盞，放出金光來。驚得半死，回身便走，一絆一交。眾養娘扶起看時，面青口白。主管慌忙用安魂定魄丹服

　　了，方才醒來。老安人與眾人都來看了：道：「你爲何大驚小怪做甚麼？」李員外不說其事，說道：「我今日起得早了，連日又辛苦了些，頭風病發，暈倒了。」扶去房裏睡了。眾親眷再入席飲了幾杯，酒筵散罷，眾人作謝回家。

　　白娘子回到家中思想，恐怕明日李員外在舖中對許宣說出本相來，便生一條計，一頭脫衣服，一頭嘆氣。許宣道：「今同出去吃酒，因何回來嘆氣？」白娘子道：「丈夫，說不得！李員外原來假做生日，其心不善。因見我起身登東，他躲在裏面，欲要姦騙我，扯裙扯褲，來調戲我。欲待叫起來，眾人都在那裏，怕妝幌子。被我一推倒地，他怕羞沒意思，假說暈倒了。這惶恐那裏出氣。」

　　許宣道：「既不曾姦騙你，他是我主人家，出於無奈，只得忍了。這遭休去便了。」白娘子道：「你不與我做主，還要做人？」許宣道：「先前多承姐夫寫書，教我投奔他家。虧他不阻，收留在家做主管，如今教我怎的好？」白娘子道：「男子漢！我被他這般欺負，你還去他家做主管？」許宣道：「你教我何處去安身？做何生理？」白娘子道：「做人家主管，也是下賤之事，不如自開一個生藥舖。」許宣道：「虧你說，只是那討本錢？」白娘子道：「你放心，這個容易。我明日把些銀子，你先去賃了間房子卻又說話。」

　　且說「今是古，古是今」，各處有這般出熱的。間壁有一個人，姓蔣名和，一生出熱好事。次日，許宣問白娘子討了些銀子，教蔣和去鎮江渡口馬頭上，賃了一間房子，買下一付生藥廚櫃，陸續收買生藥，十月前後，俱已完備，選日開張藥店，不去做主管。那李員外也自知惶恐，不去叫他。

　　許宣自開店來，不匡買賣一日興一日，普得厚利。正在門前賣生藥，只見一個和尚將著一個募緣簿子道：「小僧是金山寺和尚，如今七月初七日是英烈龍王生日，伏望官人到寺燒香，布施些香錢。」許宣道：「不必寫名。我有一塊好降香，捨與你拿去

燒罷。」即便開櫃取出遞與和尚。和尚接了道：「是日望官人來燒香！」打一個問訊去了。白娘子看見道：「你這殺才，把這一塊好香與那賊禿去換酒肉吃！」許宣道：「我一片誠心捨與他，花費了也是他的罪過。」

不覺又是七月初七日，許宣正開得店，只見街上鬧熱，人來人往。幫閒的蔣和道：「小乙官前日布施了香，今日何不去寺內閒走一遭？」許宣道：「我收拾了，略待略待。和你同去。」蔣和道：「小人當得相伴。」許宣連忙收拾了，進去對白娘子道：「我去金山寺燒香，你可照管家裏則個。」白娘子道：「無事不登三寶殿，去做甚麼？」許宣道：「一者不曾認得金山寺，要去看一看；二者前日布施了，要去燒香。」白娘子道：「你既要去，我也擋你不得，只要依我三件事。」許宣道：「那三件？」白娘子道：「一件，不要去方丈內去；二件，不要與和尚說話；三件，去了就回，來得遲，我便來尋你也。」許宣道：「這個何妨，都依得。」

當時換了新鮮衣服鞋襪，袖了香盒，同蔣和逕到江邊，搭了船，投金山寺來。先到龍王堂燒了香，繞寺閒走了一遍，同眾人信步來到方丈門前。許宣猛省道：「妻子分付我休要進方丈內去。」立住了腳，不進去。蔣和道：「不妨事，他自在家中，回去只說不曾去便了。」說罷，走入去，看了一回，便出來。

且說方丈當中座上，坐著一個有德行的和尚，眉清目秀，圓頂方袍，看了模樣，確是真僧。一見許宣走過，便叫侍者：「快叫那後生進來。」侍者看了一回，人千人萬，亂滾滾的，又不認得他，回說：「不知他走那邊去了？」和尚見說，持了禪杖，自出方丈來，前後尋不見，復身出寺來看，只見眾人都在那裏等風浪靜了落船。那風浪越大了，道：「去不得。」正看之間，只見江心裏一只船飛也似來得快。

許宣對蔣和道：「這船大風浪過不得渡，那只船如何到來得快！」正說之間，船已將近。看時，一個穿白的婦人，一個穿青

的女子來到岸邊。仔細一認，正是白娘子和青青兩個。許宣這一驚非小。白娘子來到岸邊，叫道：「你如何不歸？快來上船！」許宣卻欲上船，只聽得有人在背後喝道：「業畜在此做甚麼？」許宣回頭看時，人說道：「法海禪師來了！」禪師道：「業畜，敢再來無禮，殘害生靈！老僧爲你特來。」白娘子見了和尚，搖開船，和青青把船一翻，兩個都翻下水底去了。許宣回身看著和尚便拜：「告尊師，救弟子一條草命！」禪師道：「你如何遇著這婦人？」許宣把前項事情從頭說了一遍。禪師聽罷，道：「這婦人正是妖怪，汝可速回杭州去，如再來纏汝，可到湖南淨慈寺裏來尋我。」有詩四句：本是妖精變婦人，西湖岸上賣嬌聲。汝因不識遭他計，有難湖南見老僧。

　　許宣拜謝了法海禪師，同蔣和下了渡船，過了江，上岸歸家。白娘子同青青都不見了，方才信是妖精。到晚來，教蔣和相伴過夜，心中昏悶，一夜不睡。次日早起，叫蔣和看著家裏，卻來到針子橋李克用家，把前項事情告訴了一遍。李克用道：「我生日之時，他登東，我撞將去，不期見了這妖怪，驚得我死去；我又不敢與你說這話。既然如此，你且搬來我這裏住著，別作道理。」許宣作謝了李員外，依舊搬到他家。不覺住過兩月有餘。

　　忽一日立在門前，只見地方總甲吩咐排門人等，俱要香花燈燭迎接朝廷恩赦。原來是宋高宗策立孝宗，降赦通行天下，只除人命大事，其餘小事，盡行赦放回家。許宣遇赦，歡喜不勝，吟詩一首，詩云：感謝吾皇降赦文，網開三面許更新。死時不作他邦鬼，生日還為舊土人。不幸逢妖愁更甚，何期遇宥罪除根。歸家滿把香焚起，拜謝乾坤再造恩。

　　許宣吟詩已畢，央李員外衙門上下打點使用了錢，見了大尹，給引還鄉。拜謝東鄰西舍，李員外媽媽合家大小，二位主管，俱拜別了。央幫閒的蔣和買了些土物帶回杭州。來到家中，見了姐夫姐姐，拜了四拜。李募事見了許宣，焦躁道：「你好生欺負人！我兩遭寫書教你投托人，你在李員外家娶了老小，不直

得寄封書來教我知道，直恁的無仁無義！」許宣説：「我不曾娶妻小。」姐夫道：「見今兩日前，有一個婦人帶著一個丫鬟，道是你的妻子。説你七月初七日去金山寺燒香，不見回來。那裏不尋到？直到如今，打聽得你回杭州，同丫鬟先到這裏等你兩日了。」教人叫出那婦人和丫鬟見了許宣。許宣看見，果是白娘子、青青。許宣見了，目睜口呆，吃了一驚，不在姐夫姐姐面前説這話本，只得任他埋怨了一場。

李募事教許宣共白娘子去一間房內去安身。許宣見晚了，怕這白娘子，心中慌了，不敢向前，朝著白娘子跪在地下道：「不知你是何神何鬼，可饒我的性命！」白娘子道：「小乙哥，是何道理？我和你許多時夫妻，又不曾虧負你，如何説這等沒力氣的話。」許宣道：「自從和你相識之後，帶累我吃了兩場官司。我到鎮江府，你又來尋我。前日金山寺燒香，歸得遲了，你和青青又直趕來。見了禪師，便跳下江裏去了。我只道你死了，不想你又先到此。望乞可憐見，饒我則個！」

白娘子圓睜怪眼道：「小乙官，我也只是爲好，誰想到成怨本！我與你平生夫婦，共枕同衾，許多恩愛，如今卻信別人閒言語，教我夫妻不睦。我如今實對你説，若聽我言語喜喜歡歡，萬事皆休；若生外心，教你滿城皆爲血水，人人手攀洪浪，腳踏渾波，皆死於非命。」驚得許宣戰戰兢兢，半晌無言可答，不敢走近前去。青青勸道：「官人，娘子愛你杭州人生得好，又喜你恩情深重。聽我説，與娘子和睦了，休要疑慮。」許宣吃兩個纏不過，叫道：「卻是苦那！」只見姐姐在天井裏乘涼，聽得叫苦，連忙來到房前，只道他兩個兒廝鬧，拖了許宣出來。白娘子關上房門自睡。

許宣把前因後事，一一對姐姐告訴了一遍。卻好姐夫乘涼歸房，姐姐道：「他兩口兒廝鬧了，如今不知睡了也未，你且去張一張了來。」李募事走到房前看時，裏頭黑了，半亮不亮，將舌頭舔破紙窗，不張萬事皆休，一張時，見一條吊桶來大的蟒蛇，

睡在床上，伸頭在天窗內乘涼，鱗甲內放出白光來，照得房內如同白日。吃了一驚，回身便走。來到房中，不說其事，道：「睡了，不見則聲。」許宣躲在姐姐房中，不敢出頭，姐夫也不問他，過了一夜。

次日，李募事叫許宣出去，到僻靜處問道：「你妻子從何娶來？實實的對我說，不要瞞我，自昨夜親眼看見他是一條大白蛇，我怕你姐姐害怕，不說出來。」許宣把從頭事，一一對姐夫說了一遍。李募事道：「既是這等，白馬廟前一個呼蛇甄先生，如法捉得蛇，我問你去接他。」

二人取路來到白馬廟前，只見戴先生正立在門口。二人道：「先生拜揖。」先生道：「有何見諭？」許宣道：「家中有一條大蟒蛇，想煩一捉則個！」先生道：「宅上何處？」許宣道：「過軍將橋黑珠兒巷內李募事家便是。」取出一兩銀子道：「先生收了銀子，待捉得蛇另又相謝。」先生收了道：「二位先回，小子便來。」李募事與許宣自回。

那先生裝了一瓶雄黃藥水，一直來到黑珠兒巷門，問李募事家。人指道：「前面那樓子內便是。」先生來到門前，揭起簾子，咳嗽一聲，並無一個人出來。敲了半晌門，只見一個小娘子出來問道：「尋誰家？」先生道：「此是李募事家麼？」小娘子道：「便是。」先生道：「說宅上有一條大蛇，卻才二位官人來請小子捉蛇。」小娘子道：「我家那有大蛇？你差了。」先生道：「官人先與我一兩銀子，說捉了蛇後，有重謝。」白娘子道：「沒有，休信他們哄你。」先生道：「如何作耍？」

白娘子三回五次發落不去，焦躁起來，道：「你真個會捉蛇？只怕你捉他不得！」戴先生道：「我祖宗七八代呼蛇捉蛇，量道一條蛇有何難捉！」娘子道，「你說捉得，只怕你見了要走！」先生道：「不走，不走！如走，罰一錠白銀。」娘子道：「隨我來。」到天井內，那娘子轉個彎，走進去了。那先生手中提著瓶兒，立在空地上，不多時，只見刮起一陣冷風，風過處，

只見一一條吊桶來大的蟒蛇，連射將來，正是：人無害虎心，虎有傷人意。

且說那戴先生吃了一驚，望後便倒，雄黃罐兒也打破了，那條大蛇張開血紅大口，露出雪白齒，來咬先生。先生慌忙爬起來，只恨爹娘少生兩腳，一口氣跑過橋來，正撞著李募事與許宣。許宣道：「如何？」那先生道：「好教二位得知，……」把前項事，從頭說了一遍，取出那一兩銀子付還李募事道：「若不生這雙腳，連性命都沒了。二位自去照顧別人。」急急的去了。許宣道：「姐夫，如今怎麼處？」李募事道：「眼見實是妖怪了。如今赤山埠前張成家欠我一千貫錢，你去那裏靜處，討一間房兒住下。那怪物不見了你，自然去了。」許宣無計可奈，只得應承。同姐夫到家時，靜悄悄的沒些動靜。李募事寫了書帖，和票子做一封，教許宣往赤山埠去。

只見白娘子叫許宣到房中道：「你好大膽，又叫甚麼捉蛇的來！你若和我好意，佛眼相看；若不好時，帶累一城百姓受苦，都死於非命！」許宣聽得，心寒膽戰，不敢則聲。將了票子，悶悶不已。來到赤山埠前，尋著了張成。隨即袖中取票時，不見了，只叫得苦。慌忙轉步，一路尋回來時，那裏見！

正悶之間，來到淨慈寺前，忽地裏想起那金山寺長老法海禪師曾分付來：「倘若那妖怪再來杭州纏你，可來淨慈寺內來尋我。」如今不尋，更待何時？急入寺中，問監寺道：「動問和尚，法海禪師曾來上剎也未？」那和尚道：「不曾到來。」許宣聽得說不在，越悶，折身便回來長橋堍下，自言自語道：「時衰鬼弄人，我要性命何用？」看著一湖清水，卻待要跳！正是：閻王判你三更到，定不容人到四更。

許宣正欲跳水，只聽得背後有人叫道：「男子漢何故輕生？死了一萬口，只當五千雙，有事何不問我！」許宣回頭看時，正是法海禪師，背馱衣缽，手提禪杖，原來真個才到。也是不該命盡，再遲一碗飯時，性命也休了。許宣見了禪師，納頭便拜，

道：「救弟子一命則個！」禪師道：「這業畜在何處？」許宣把上項事一一訴了，道：「如今又直到這裏，求尊師救度一命。」禪師於袖中取出一個缽盂，遞與許宣道：「你若到家，不可教婦人得知，悄悄的將此物劈頭一罩，切勿手輕，緊緊的按住，不可心慌，你便回去。」

且說許宣拜謝了禪師，回家。只見白娘子正坐在那裏，口內喃喃的罵道：「不知甚人挑撥我丈夫和我做冤家，打聽出來，和他理會！」正是有心等了沒心的，許宣張得他眼慢，背後悄悄的，望白娘子頭上一罩，用盡平生氣力納住。不見了女子之形，隨著缽盂慢慢的按下，不敢手松，緊緊的按住。只聽得缽盂內道：「和你數載夫妻，好沒一些兒人情！略放一放！」許宣正沒了結處，報道：「有一個和尚，說道：『要收妖怪。』」許宣聽得，連忙教李募事請禪師進來。來到裏面，許宣道：「救弟子則個！」

不知禪師口裏念的甚麼。念畢，輕輕的揭起缽盂，只見白娘子縮做七八寸長，如傀儡人像，雙眸緊閉，做一堆兒，伏在地下。禪師喝道：「是何業畜妖怪，怎敢纏人？可說備細！」白娘子答道：「禪師，我是一條大蟒蛇。因爲風雨大作，來到西湖上安身，同青青一處。不想遇著許宣，春心蕩漾，按納不住，一時冒犯天條，卻不曾殺生害命。望禪師慈悲則個！」禪師又問：「青青是何怪？」白娘子道：「青青是西湖內第三橋下潭內千年成氣的青魚。一時遇著，拖她爲伴。她不曾得一日歡娛，並望禪師憐憫！」

禪師道：「念你千年修煉，免你一死，可現本相！」白娘子不肯。禪師勃然大怒，口中念念有詞，大喝道：「揭諦何在？快與我擒青魚怪來，和白蛇現形，聽吾發落！」須臾庭前起一陣狂風。風過處，只聞得豁刺一聲響，半空中墜下一個青魚，有一丈多長，向地撥剌的連跳幾跳，縮做尺餘長一個小青魚。看那白娘子時，也復了原形，變了三尺長一條白蛇，兀自昂頭看著許宣。

禪師將二物置於缽盂之內，扯下褊衫一幅，封了缽盂口。拿到雷峰寺前，將缽盂放在地下，令人搬磚運石，砌成一塔。後來許宣化緣，砌成了七層寶塔，千年萬載，白蛇和青魚不能出世。

且說禪師押鎮了，留偈四句：

西湖水乾，江潮不起，雷峰塔倒，白蛇出世。

法海禪師言偈畢。又題詩八句以勸後人：

奉功世人休愛色，愛色之人被色迷。

心正自然邪不擾，身端怎有惡來欺？

但看許宣因愛色，帶累官司惹是非。

不是老僧來救護，白蛇吞了不留些。

法海禪師吟罷，各人自散。惟有許宣情願出家，禮拜禪師為師，就雷峰塔披剃為僧。修行數年，一夕坐化去了。眾僧買龕燒化，造一座骨塔，千年不朽，臨去世時，亦有詩八句，留以警世，詩曰：祖師度我出紅塵，鐵樹開花始見春。化化輪回重化化，生生轉變再生生。欲知有色還無色，須識無形卻有形。色即是空空即色，空空色色要分明。

二、說明簡介

文本主題介紹

《白蛇傳》是華人世界讀者耳熟能詳的傳奇故事，故事源出馮夢龍擬話本小說〈白娘子永鎮雷峰塔〉，經過明清時期戲曲、小說的持續增衍，最終成為當代所知的《白蛇傳》面貌，白蛇也由原本猶接近淫妖的形象，逐步向情妖，甚至是仙子的形象轉變。在白蛇故事的衍生過程中，人物設定、情節梗概的刪替、增衍，無不顯示改編過程的深刻意義。

白蛇故事定型以來，又經過當代文學、影視作品的一再改編，其中最著名的乃是香港作家李碧華《青蛇》對白蛇故事的改寫，不僅延續白蛇傳奇的亙古生命，同時賦予讀者看待此一經典故事的全新視角。隨後香港導演徐克據李碧華原著改編，將《青蛇》搬上大螢幕，但故事的情感基調又

與原著有所不同，成為一代影視經典。

〈白娘子永鎮雷峰塔〉到《白蛇傳》，展現一個故事如何在反覆訴說中，逐漸定型的過程，屬於文本改編；《白蛇傳》到《青蛇》，再到電影《青蛇》，則在文本改編之外，又增添了媒體轉換。各種變換呈現的文本意義，確有頗多值得深思之處，而在改編作品盛行的當代，白蛇故事的改編，對讀者而言，不僅值得借鏡，亦有其經典意涵。

三、深度討論

教師課堂深度討論引導問題

1. 請在閱讀〈白娘子永鎮雷峰塔〉之後，指出其中人物設定、情節梗概與《白蛇傳》大不相同之處。（繁瑣細節不論，教師預設：答案人物設定有五，情節梗概有十）（歸納型問題）
2. 〈白娘子永鎮雷峰塔〉到《白蛇傳》的演變，在故事旨趣上產生了怎樣的變化？（求知型問題）
3. 請思考〈白娘子永鎮雷峰塔〉與《白蛇傳》的差異，嘗試說明這些差異在改編過程中呈現出來的意義？（分析型問題）
4. 這些差異如何導致故事旨趣的變化？（分析型問題）

四、作業活動

深度討論作業

1. 當代視聽環境中的「他者」形象：「白娘子」在小說是以「他者」、「邊緣」的身分存在，有別於主流中心，請問在當代社會和視聽環境（影劇新聞）中，可能有哪些身分屬於「他者」？而他們的形象又是如何？如此形象的背後可能隱含什麼樣的意識形態？
2. 經典的再創造：看過楊貴妃在電視上「為著生活袂來洗身軀」嗎？還有「小孟又來了」的孟姜女？那是電視廣告對經典文學作品的改編。有沒有哪一篇經典文學作品令你特別印象深刻，讓你超級手癢，想對它改頭換面一下呢？

深度討論教學活動

觀影+思辨+對比+深度討論

1. 觀看電影《青蛇》，嘗試比較與《白蛇傳》，或李碧華《青蛇》的不同之處，歸納這些差異，給予合理詮釋。
2. 原著與改編：當代影視環境中改編作品甚多，從早期的金庸、古龍，到近期的IP劇、〈花甲男孩〉、〈你的孩子不是你的孩子〉，乃至歐美的福爾摩斯、漫威、DC等系列作品。請以一部原著與改編的戲劇為例，比較戲劇呈現和原著作品之間的差異，並思考這些差異所欲呈現的意涵。

張博鈞老師　撰

學生深度討論單

1. 閱讀思辨討論篇章

　　馮夢龍：〈白娘子永鎮雷峰塔〉

2. 分組討論

主要討論人	討論成員	書面記錄人	口頭報告人

本組提問	問題描述：	
問題類型	問題類型歸納（可複選）：	
本組回應	問題描述：	
	回答：	

備註	1. 回應問題時，必須有「主題句（Topic Sentence）」表達觀點或立場。
	2. 回應問題時，必須舉出各類例證或數據，形成「支持句（Supporting sentences）」，以論證觀點或立場。
	3. 回應問題時，必須統整前述之論述，總結為「結論句（Concluding sentence）」，整合論證，說明結論。

求知型問題AQ/Authentic Question：開放性問題，問題具多樣性，提問者對於他人的回答感興趣。除測試型問題以外都為求知型問題。

追問型問題UT/Uptake Question：是追問其它人所說的意見，用以釐清、深化問題與認知，並會帶出更多的對話。

分析型問題Ay/Analysis Question：找出文本各部分不同的看法，及這些看法有何相關的問題。分析文本中的概念、想法或論點。

歸納型問題Ge/Generalize Question：整合相關資訊得到更通用化概念的問題。將文本所出現的概念或想法重新組織，建構觀點或創造新的資訊。

推測型問題SQ/Speculate Question：在閱讀時帶入個人體會，這類型的問題能使文章與各自的感受及經歷之間建立聯繫，引導學生對文本產生更豐富、高層次理解。通常是以下面句型出現：「如果……，你會怎麼做？」、「你是否有類似於……的經歷？」、「如果你是……，你會有什麼感受？」

感受型問題Af/Affective Question：將文本與回應者自身的情感或生命經驗連結。聯結個人生活經驗與文本之間的聯繫，進而提出問題。

連結型問題CQ/Connective Question：聯結個人生活經驗與文本之間的聯繫，進而提出問題。根據組內成員早先的討論、主題或是彼此共同擁有的經驗而來的問題。與其他小說、資料、藝術品、電影、網路、電視、雜誌等文本材料的關聯或比較而提出問題。

（深度討論教學教師社群）

杜子春

李復言

一、教材來源

文本內容

　　杜子春者，蓋周隋間人。少落魄，不事家產，以心氣閒縱，嗜酒邪遊。資產蕩盡，投於親故，皆以不事事之故見棄。方冬，衣破腹空，徒行長安中，日晚未食，彷徨不知所往。於東市西門，飢寒之色可掬，仰天長吁。有一老人策杖於前，問曰：「君子何嘆？」春言其心，且憤其親戚之疏薄也，感激之氣，發於顏色。老人曰：「幾緡則豐用？」子春曰：「三五萬則可以活矣。」老人曰：「未也。」更言之：「十萬。」曰：「未也。」乃言「百萬。」亦曰：「未也。」曰：「三百萬。」乃曰：「可矣。」於是袖出一緡曰：「給子今夕，明日午時，俟子於西市波斯邸，慎無後期。」

　　及時，子春往，老人果與錢三百萬，不告姓名而去。子春既富，蕩心復熾，自以為終身不復羈旅也。乘肥衣輕，會酒徒，徵絲竹，歌舞於倡樓，不復以治生為意。一二年間，稍稍而盡，衣服車馬，易貴從賤，去馬而驢，去驢而徒，倏忽如初。既而復無計，自嘆於市門。發聲而老人到，握其手曰：「君復如此，奇哉。吾將復濟子。幾緡方可？」子春慚不對。老人因逼之，子春愧謝而已。老人曰：「明日午時，來前期處。」子春忍愧而往，得錢一千萬。未受之初，發憤，以為從此謀生。石季倫、猗頓小豎耳。錢既入手，心又翻然，縱適之情，又卻如故。不三四間，貧過舊日。

　　復遇老人於故處，子春不勝其愧，掩面而走。老人牽裾止之曰：「嗟乎拙謀也。」因與三千萬，曰：「此而不痊，則子貧在膏肓矣。」子春曰：「吾落魄邪遊，生涯罄盡，親戚豪族，無相顧者，獨此叟三給我，我何以當之？」因謂老人曰：「吾得此，人間之事可以立，孤孀可以足衣食，於名教復圓矣。感叟深惠，立事之後，唯叟所使。」老人曰：「吾心也！子治生畢，來歲中元，見我於老君雙檜下。」子春以孤孀多寓淮南，遂轉資揚州，買良田百頃，郭中起甲第，要路置邸百餘間，悉召孤孀，分居第中。婚嫁甥姪，遷祔旅櫬，恩者煦之，讎者復之。既畢事，及期而往。

　　老人者方嘯於二檜之陰，遂與登華山雲臺峰。入四十里餘，見一居處，室屋嚴潔，非常人居。彩雲遙覆，鸞鶴飛翔。其上有正堂，中有藥爐，高九尺餘，紫焰光發，灼煥窗戶。玉女數人，環爐而立。青龍白虎，分據前後。其時日將暮，老人者，不復俗衣，乃黃冠絳帔士也。持白石三丸，酒一卮，遺子春，令速食之訖。取一虎皮鋪於內，西壁東向而坐，戒曰：「慎勿語。雖尊神惡鬼夜叉，猛獸地獄；及君之親屬，爲所囚縛，萬苦皆非眞實。但當不動不語耳，安心莫懼，終無所苦。當一心念吾所言。」言訖而去。子春視庭唯一巨甕，滿中貯水而已。道士適去，而旌旗戈甲，千乘萬騎，遍滿崖谷，呵叱之聲，震動天地。有一人稱大將軍，身長丈餘，人馬皆著金甲，光芒射人。親衛數百人，拔劍張弓，直入堂前，呵曰：「汝是何人？敢不避大將軍。」左右竦劍而前，逼問姓名，又問作何物，皆不對。問者大怒催斬，爭射之，聲如雷，竟不應。將軍者極怒而去。俄而猛虎毒龍，狻猊獅子，蝮蠍萬計，哮吼拏攫而前，爭欲搏噬，或跳過其上，子春神色不動，有頃而散。

　　既而大雨滂澍，雷電晦暝，火輪走其左右，電光掣其前後，目不得開。須臾，庭際水深丈餘，流電吼雷，勢若山川開破，不可制止。瞬息之間，波及座下，子春端坐不顧，未頃而散。將軍

者復來，引牛頭獄卒，奇貌鬼神，將大鑊湯而置子春前，長槍刀叉，四面週匝，傳命曰：「肯言姓名即放，不肯言，即當心叉取，置之鑊中。」又不應。因執其妻來，摔於階下，指曰：「言姓名，免之。」又不應。及鞭捶流血，或射或斫，或煮或燒，苦不可忍。其妻號哭曰：「誠爲陋拙，有辱君子，然幸得執巾櫛，奉事十餘年矣。今爲尊鬼所執，不勝其苦！不敢望君匍匐拜乞，但得公一言，即全性命矣。人誰無情，君乃忍惜一言？」雨淚庭中，且咒且罵，子春終不顧。將軍且曰：「吾不能毒汝妻耶！」令取剉碓，從腳寸寸剉之。妻叫哭愈急，竟不顧之。

　　將軍曰：「此賊妖術已成，不可使久在世間。」敕左右斬之。斬訖，魂魄被領見閻羅王。王曰：「此乃雲臺峰妖民乎？」促付獄中。於是鎔銅鐵杖、碓搗磑磨、火坑鑊湯、刀山劍林之苦，無不備嘗。然心念道士之言，亦似可忍，竟不呻吟。獄卒告受罪畢。王曰：「此人陰賊，不合作得男，宜令作女人。」配生宋州單父縣丞王勤家。生而多病，針灸醫藥之苦，略無停日。亦嘗墜火墮床，痛苦不濟，終不失聲。俄而長大，容色絕代，而口無聲，其家目爲啞女。親戚相狎，侮之萬端，終不能對。同鄉有進士盧珪者，聞其容而慕之，因媒氏求焉。其家以啞辭之。盧曰：「苟爲妻而賢，何用言矣？亦足以戒長舌之婦。」乃許之。盧生備禮親迎爲妻。數年恩情甚篤，生一男，僅二歲，聰慧無敵。盧抱兒與之言，不應。多方引之，終無辭。盧大怒曰：「昔賈大夫之妻鄙其夫，才不笑爾，然觀其射雉，尚釋其憾。今吾陋不及賈，而文藝不徒射雉也，而竟不言！大丈夫爲妻所鄙。安用其子。」乃持兩足，以頭撲於石上，應手而碎，血濺數步。子春愛生於心，忽忘其約，不覺失聲云：「噫……」噫聲未息，身坐故處，道士者亦在其前。初五更矣，其紫焰穿屋上天，火起四合，屋室俱焚。

　　道士嘆曰：「措大誤余乃如是。」因提其髻投水甕中，未頃火息。道士前曰：「吾子之心，喜怒哀懼惡欲，皆能忘也，所

未臻者愛而已。向使子無噫聲，吾之藥成，子亦上仙矣。嗟乎，仙才之難得也！吾藥可重煉，而子之身猶爲世界所容矣，勉之哉。」遙指路使歸。子春強登臺觀焉，其爐已壞，中有鐵柱，大如臂，長數尺，道士脫衣，以刀子削之。子春既歸，愧其忘誓，復自效以謝其過。行至雲臺峰，無人跡，嘆恨而歸。

二、說明簡介

文本主題介紹

本篇收錄於《太平廣記》卷十六「神仙類」，原出於李復言《續玄怪錄》。故事內容為家道中落的杜子春，在飢寒交迫下遇到了一道士，道士三次以鉅額的金錢資助，最終感動了杜子春，決心幫助道士煉丹，報答道士的恩情。煉丹的過程中，杜子春經歷重重考驗，卻在最後因無法割捨母子之情，而導致煉丹失敗，杜子春也無法成仙。

一開始杜子春如同中了三次樂透般，一次比一次富有，但他在面對錢財與人生的態度，也一次次的不同。作者透過這個情節，其實是想說錢財往往如過眼雲煙，飄渺虛無。而結局也不禁讓人思考，一個人如果連母子親情都可以割捨，那還能稱作是人嗎？又或者，如果真要成仙得道，是不是一定要放下母子親情？本篇故事透露出外在的榮華富貴是虛幻的，但生而為人，內心的情感卻是不容易抹滅的，這難得的人性光輝，似乎也不該輕易放棄。透過這個故事，可以思考有關人生和價值觀的問題。

三、深度討論

教師課堂深度討論引導問題

1. 杜子春遇到老人，就像中了三次樂透一樣，但每次他面對老人的反應和對錢財的處理都不太一樣。你覺得杜子春這三次的心境轉折和態度變化是什麼？和他的成長有關嗎？（推測型問題）

2. 現在請你設想，如果中了樂透，應該要怎麼處理和規劃比較好？當你真的有花不完的錢，又真的是好事嗎？為什麼？（推測型問題、感受

型問題）

3. 錢對於人生的意義是什麼？（連結型問題）

四、作業活動

深度討論教學活動

換你當老闆

　　經常在遇到某些事情的試煉後，才能真正瞭解一個人的性格。現在，請你假裝是一間公司的老闆或主管，正在徵才，為了真正了解面試者是否適合這份工作，請設計面試問題與測試活動。

1. 請自行設定這份工作的職稱、性質，以及你認為要勝任這份工作，必須具有什麼能力和人格特質。

2. 請設計三個面試問題。

3. 請根據你所認為這份工作最重要的能力或人格特質，設計一個情境活動（非情境問題，是當場的測試），例如和面試者說：「你的履歷和自傳不小心遺失了，能否請你當場自我介紹和解說你的學經歷與能力？」（測試臨機應變的能力），並說明面試者出現何種反應，會讓你印象良好。

林玉玟老師　撰

學生深度討論單

1. 閱讀思辨討論篇章

李復言：〈杜子春〉

2. 分組討論

主要討論人	討論成員	書面記錄人	口頭報告人

本組提問	問題描述：

問題類型	問題類型歸納（可複選）：

本組回應	問題描述：
	回答：

備註	1. 回應問題時，必須有「主題句（Topic Sentence）」表達觀點或立場。 2. 回應問題時，必須舉出各類例證或數據，形成「支持句（Supporting sentences）」，以論證觀點或立場。 3. 回應問題時，必須統整前述之論述，總結為「結論句（Concluding sentence）」，整合論證，說明結論。

求知型問題AQ/Authentic Question：開放性問題，問題具多樣性，提問者對於他人的回答感興趣。除測試型問題以外都為求知型問題。

追問型問題UT/Uptake Question：是追問其它人所說的意見，用以釐清、深化問題與認知，並會帶出更多的對話。

分析型問題Ay/Analysis Question：找出文本各部分不同的看法，及這些看法有何相關的問題。分析文本中的概念、想法或論點。

歸納型問題Ge/Generalize Question：整合相關資訊得到更通用化概念的問題。將文本所出現的概念或想法重新組織，建構觀點或創造新的資訊。

推測型問題SQ/Speculate Question：在閱讀時帶入個人體會，這類型的問題能使文章與各自的感受及經歷之間建立聯繫，引導學生對文本產生更豐富、高層次理解。通常是以下面句型出現：「如果……，你會怎麼做？」、「你是否有類似於……的經歷？」、「如果你是……，你會有什麼感受？」

感受型問題Af/Affective Question：將文本與回應者自身的情感或生命經驗連結。聯結個人生活經驗與文本之間的聯繫，進而提出問題。

連結型問題CQ/Connective Question：聯結個人生活經驗與文本之間的聯繫，進而提出問題。根據組內成員早先的討論、主題或是彼此共同擁有的經驗而來的問題。與其他小說、資料、藝術品、電影、網路、電視、雜誌等文本材料的關聯或比較而提出問題。

（深度討論教學教師社群）

請沿虛線剪下

杜子春

芥川龍之介

一、教材來源
文本內容

　　一個春天的黃昏時分。

　　在唐朝京城洛陽的西門下，有個年輕人茫然地望著天空。年輕人的名字叫杜子春，本來是富家弟子，但因敗盡家產，過起了窮困潦倒的生活。

　　當時的洛陽，繁華至極，沒有一個都城能夠比擬，到處都是車水馬龍，人潮絡繹不絕。夕陽的光輝耀眼，映照在西門的城門上，宛如塗上了一層油彩。老人的紗帽、土耳其女人的金耳環、裝飾在白馬上的五彩韁繩，不斷地流轉，那景色美得像一幅畫。

　　但是，杜子春仍舊將身子靠在城牆上，茫然地眺望著天空。天空裡，細長的月亮，淡如爪痕，藏在雲霞繚繞中。

　　「天色暗了，肚子也餓了，現在不管到哪裡，大概都找不到今晚的容身之處……與其這樣活著，乾脆跳河自殺，還比較痛快吧！」杜子春一直這樣胡思亂想著。

　　此時，有個不知從何處冒出的獨眼老人，忽然停在他的面前。他沐浴著夕陽的光輝，長長的身影投射在城門上，眼光凝視著杜子春的臉。

　　「你在想什麼？」老人高傲地問。

　　「我嗎？我在想，今晚沒地方可去，不知道怎麼辦。」老人問得唐突，杜子春不禁斂低眉眼，老實地回答。

　　「原來如此，可憐啊！」老人沉吟片刻，然後指著映照在路

上的夕陽説：

「那我告訴你一個辦法。你站到夕陽光輝裡，地上能照映出你的影子。然後在今晚半夜時，去挖掘你影子頭部的地方，必定會有整車的黃金埋在那裡。」

「眞的？」杜子春聽了大吃一驚，抬起眼皮。不可思議的是，那老人已不知去向，到處都不見他的蹤影。只有天上的月亮比先前更加皎潔，以及兩三隻性急的蝙蝠，在川流不息的行人頭上，飛來飛去。

2

一夜之間，杜子春變成了洛陽獨一無二的大富翁，因爲他眞的聽了老人的話，在夜半時，挖掘影子頭部的地方，結果挖出了一堆黃金，還不止一整車。

變成暴發戶的杜子春，立刻買了一棟豪宅，過著完全不輸唐玄宗的奢侈生活。喝著蘭陵的美酒，吃著桂州的龍眼，在庭院內栽植顏色可一日四變的牡丹，又飼養白孔雀，收集寶玉珍玩，身穿綾羅綢緞，乘坐香木製成的車子，訂製象牙打造的椅子。若要詳細説明他的奢侈生活，那這個故事是永遠都講不完的。

那些以前在路上打了照面，也形同陌路的朋友們，在聽聞杜子春富有了之後，無論早晚，都在杜子春的府中，而且人數日漸增多。半年之後，所有洛陽的才子與美女，幾乎都是杜子春的座上嘉賓。杜子春每天陪著客人大開盛宴，那宴席之奢侈，令人瞠目結舌。例如，杜子春常一邊用金杯喝著來自西域的葡萄酒，一邊出神的觀看印度魔術師表演吞刀特技，他身邊還環繞著二十個女人，其中十個在秀髮上裝飾著翡翠蓮花，另十個在秀髮上裝飾瑪瑙牡丹花，她們吹彈著曲調輕快的笛子與古箏，跳著曼妙的舞姿。

不過，再怎麼有錢的大富翁，總有坐吃山空的一天，杜子春如此奢華，一兩年過去後，也開始捉襟見肘起來。等他把錢用盡

後，才明白人心的薄情寡義，昨日還天天來報到的人，今天路過門前，竟也不願進來打聲招呼了。到第三年春天，當杜子春又如之前般窮困，偌大的洛陽，竟找不到一處肯收留他的地方。別說是借宿，甚至是連施捨一杯水給他的人都沒有。

於是，某日黃昏，杜子春又來到洛陽西門下，茫然地望著天空，不知何去何從。接著，那個獨眼老人也跟之前一樣，不知從何處又出現了。

「你在想什麼？」

杜子春一看到老人，馬上羞愧的低下頭，說不出話來。老人再次親切的問了同樣的話，杜子春只好誠惶誠恐的答道：「因為我今晚無處可去，正不知該怎麼辦？」

「原來如此，太可憐了。我告訴你一個好辦法。現在你站到夕陽下，地上能映照出你的影子，你趁著深夜挖掘影子胸部的地方，那裡一定埋藏著整車的黃金。」老人說完，又瞬間消失在人潮中，不知去向。

隔天，杜子春又在一夜之間變成洛陽獨一無二的大富翁，同時又開始過著往昔的奢華日子。庭院中名貴的牡丹花、沉睡在牡丹花叢中的白孔雀、來自印度的吞刀魔術師……一切都和從前一般。於是，那滿車載不盡的黃金，又在三年後蕩然無存了。

3

「你在想什麼？」獨眼老人第三次來到杜子春面前，又問了同樣的問題。此時的杜子春，當然又是呆滯的站在西門下，眺望著在晚霞中露臉的一彎月牙。

「我嗎？我今晚又沒地方可去，正想著該怎麼辦？」

「原來如此，真是可憐。那我告訴你一個好辦法，現在你站到夕陽下，地上能映照出你的影子，你再趁著夜晚挖掘影子肚子的地方，那一定埋藏有滿車子的……」

「不，我不想要黃金了。」

「不要了？哈哈，你終於厭倦奢華的日子了？」老人以玩味的眼神，凝視著杜子春。

「不，我不是厭倦了奢華日子，而是厭煩了人這種東西。」杜子春回答，露出憤憤不平的神色。

「這倒有趣！你為什麼厭煩起人了？」

「人都是薄情寡意的。當我是個富翁時，人人奉承，個個阿諛，一旦落魄，便連個好臉色都不肯給。想到這點，即使再度變成富豪，又有什麼意思？」

老人聽了杜子春的話，忽然嘻嘻笑了起來：「原來如此，沒想到你年紀輕輕，竟然有些悟性。那麼，你今後是想安然的過著貧苦生活了？」

杜子春躊躇了一會兒，但隨即毅然抬起頭，望著老人說：「我現在已無法再過貧窮生活了，所以我想拜您為師，修習成仙之術。您不用再隱瞞了，您是個法力高深的神仙吧？若不是神仙，怎可能讓我在一夜之間變成天下第一富豪？請當我的師傅，傳授那神奇的仙術給我吧！」

老人皺著眉頭，像在考慮什麼似的，然後莞爾笑說：「不錯，我叫鐵冠子，是住在峨嵋山的仙人。一開始看到你時，就覺得你有些悟性，才兩次讓你成為大富翁。若你真的渴望做仙人，我就收你為徒弟好了。」

杜子春聽了喜出望外，老人話都還沒說完，就跪在地上，向鐵冠子磕了好幾個頭。

「你不用這麼謝我，雖然我收你為徒，但你能否能得道成仙，全在於你自己……總之，你先跟我去趟峨嵋山再說吧。喔，恰好地上有根竹杖，我們現在就騎著竹杖飛過去吧！」

鐵冠子拾起地上那根青竹，口中念著咒語，像騎馬一樣，與杜子春跨上那根青竹。神奇的事發生了，竹杖突然像一條飛龍般，騰空而起，飛上天空，翱翔在春日傍晚的晴空中，一路往峨嵋山的方向飛去。

　　杜子春心驚膽顫，畏縮害怕地俯瞰著腳下。夕陽餘輝中，只見青色的山巒，洛陽的西門早就隱沒在雲靄中，看不見了。鐵冠子一任蒼白的鬢髮在風中飄揚，高歌吟唱：「朝遊北海暮蒼梧，袖裡青蛇膽氣粗。三入岳陽人不識，郎吟飛過洞庭湖。」

4

　　載著兩人的青竹，轉眼就降落在峨嵋山。他們落在一塊平坦寬闊的巨石上，面前是深不可測的山谷。巨石的高度甚高，使懸掛在半空中的北斗七星，看起來竟大如碗，璀璨光亮。這裡渺無人跡，四周靜寂無聲。唯一飄入耳裡的，是一棵長在岩後懸崖上的虯結老松，枝葉隨著晚風搖動的沙沙聲響。

　　兩人來到岩石上後，鐵冠子命杜子春坐在懸崖下，囑咐說：「我要上天去拜見西王母，你就坐在這等我回來。我不在時，可能會有各種魔障出現要誘騙你，不管發生什麼事，你絕對不能出聲，只要你開口，就不能成為仙人。懂嗎？就算是天塌下來，你都得保持沉默。」

　　「您放心，我絕不會出聲。即使是要我的命，我也會保持沉默。」

　　「是嗎？聽你這樣說，我就放心了，我很快便回來。」老人跟杜子春告別後，又跨上竹杖，筆直的飛向夜空，消失在峰巒之上，那如刀削般陡峭的山峰，即使在黑夜中也看得出來。

　　杜子春獨自坐在岩石上，靜靜地眺望著星空。大概過了半小時，深山的寒涼夜氣開始穿透杜子春單薄的衣衫，突然，上空傳來叱罵的聲音：「誰在那裡？」

　　杜子春聽從仙人的囑咐，閉口不語。不一會兒，那聲音又響起：「若不回答，便即刻取你性命！」這次的聲音嚴厲地恐嚇著，但杜子春仍然沉默。

　　剎時，一隻老虎不知從何處跳了出來，一躍到岩石上，眼神炯炯的對著杜子春怒目而視，仰頭大聲咆哮。不僅如此，頭上的

松枝也劇烈的搖晃著，後面懸崖頂上，又出現一條白色巨蛇，身體足足有四斗酒桶那麼粗，伸吐著火焰般的紅舌，眼看就要一步步逼近來了。但，杜子春依然神色安定的端坐著。

老虎和蛇，彼此不動對峙了一會兒，像是要伺機攫捕獵物。接著，突然同時撲向杜子春，杜子春是會被老虎牙咬碎，還是被巨蛇一口吞下？眼看他命在旦夕時，老虎和巨蛇竟如煙霧一般，隨著夜風消失了。之後，只剩懸崖上的松樹，仍在那搖晃著樹枝，發出沙沙聲響。杜子春鬆了一口氣，凝神等待著又會發生什麼事。

這時，突然刮起一陣強風，墨黑的烏雲籠罩天空，淡紫色的閃電猛然撕開了夜幕，雷聲轟轟作響。不，不僅僅是雷聲，瀑布般的豪雨也傾盆而下。杜子春在天地變色下，依然面無懼色地端坐著。風聲、雨柱、震雷、閃電……峨嵋山就像要垮了。突然，響起一陣震耳欲聾的霹靂聲，只見一道通紅的火柱，從上空翻攪的烏雲中筆直而下，落在杜子春的頭頂。

杜子春捂住了耳朵，匍伏在岩石上，但當他睜開眼睛一看時，天空又像先前一樣晴朗，碗大的北斗星，也依然掛在前方的山巒頂上，正閃閃發光。看樣子，剛才的暴風雨、老虎和巨蛇，都是些趁鐵冠子不在時出來作祟的魔障，想通後，杜子春才放心的擦去額上的冷汗，繼續端坐在岩石上。

可是，他的呼吸還沒完全平順過來時，一個穿著金鎧甲，身長三丈，威風凜凜的神將又出現在他面前。神將手持三叉戟，猛地將戟尖指向杜子春的胸膛，瞪大眼睛怒罵道：「喂！你是什麼人？這峨嵋山從開天闢地以來，就是我住的地方，你竟膽敢獨自跑來這裡，想必不是尋常人物，若想活命，趕快說明原因！」不過，杜子春仍遵照老人的話，沉默不語。

「不答話是嗎？……好，既然如此，隨你便。但我那些手下可是會把你剁成肉醬的！」神將高舉三叉戟，向對面的山巒上空一招，頓時，無數的神兵如雲般佈滿天空，手上都持著耀眼的刀

槍，破空而來，殺氣騰騰的向杜子春攻去。

　　眼見這個景象，杜子春差點叫出聲來，但隨即又想起鐵冠子的話，只好拼命忍住。神將看他仍無動於衷，便大發雷霆：「你這個頑固的傢伙！再不開口，真要你的命了！」

　　神將話還沒說完，三叉戟一閃，立即刺死了杜子春，然後哈哈大笑，那笑聲響徹峨眉山，接著便消失無蹤。那些無數的神兵，也隨著夜風的吹拂聲，夢一般消失的無影無蹤。

　　北斗星又冷冷地映照在岩石上。懸崖上的松樹，依然隨著晚風沙沙作響。但，杜子春仰躺在地上，早已氣絕身亡。

5

　　杜子春的身軀雖躺在岩石上，可是，他的靈魂卻靜靜地脫離了軀殼，到了地獄底層。

　　現實世界與地獄之間，有一條通路，叫做暗穴道，那裡終年都在黑暗中，陰風如冰一般冷冽，呼嘯不止。杜子春像一片樹葉，飄蕩在寒風中，最後飄到一座高大的殿宇前，上面懸掛寫有「森羅殿」的匾額。

　　殿堂前有一群鬼嘍囉，見到杜子春，立刻包圍上來，把他押到臺階前面。在臺階上有一個大王，身著黑袍、頭戴金冠，威嚴地睥睨著底下。杜子春忐忑不安地跪下，心想，這大概就是傳說中的閻羅王？不知道他會對自己做什麼事？

　　「小子，你為何坐在峨嵋山上？」

　　閻羅王的聲音如雷貫耳，從臺階上傳下來。杜子春正想回答，但又想起鐵冠子「絕不能開口」的囑咐，只好又低頭不語。

　　閻羅王舉起手中的鐵笏，臉上的鬍鬚倒豎了起來，氣勢浩大地怒吼：「你以為這裡是什麼地方？快快回答，否則，我立即讓你嚐嚐地獄苦刑！」可是，杜子春依然緊閉嘴唇。閻羅王見狀，轉頭向眾嘍囉們屬聲吩咐，眾嘍囉們立即大聲呼應，一把抓起杜子春，飛往森羅殿的上空。

　　正如傳聞一樣，地獄裡除了刀山血池，還有名為炎熱地獄的火焰之谷，以及名為極寒地獄的冰海，並排在漆黑的天空下。鬼嘍囉們將杜子春拋進各種地獄裡。可憐的杜子春，被刀劍刺穿胸膛，被火焰燒焦臉頰，被拔舌剝皮，被鐵杵搗錘，被油鍋所炸，被毒蛇吞噬腦袋，被雄鷹啄食雙眼……。

　　若要一一細數他所遭受的酷刑，真是說不完。但儘管如此，杜子春還是堅決忍耐，咬緊牙關不吭一聲。鬼嘍囉們無奈，便再次押著杜子春飛過暗黑的天空，回到森羅殿前，將杜子春按在臺階前，向閻羅王大聲稟奏：「這個罪人，無論如何都不肯開口。」

　　閻羅王皺著眉思索，突然靈光一閃，便吩咐說：「這個男子的父母被判下到畜牲道，馬上去把他們押過來。」

　　眾嘍囉們馬上乘風飛往地獄的上空，轉眼間便驅趕著兩頭畜牲，流星一樣的降落在殿前。杜子春看到這兩頭畜牲，大吃了一驚。因為那雖說是兩匹可憐的瘦馬，臉孔卻是雙親的容貌，那是做夢也忘不了的。

　　「小子，你為何坐在峨嵋山上？快從實招來！否則就要讓你的父母知道厲害！」雖受到如此恐嚇，杜子春仍不出聲。

　　「你這個不孝逆子！你為了自己，竟忍心讓父母受苦嗎？」閻羅王怒聲大吼，聲音震得森羅殿都要崩塌了。

　　「打！把這兩匹畜牲打得血肉模糊！」鬼嘍囉們齊聲應和，手執鐵鞭圍上去，毫不留情的狠狠鞭打這兩匹馬。鐵鞭聲颼颼作響，像雨點般落在兩匹馬身上，把馬打得皮開肉綻。那兩匹馬——淪為畜牲的父母，痛苦難挨，眼眶滴出血淚，嘶叫聲令人不忍聞聽。

　　「怎麼？還不肯招嗎？」閻羅王暫時讓嘍囉們住手，又逼杜子春回答。這時，兩匹馬已經肉爛骨碎，奄奄一息地臥倒在臺階前。

　　杜子春拼命想著鐵冠子的吩咐，緊閉雙眼不敢看。這時他耳

邊傳來一絲微弱的氣音：「你不要擔心，我們會變得怎樣都不要緊，只要你能幸福，那就是最好的。不管閻羅王再怎麼逼，只要你不想說，就一直沉默下去吧！」

這聲音，不正是那久違的母親的聲音嗎！杜子春不禁睜開了眼，他看見一匹母馬無力地倒在地上，癡癡而悲切的凝視著他的臉。母親受了這種酷刑，仍惦念著兒子，對於被鞭打這件事，完全沒有一絲怨恨。這和那些當你是大富豪時便來阿諛，當你是窮光蛋時便不理睬的世人相比，是多麼可貴的溫情，又是多麼堅韌的志意啊！杜子春忘了老人的告誡，連滾帶爬的來到老馬身邊，眼見老馬瀕臨死亡，他雙手環抱著老馬的脖子，淚流不止地喊了一聲：「娘！」

6

杜子春被自己的呼喚聲驚醒，回過神來，才發現自己仍然沐浴著夕陽餘暉，呆呆地站在洛陽西門下。雲霞縹緲的天空，潔白的月牙，川流不息的人車……一切都和到峨嵋山之前一樣。

「怎麼樣？即使能成為我的徒弟，也很難成為仙人吧？」老人微笑著說。

「不能。不過雖不能成為仙人，我反而覺得慶幸。」杜子春眼裡依然含著淚水，忍不住握著老人的手說：「即使能成為仙人，要我在森羅殿前，看著父母受盡苦刑，那是怎樣也無法保持沉默的。」

「如果你還保持沉默的話……」鐵冠子突然神情嚴肅，鄭重的凝望著杜子春：「如果你還保持沉默的話，我打算當下就取你性命……你大概已經不想當神仙了吧，至於大富翁，你也早就厭倦了。那你以後想過什麼生活呢？」

「不管做什麼，我都打算做個真實的人，過著真實的生活。」杜子春的聲音，充滿著從未出現過的爽朗。

「好，別忘了你現在說話。從今天起，我不會再跟你見面

了。」

　　鐵冠子邊說邊邁開腳步，但突然又停下，轉身望著杜子春說：

　　「對了，我剛想到，我在泰山南麓有間茅屋，那茅屋和四周的田地，都一起送給你，你馬上去就住吧！」

　　「現在這時節，那裡的桃花，想必開得正好哪！」臨走前，老人又愉快的加上這一句話。

大正九年（1920）六月（林玉玫改寫）

二、說明簡介

文本主題介紹

　　本篇為芥川龍之介根據李復言之版本所改寫的《杜子春》。和原版相比，芥川在一些情節與結局，都做了些變動。

　　故事敘述家道中落的杜子春，遇到了道士鐵冠子，鐵冠子給了他兩次鉅額的財富，但都在不出三年的時間，被杜子春揮霍光了。鐵冠子第三次要給杜子春錢財時，杜子春卻拒絕了，因為他體會到人的現實面，因此希望跟著老人學習成仙之道。學道的過程，杜子春也接受了重重考驗，但在最後，則因無法割捨對父母的孝順之情而失敗。失敗以後，鐵冠子卻不失望，反而認同杜子春的作為，並贈與他房屋和田舍，安度以後的生活。

　　和李復言的版本相比，芥川著重的是子女對父母的孝順之情，即使是鐵冠子，也認為孝道非常重要，成仙與否反而其次。透過這個故事，可以思考芥川龍之介為何要做改寫，也能體認到即使是相似的事物或故事，但用不同的角度去觀看，也可能產生不同的解讀和想法。

三、深度討論

教師課堂深度討論引導問題

1.唐傳奇版的〈杜子春〉，結尾杜子春沒有通過母親對孩子將死而仍無情的考驗。芥川版本的〈杜子春〉，則是相反過來，寫杜子春沒有通

過對雙親無情的考驗。父母對子女，與子女對父母，都是親情，但這兩者的差別在哪裡？（歸納型問題）

2. 芥川為什麼要這樣改？這算是一種反向思考嗎？（推測型問題）

3. 文學作品改編是常見的現象，例如小說改編成電影，但通常會和原來的版本有些出入。如果將李復言和芥川龍之介兩個版本的《杜子春》做比較，你喜歡哪一個？為什麼？（感受型問題、分析型問題）

四、作業活動

深度討論教學活動

深度討論+故事改寫

先進行分組，每組約4-5人。

內容：

　　芥川所改寫的《杜子春》，將結局的情感從母親對孩子改成孩子對父母。現在，請同學也來試著改寫《杜子春》的故事。改寫只需從杜子春幫老人煉丹，接受試驗後開始。請將試煉的過程分成三道關卡，每個關卡請自行設定試煉的內容，以及杜子春過關後，代表他放棄了人生哪些情感。最後一關是否一定要為「親情」，並不設限，同學可討論你們認為人生最重要的情感是什麼。而杜子春最後是否通過或失敗，也不設限。若有其他想法，也可自由發揮。改寫之故事字數請1000字以上。

林玉玫老師　撰

學生深度討論單

1. 閱讀思辨討論篇章

　　芥川龍之介：〈杜子春〉

2. 分組討論

主要討論人	討論成員	書面記錄人	口頭報告人

本組提問	問題描述：
問題類型	問題類型歸納（可複選）：
本組回應	問題描述：
	回答：

備註	1.回應問題時，必須有「主題句（Topic Sentence）」表達觀點或立場。 2.回應問題時，必須舉出各類例證或數據，形成「支持句（Supporting sentences）」，以論證觀點或立場。 3.回應問題時，必須統整前述之論述，總結為「結論句（Concluding sentence）」，整合論證，說明結論。

求知型問題AQ/Authentic Question：開放性問題，問題具多樣性，提問者對於他人的回答感興趣。除測試型問題以外都為求知型問題。

追問型問題UT/Uptake Question：是追問其它人所說的意見，用以釐清、深化問題與認知，並會帶出更多的對話。

分析型問題Ay/Analysis Question：找出文本各部分不同的看法，及這些看法有何相關的問題。分析文本中的概念、想法或論點。

歸納型問題Ge/Generalize Question：整合相關資訊得到更通用化概念的問題。將文本所出現的概念或想法重新組織，建構觀點或創造新的資訊。

推測型問題SQ/Speculate Question：在閱讀時帶入個人體會，這類型的問題能使文章與各自的感受及經歷之間建立聯繫，引導學生對文本產生更豐富、高層次理解。通常是以下面句型出現：「如果……，你會怎麼做？」、「你是否有類似於……的經歷？」、「如果你是……，你會有什麼感受？」

感受型問題Af/Affective Question：將文本與回應者自身的情感或生命經驗連結。聯結個人生活經驗與文本之間的聯繫，進而提出問題。

連結型問題CQ/Connective Question：聯結個人生活經驗與文本之間的聯繫，進而提出問題。根據組內成員早先的討論、主題或是彼此共同擁有的經驗而來的問題。與其他小說、資料、藝術品、電影、網路、電視、雜誌等文本材料的關聯或比較而提出問題。

（深度討論教學教師社群）

狂人日記

魯迅

一、教材來源

文本內容

　　某君昆仲。今隱其名，皆全昔日在中學校時良友；分隔多年，消息漸闕。日前偶聞其一大病；適歸故鄉，迂道往訪，則僅晤一人，言病者其弟也。勞君遠道來視，然已早愈，赴某地候補矣。因大笑，出示日記二冊，謂可見當日病狀，不妨獻諸舊友。持歸閱一過，知所患蓋「迫害狂」之類。語頗錯雜無倫次，又多荒唐之言；亦不著月日，惟墨色字體不一，知非一所書。間亦有略具聯絡者，今撮錄一篇，以供醫家研究。記中語誤，一字不易；惟人名雖皆村人，不爲世間所知，無關大體，然亦悉易去。至于書名，則本人愈後所題，不復改也。七年四月二日識。

一

　　今天晚上，很好的月光。我不見他，已是三十多年；今天見了，精神分外爽快。才知道以前的三十多年，全是發昏；然而須十分小心。不然，那趙家的狗，何以看我兩眼呢？

　　我怕得有理。

二

　　今天全沒月光，我知道不妙。早上小心出門，趙貴翁的眼色便怪，似乎怕我，似乎想害我。還有七八個人，交頭接耳的議論我，張著嘴，對我笑了一笑；我便從頭直冷到腳根，曉得他們佈

置，都已妥當了。

我可不怕，仍舊走我的路。前面一夥小孩子，也在那裏議論我；眼色也同趙貴翁一樣，臉色也鐵青。我想我同小孩子有什麼仇，他也這樣。忍不住大聲說：「你告訴我！」他們可就跑了。

我想：我同趙貴翁有什麼仇，同路上的人又有什麼仇；只有廿年以前，把古久先生的陳年流水簿子，踹了一腳，古久先生很不高興。趙貴翁雖然不認識他，一定也聽到風聲，代抱不平；約定路上的人，同我作冤對。但是小孩子呢？那時候，他們還沒有出世，何以今天也睜著怪眼睛，似乎怕我，似乎想害我。這眞教我怕，教我吶喊而且傷心。

我明白了。這是他們娘老子教的！

三

晚上總是睡不著。凡事須得研究，才會明白。

他們──也有給知縣打枷過的，也有給紳士掌過嘴的，也有衙役占了他妻子的，也有老子娘被債主逼死的；他們那時候的臉色，全沒有昨天這麼怕，也沒有這麼凶。

最奇怪的是昨天街上的那個女人，打他兒子，嘴裏說道：「老子呀！我要咬你幾口才出氣！」他眼睛卻看著我。我出了一驚，遮掩不住；那青面獠牙的一夥人，便都哄笑起來。陳老五趕上前，硬把我拖回家中了。

拖我回家，家裏的人都裝作不認識我；他們的臉色，也全同別人一樣。進了書房，便反扣上門，宛然是關了一隻雞鴨。這一件事，越教我猜不出底細。

前幾天，狼子村的佃戶來告荒，對我大哥說，他們村裏的一個大惡人，給大家打死了；幾個人便挖出他的心肝來，用油煎炒了吃，可以壯壯膽子。我插了一句嘴，佃戶和大哥便都看我幾眼。今天才曉得他們的眼光，全同外面的那夥人一模一樣。

想起來，我從頂上直冷到腳跟。

他們會吃人，就未必不會吃我。

你看那女人「咬你幾口」的話，和一夥青面獠牙人的笑，和前天佃戶的話，明明是暗號。我看出他話中全是毒，笑中全是刀。他們的牙齒，全是白厲厲的排著，這就是吃人的傢伙。

照我自己想，雖然不是惡人，自從踹了古家的簿子，可就難說了。他們似乎別有心思，我全猜不出。況且他們一翻臉，便說人是惡人。我還記得大哥教我做論，無論怎樣好人，翻他幾句，他便打上幾個圈；原諒壞人幾句，他便說「翻天妙手，與眾不同」。我那裏猜得到他們的心思，究竟怎樣；況且是要吃的時候。

凡事總須研究，才會明白。古來時常吃人，我也還記得，可是不甚清楚。我翻開歷史一查，這歷史沒有年代，歪歪斜斜的每葉上都寫著「仁義道德」幾個字。我橫豎睡不著，仔細看了半夜，才從字縫裏看出字來，滿本都寫著兩個字是「吃人」！

書上寫著這許多字，佃戶說了這許多話，卻都笑吟吟的睜著怪眼看我。

我也是人，他們想要吃我了！

四

早上，我靜坐了一會兒。陳老五送進飯來，一碗菜，一碗蒸魚；這魚的眼睛，白而且硬，張著嘴，同那一夥想吃人的人一樣。吃了幾筷，滑溜溜的不知是魚是人，便把他兜肚連腸的吐出。

我說：「老五，對大哥說，我悶得慌，想到園裏走走。」老五不答應，走了；停一會，可就來開了門。

我也不動，研究他們如何擺布我，知道他們一定不肯放鬆。果然！我大哥引了一個老頭子，慢慢走來。他滿眼凶光，怕我看出，只是低頭向著地，從眼鏡橫邊暗暗看我。大哥說：「今天你彷彿很好。」我說：「是的。」大哥說：「今天請何先生來，給

你診一診。」我說：「可以！」其實我豈不知道這老頭子是劊子手扮的！無非借了看脈這名目，揣一揣肥瘠，因這功勞，也分一片肉吃。我也不怕，雖然不吃人，膽子卻比他們還壯。伸出兩個拳頭，看他如何下手。老頭子坐著，閉了眼睛，摸了好一會，呆了好一會，便張開他鬼眼睛說，「不要亂想。靜靜的養幾天，就好了。」

不要亂想，靜靜的養！養肥了，他們是自然可以多吃。我有什麼好處，怎麼會「好了」？他們這群人，又想吃人，又是鬼鬼祟祟，想法子遮掩，不敢直接下手，真要令我笑死。我忍不住，便放聲大笑起來，十分快活。自己曉得這笑聲裏面，有的是義勇和正氣。老頭子和大哥，都失了色，被我這勇氣正氣鎮壓住了。

但是我有勇氣，他們便越想吃我，沾光一點這勇氣。老頭子跨出門，走不多遠，便低聲對大哥說道：「趕緊吃罷！」大哥點點頭。原來也有你！這一件大發見，雖似意外，也在意中：合夥吃我的人，便是我的哥哥！

吃人的是我哥哥！

我是吃人的人的兄弟！

我自己被人吃了，可仍然是吃人的人的兄弟！

五

這幾天是退一步想：假使那老頭子不是劊子手扮的，真是醫生，也仍然是吃人的人。他們的祖師李時珍做的「本草什麼」上，明明寫著人肉可以煎吃，他還能說自己不吃人麼？

至於我家大哥，也毫不冤枉他。他對我講書的時候，親口說過可以「易子而食」；又一回偶然議論起一個不好的人，他便說不但該殺，還當「食肉寢皮」。我那時年紀還小，心跳了好半天。前天狼子村佃戶來說吃心肝的事，他也毫不奇怪，不住的點頭。可見心思是同從前一樣狠。既然可以「易子而食」，便什麼都易得，什麼人都吃得。我從前單聽他講道理，也糊塗過去；現

在曉得他講道理的時候，不但唇邊還抹著人油，而且心裏滿裝著吃人的意思。

六

　　黑漆漆的，不知是日是夜。趙家的狗又叫起來了。

　　獅子似的凶心，兔子的怯弱，狐狸的狡猾，……。

七

　　我曉得他們的方法，直接殺了，是不肯的，而且也不敢，怕有禍祟。所以他們大家連絡，布滿了羅網，逼我自戕。試看前幾天街上男女的樣子，和這幾天我大哥的作為，便足可悟出八九分了。最好是解下腰帶，掛在梁上，自己緊緊勒死；他們沒有殺人的罪名，又償了心願，自然都歡天喜地的發出一種鳴鳴咽咽的笑聲。否則驚嚇憂愁死了，雖則略瘦，也還可以首肯幾下。

　　他們是只會吃死肉的！——記得什麼書上說，有一種東西，叫「海乙那」的，眼光和樣子都很難看。時常吃死肉，連極大的骨頭，都細細嚼爛，咽下肚子去，想起來也教人害怕。「海乙那」是狼的親眷，狼是狗的本家。前天趙家的狗，看我幾眼，可見他也同謀，早已接洽。老頭子眼看著地，豈能瞞得我過。

　　最可憐的是我的大哥，他也是人，何以毫不害怕？而且合夥吃我呢？還是歷來慣了，不以為非呢？還是喪了良心，明知故犯呢？

　　我詛咒吃人的人，先從他起頭；要勸轉吃人的人，也先從他下手。

八

　　其實這種道理，到了現在，他們也該早已懂得，……。

　　忽然來了一個人，年紀不過二十左右，相貌是不很看得清楚，滿面笑容，對了我點頭，他的笑也不像真笑。我便問他，

「吃人的事，對麼？」他仍然笑著說，「不是荒年，怎麼會吃人。」我立刻就曉得，他也是一夥，喜歡吃人的。便自勇氣百倍，偏要問他。

「對麼？」

「這等事問他什麼。你真會……說笑話。……今天天氣很好。」

天氣是好，月色也很亮了。可是我要問你，「對麼？」

他不以為然了。含含糊糊的答道，「不……」

「不對？他們何以竟吃？！」

「沒有的事……」

「沒有的事？狼子村現吃，還有書上都寫著，通紅斬新！」

他便變了臉，鐵一般青。睜著眼說，「有許有的，這是從來如此……。」

「從來如此，便對麼？」

「我不同你講這些道理。總之你不該說，你說便是你錯！」

我直跳起來，張開眼，這人便不見了。全身出了一大片汗。他的年紀，比我大哥小得遠，居然也是一夥！這一定是他娘老子先教的。還怕已經教給他兒子了！所以連小孩子，也都惡狠狠的看我。

九

自己想吃人，又怕被別人吃了，都用著疑心極深的眼光，面面相覷。……

去了這心思，放心做事走路吃飯睡覺，何等舒服。這只是一條門檻，一個關頭。他們可是父子兄弟夫婦朋友師生仇敵和各不相識的人，都結成一夥，互相勸勉，互相牽掣，死也不肯跨過這一步。

十

　　大清早，去尋我大哥；他立在堂門外看天，我便走到他背後，攔住門，格外沉靜，格外和氣的對他說：

　　「大哥，我有話告訴你。」

　　「你說就是。」他趕緊回過臉來，點點頭。

　　「我只有幾句話，可是說不出來。大哥，大約當初野蠻的人，都吃過一點人。後來因為心思不同，有的不吃人了，一味要好，便變了人，變了真的人；有的卻還吃，也同蟲子一樣，有的變了魚鳥猴子，一直變到人；有的不要好，至今還是蟲子。這吃人的人比不吃人的人，何等慚愧。怕比蟲子的慚愧猴子，還差得很遠很遠。

　　「易牙蒸了他兒子，給桀紂吃，還是一直從前的事。誰曉得從盤古開闢天地以後，一直吃到易牙的兒子；從易牙的兒子，一直吃到徐錫林；從徐錫林，又一直吃到狼子村捉住的人。去年城裏殺了犯人，還有一個生癆病的人，用饅頭蘸血舐。」

　　「他們要吃我，你一個人，原也無法可想；然而又何必去入夥。吃人的人，什麼事做不出？他們會吃我，也會吃你，一夥裏面，也會自吃。但只要轉一步，只要立刻改了，也就是人人太平。雖然從來如此，我們今天也可以格外要好，說是不能！大哥，我相信你能說，前天佃戶要減租，你說過不能。」

　　當初，他還只是冷笑，隨後眼光便兇狠起來，一到說破他們的隱情，那就滿臉都變成青色了。大門外立著一夥人，趙貴翁和他的狗，也在裏面，都探頭探腦的挨進來。有的是看不出面貌，似乎用布蒙著；有的是仍舊青面獠牙，抿著嘴笑。我認識他們是一夥，都是吃人的人。可是也曉得他們心思很不一樣，一種是以為從來如此，應該吃的；一種是知道不該吃，可是仍然要吃，又怕別人說破他，所以聽了我的話，越發氣憤不過，可是抿著嘴冷笑。

　　這時候，大哥也忽然顯出兇相，高聲喝道，

「都出去！瘋子有什麼好看！」

這時候，我又懂得一件他們的巧妙了。他們豈但不肯改，而且早已佈置：預備下一個瘋子的名目罩上我。將來吃了，不但太平無事，怕還會有人見情。佃戶說的大家吃了一個惡人，正是這方法。這是他們的老譜！

陳老五也氣憤憤的直走進來。如何按得住我的口，我偏要對這夥人說：「你們可以改了，從真心改起！要曉得將來容不得吃人的人，活在世上。」

「你們要不改，自己也會吃盡。即使生得多，也會給真的人除滅了，同獵人打完狼子一樣！──同蟲子一樣！」

那一夥人，都被陳老五趕走了。大哥也不知那裏去了。陳老五勸我回屋子裏去。屋裏面全是黑沉沉的。橫梁和椽子都在頭上發抖，抖了一會，就大起來，堆在我身上。

萬分沉重，動彈不得。他的意思是要我死。我曉得他的沉重是假的，便掙扎出來，出了一身汗。可是偏要說：

「你們立刻改了，從真心改起！你們要曉得將來是容不得吃人的人，……。」

十一

太陽也不出，門也不開，日日是兩頓飯。

我捏起筷子，便想起我大哥。曉得妹子死掉的緣故，也全在他。那時我妹子才五歲，可愛可憐的樣子，還在眼前。母親哭個不住，他卻勸母親不要哭，大約因為自己吃了，哭起來不免有點過意不去。如果還能過意不去，……

妹子是被大哥吃了，母親知道沒有，我可不得而知。

母親想也知道，不過哭的時候，卻並沒有說明，大約也以為應當的了。記得我四五歲時，坐在堂前乘涼，大哥說爺娘生病，做兒子的須割下一片肉來，煮熟了請他吃，實才算好人，母親也沒有說不行。一片吃得，整個的自然也吃得。但是那天的哭法，

現在想起來，實在還教人傷心，這真是奇極的事！

十二

不能想了。

四千年來時時吃人的地方，今天才明白，我也在其中混了多年。大哥正管著家務，妹子恰恰死了，他未必不和在飯菜裏，暗暗給我們吃。

我未必無意之中，不吃了我妹子的幾片肉，現在也輪到我自己，……。

有了四千年吃人履歷的我，當初雖然不知道，現在明白，難見真的人！

十三

沒有吃過人的孩子，或者還有？

救救孩子……。

一九一八年四月

二、說明簡介

文本主題介紹

魯迅（1881-1936）是五四時期新文化與新文學運動的代表性知識分子，也是中國現代小說的先驅者，更是一位革命者。他早年留學日本，因「幻燈片事件」而有感於中國人精神的麻木不仁，而思以文藝啟蒙大眾、改造「國民性」，有如以「吶喊」之聲喚醒「鐵屋」中沉睡的多數人。

〈狂人日記〉（1918）是中國第一篇白話小說，其語言形式和敘事模式的創新，標誌著小說的現代化。小說由文言文之「序」和白話文之「日記」組成，分別提供了「常人」和「狂人」的觀點：在常人眼裡，「狂人」是患有被害妄想症的患者；而狂人眼中的常人世界，則是無比恐怖的「人吃人」的社會。日記內容即從狂人的第一人稱（「我」）主觀

心理敘事，呈現了他對「吃人」社會的恐懼，不僅終日疑懼自己的「被吃」，更絕望於自己可能在無意之中也成了那「吃人」的一員，在「四千年吃人的履歷」中添上了一筆。

　　狂人與常人之間「看與被看」、「吃與被吃」、「常與非常」的關係，是解讀文本的線索。而小說最終所揭櫫的是魯迅對「禮教吃人」的批判與「救救孩子」的吶喊，體現了他對中國「病態」社會的反思。時至今日，吃人的歷史真的終結了嗎？吃過人的孩子，或者還有？

三、深度討論

教師課堂深度討論引導問題

1. 小說中種種關於吃人的描述，所要批判、反省的是什麼？請就小說內容具體說明之。（求知型問題）

2. 狂人有言：「難見真的人」，所謂的「真的人」，是指什麼樣的人？狂人的「救救孩子」，意思為何？為什麼對象是「孩子」？其中反映了魯迅的何種理想？（分析型問題）

3. 小說兼有文言的「序文」與白話的「日記」，序有何作用？為何序言要用文言寫？你如何詮釋「狂人病癒赴某地候補」這件事？（連結型問題）

4. 你認為狂人是「精神異常者」還是「先知先覺者」，理由何在？為何是「狂人」日記，而非「瘋人」或「病人」日記？你對「狂」的解釋為何？（分析型問題）

5. 在常人眼中，狂人是「瘋子」，故視其言語為瘋語、笑話，不值一聽。然狂人的言行其實具有某些正面的特質，請據文本所述，說明你所觀察到的正面特質。（分析型問題）

6. 吃人的歷史是否完全終結了？「吃人」作為一種寓言，除了小說所批判的之外，在我們所處的當代社會，是否還存在「吃人」的現象可供反思？請具體舉例說明之。（連結型問題）

四、作業活動

深度討論作業

「二十一世紀狂人日記」

　　魯迅的〈狂人日記〉是對二十世紀中國社會的病態之處進行批判與反思，體現了文學對現實社會的回應功能。以此為範本，請發揮想像與創造力，以「二十一世紀狂人日記」為題，塑造一個新世紀的狂人，將你對當代社會的觀察與批判融入其中。

賴佩暄老師　撰

學生深度討論單

1. 閱讀思辨討論篇章

　　魯迅：〈狂人日記〉

2. 分組討論

主要討論人	討論成員	書面記錄人	口頭報告人

本組提問	問題描述：	
問題類型	問題類型歸納（可複選）：	
本組回應	問題描述：	
	回答：	
備註	1. 回應問題時，必須有「主題句（Topic Sentence）」表達觀點或立場。	
	2. 回應問題時，必須舉出各類例證或數據，形成「支持句（Supporting sentences）」，以論證觀點或立場。	
	3. 回應問題時，必須統整前述之論述，總結為「結論句（Concluding sentence）」，整合論證，說明結論。	

請沿虛線剪下

求知型問題AQ/Authentic Question：開放性問題，問題具多樣性，提問者對於他人的回答感興趣。除測試型問題以外都為求知型問題。

追問型問題UT/Uptake Question：是追問其它人所說的意見，用以釐清、深化問題與認知，並會帶出更多的對話。

分析型問題Ay/Analysis Question：找出文本各部分不同的看法，及這些看法有何相關的問題。分析文本中的概念、想法或論點。

歸納型問題Ge/Generalize Question：整合相關資訊得到更通用化概念的問題。將文本所出現的概念或想法重新組織，建構觀點或創造新的資訊。

推測型問題SQ/Speculate Question：在閱讀時帶入個人體會，這類型的問題能使文章與各自的感受及經歷之間建立聯繫，引導學生對文本產生更豐富、高層次理解。通常是以下面句型出現：「如果……，你會怎麼做？」、「你是否有類似於……的經歷？」、「如果你是……，你會有什麼感受？」

感受型問題Af/Affective Question：將文本與回應者自身的情感或生命經驗連結。聯結個人生活經驗與文本之間的聯繫，進而提出問題。

連結型問題CQ/Connective Question：聯結個人生活經驗與文本之間的聯繫，進而提出問題。根據組內成員早先的討論、主題或是彼此共同擁有的經驗而來的問題。與其他小說、資料、藝術品、電影、網路、電視、雜誌等文本材料的關聯或比較而提出問題。

（深度討論教學教師社群）

錯斬崔寧

佚名

一、教材來源

文本內容

> 聰明伶俐自天生，懵懂痴呆未必真。
> 嫉妒每因眉睫淺，戈矛時起笑談深。
> 九曲黃河心較險，十重鐵甲面堪憎。
> 時因酒色亡家國，幾見詩書誤好人。

這首詩，單表為人難處。只因世路窄，人心叵測，大道既遠，人情萬端。熙熙攘攘，都為利來；蚩蚩蠢蠢，皆納禍去。持身保家，萬千反覆。所以古人云：「顰有為顰，笑有為笑。顰笑之間，乃宜謹慎。」這回書單說一個官人，只因酒後一時戲笑之言，遂至殺身破家，陷了幾條性命。且先引下一個故事來，權做個德勝頭迴。

我朝元豐年間，有一個少年舉子，姓魏，名鵬舉，字沖霄，年方一十八歲。娶得一個如花似玉的渾家，未及一月，只因春榜動，選場開，魏生別了妻子，收拾行囊，上京應取。臨別時，渾家吩咐丈夫：「得官不得官，早早回來，休拋閃了恩愛夫妻。」魏生答道：「功名二字，是俺本領前程，不索賢卿憂慮。」別後登程到京，果然一舉成名，榜上一甲第九名，除授榜京職。到差甚是華艷動人，少不得修了一封家書，差人接取家眷入京。書上先敘了寒溫及得官的事，後卻寫下一行，道是：「我在京中早晚無人照管，已討了一個小老婆，專候夫人到京，同享榮華。」

　　家人收了書程，一逕到家，見了夫人，稱説賀喜。因取家書呈上。夫人拆開看了，見是如此如此，這般這般，便對家人道：「官人直恁負恩。甫能得官，便娶了二夫人。」家人便道：「小人在京，並沒見有此事。想是官人戲謔之言。夫人到京，便知端的，休得憂慮。」夫人道：「恁地説，我也罷了。」卻因人舟未便，一面收拾起身，一面尋覓便人，先寄封平安家信到京中去。那寄書人到了京中，尋問新科魏進士寓所，下了家書，管待酒飯自回，不題。

　　卻説魏生接書拆開來看了，並無一句閑言閑語，只説道：「你在京中娶了一個小老婆，我在家中也嫁了一個小老公，早晚同赴京師也。」魏生見了，也只道是夫人取笑的説話，全不在意，未及收好，外面報説有個同年相訪。京邸寓中，不比在家寬轉，那人又是相厚的同年，又曉得魏生並無家眷在內，直至裡面坐下，敍了些寒溫。魏生起身去解手，那同年偶翻桌上書帖，看見了這封家書，寫得好笑，故意朗誦起來。魏生措手不及，通紅了臉，説道：「這是沒理的話。因是小弟戲謔了他，他便取笑寫來的。」那同年呵呵大笑道：「這節事卻是取笑不得的。」別了就去。那人也是一個少年，喜談樂道，把這封家書一節，頃刻間遍傳京邸。也有一班妒忌魏生少年登高科的，將這椿事只當做聞風言事的一個小小新聞，奏上一本，説這魏生年少不檢，不宜居清要之職，降處外任。魏生懊恨無及。後來畢竟做官蹭蹬不起，把錦片也似一段美前程，等閒放過去了。

　　這便是一句戲言，撒漫了一個美官。

　　今日再説一個官人，也只爲酒後一時戲言，斷送了堂堂七尺之軀，連累二、三個人枉屈害了性命。卻是爲著甚的？有詩爲證：

世路崎嶇實可哀，旁人笑口等閒開。
白雲本是無心物，又被狂風引出來。

　　卻說高宗時，建都臨安，繁華富貴，不減那汴京故國。去那城中箭橋左側，有個官人，姓劉名貴，字君薦。祖上原是有根基的人家，到得君薦手中，卻是時乖運蹇。先前讀書，後來看看不濟，卻去改業做生意。便是半路上出家的一般，買賣行中一發不是本等伎倆，又把本錢折去了。漸漸大房改換小房，賃得兩三間房子，與同渾家王氏年少齊眉。後因沒有子嗣，娶下一個小娘子，姓陳，是陳賣糕的女兒，家中都呼為「二姐」。這也是先前不十分窮薄的時做下的勾當。至親三口，並無閒雜人在家。那劉君薦，極是為人和氣，鄉里見愛，都稱他：「劉官人，你是一時運限不好，如此落寞，再過幾時，定時有個亨通的日子。」說便是這般說，那得有些些好處？只是在家納悶，無可奈何。

　　卻說一日閒坐家中，只見丈人家裡的老王，年近七旬，走來對劉官人說道：「家間老員外生日，特令老漢接取官人、娘子去走一遭。」劉官人便道：「便是我日逐愁悶過日子，連那泰山的壽誕也都忘了。」便同渾家王氏收拾隨身衣服，打疊個包兒，交與老王背了，吩咐二姐看守家中：「今日晚了，不能轉回，明晚須索來家。」說了就去。離城二十餘里，到了丈人王員外家，敘了寒溫。當日坐間客眾，丈人、女婿，不好十分敘述許多窮相，到得客散，留在客房裡歇宿。

　　直至天明，丈人卻來與女婿攀話，說道：「姐夫，你須不是這等算計，『坐吃山空，立吃地陷。』『咽喉深似海，日月快如梭。』你須計較一個常便。我女兒嫁了你一生，也指望豐衣足食，不成只是這等就罷了。」劉官人嘆了一口氣，道：「是。泰山在上，道不得個『上山擒老虎易，開口告人難。』如今的時勢，再有誰似泰山這般憐念我的。只索守困，若去求人，便是勞而無功。」丈人便道：「這也難怪你說。老漢卻是看你們不過，今日資助你些少本錢，胡亂去開個柴米店，賺得些利息過日子，卻不好麼？」劉官人道：「感蒙泰山恩顧，可知是好。」

　　當下吃了午飯，丈人取出十五貫錢來，付與劉官人，道：

「姐丈，且將這些錢去收拾起店面，開張有日，我便再應付你十貫。你妻子且留在此過幾日，待有了開店日子，老漢親送女兒到你家，就來與你作賀，意下如何？」

劉官人謝了又謝，馱了錢，一逕出門。

到得城中，天色卻早晚了，卻撞著一個相識，順路在他家門首經過。那人也要做經紀的人，就與他商量一會，可知是好。便去敲那人門時，裡面有人應諾，出來相揖，便問：「老兄下顧，有何見教？」劉官人一一說知就裡。那人便道：「小弟閒在家中，老兄用得著時，便來相幫。」劉官人道：「如此甚好。」當下說了些生意的勾當，那人便留劉官人在家，現成杯盤，吃了三杯兩盞。劉官人酒量不濟，便覺有些朦朧起來，抽身作別，便道：「今日相擾，明早就煩老兄過寒家計議生理。」那人又送劉官人至路口，作別回家，不在話下。若是說話的同年生，並肩長，攔腰抱住，把臂拖回，也不見得受這般災晦。卻教劉官人死得不如《五代史》李存孝，《漢書》中彭越。

卻說劉官人馱了錢，一步一步捱到家中敲門，已是點燈時分，小娘子二姐獨自在家，沒一些事做，守得天黑，閉了門，在燈下打瞌睡。劉官人打門，他那裏便聽見？敲了半晌，方才知覺，答應一聲「來了」，起身開了門。劉官人進去，到了房中，二姐替劉官人接了錢，放在桌上，便問：「官人何處挪移這項錢來？卻是甚用？」那劉官人一來有了幾分酒，二來怪他開得門遲了，且戲言嚇他一嚇，便道：「說出來，又恐你見怪；不說時，又須通你得知。只是我一時無奈，沒計可施，只得把你典與一個客人，又因捨不得你，只典得十五貫錢。若是我有些好處，加利贖你回來；若是照前這般不順溜，只索罷了。」

那小娘子聽了，欲待不信，又見十五貫錢堆在面前；欲待信來，他平白與我沒半句言語，大娘子又過得好，怎麼便下得這等狠心辣手？狐疑不決，只得再問道：「雖然如此，也須通知我爹娘一聲。」劉官人道：「若是通知你爹娘，此事斷然不成。你明

日且到了人家，我慢慢央人與你爹娘説通，他也須怪我不得。」
小娘子又問：「官人今日在何處吃酒來？」劉官人道：「便是把
你典與人，寫了文書，吃他的酒才來的。」

　　小娘子又問：「大姐姐如何不來？」劉官人道：「他因不
忍見你分離，待得你明日出了門才來，這也是我沒計奈何，一言
爲定。」説罷，暗地忍不住笑。不脱衣裳，睡在床上，不覺睡去
了。

　　那小娘子好生擺脱不下：「不知他賣我與甚色樣人家？我須
先去爹娘家裏説知。就是他明日有人來要我，尋到我家，也須有
個下落。」沉吟了一會，卻把這十五貫錢，一垛兒堆在劉官人腳
後邊，趁他酒醉，輕輕的收拾了隨身衣服，款款的開了門出去，
拽上了門。卻去左邊一個相熟的鄰舍叫做朱三老兒家裡，與朱三
媽借宿了一夜，説道：「丈夫今日無端賣我，我須先去與爹娘説
知。煩你明日對他説一聲，既有了主顧，可同我丈夫到爹娘家中
來討個分曉，也須有個下落。」那鄰舍道：「小娘子説得有理，
你只顧自去，我便與劉官人説知就裏。」過了一宵，小娘子作別
去了不題。正是：

　　　鰲魚脱卻金鉤去，擺尾搖頭再不回。

　　放下一頭。卻説這裡劉官人一覺，直至三更方醒，見桌上燈
猶未滅，小娘子不在身邊。只道他還在廚下收拾傢伙，便喚二姐
討茶吃。叫了一回，沒人答應，卻待掙扎起來，酒尚未醒，不覺
又睡了去。不想卻有一個做不是的，日間賭輸了錢，沒處出豁，
夜間出來掏摸些東西，卻好到劉官人門首。因是小娘子出去了，
門兒拽上不關。那賊略推一推，豁地開了。捏手捏腳，直到房
中，並無一人知覺。到得床前，燈火尚明。

　　周圍看時，並無一物可取。摸到床上，見人朝著裏床睡去，
腳後卻有一堆青錢，便去取了幾貫。不想驚覺了劉官人，起來喝

道：「你須不盡道理。我從丈人家借辦得幾貫錢來養身活命，不爭你偷了我的去，卻是怎的計結？」那人也不回話，照面一拳，劉官人側身躲過，便起身與這人相持。那人見劉官人手腳活動，便拔步出房。劉官人不捨，搶出門來，一徑趕到廚房裡，恰待聲張鄰舍起來捉賊。那人急了，正好沒出豁，卻見明晃晃一把劈柴斧頭正在手邊。也是人急計生，被他綽起，一斧正中劉官人面門，撲地倒了；又復一斧，斫倒一邊。眼見得劉官人不活了。嗚呼哀哉，伏惟尚饗。那人便道：「一不做，二不休，卻是你來趕我，不是我來尋你索命。」翻身入房，取了十五貫錢。扯條單被包裹得停當，拽扎得爽俐，出門拽上了門就走，不題。

次早鄰舍起來，見劉官人家門也不開，並無人聲息，叫道：「劉官人，失曉了。」裏面沒人答應，捱將進去，只見門也不關。直到裏面，見劉官人劈死在地。他家大娘子兩日家前已自往娘家去了，小娘子如何不見？免不得聲張起來。

卻有昨夜小娘子借宿的鄰家朱三老兒說道：「小娘子昨夜黃昏時到我家宿歇，說道劉官人無端賣了他，他一徑先到爹娘家裡去了；教我對劉官人說，既有了主顧，可同到他爹娘家中，也討得個分曉。今一面著人去追他轉來，便有下落；一面著人去報他大娘子到來，再作區處。」眾人都道：「說得是。」

先著人去到王老員外家報了凶信。

老員外與女兒大哭起來，對那人道：「昨日好端端出門，老漢贈他十五貫錢，教他將來作本，如何便恁的被人殺了？」

那去的人道：「好教老員外大娘子得知，昨日劉官人歸時，已自昏黑，吃得半酣，我們都不曉得他有錢沒錢，歸遲歸早。只是今早劉官人家門兒半開，眾人推將進去，只見劉官人殺死在地，十五貫錢一文也不見，小娘子也不見蹤跡。聲張起來，卻有左鄰朱三老兒出來，說道他家小娘子昨夜黃昏時分，借宿他家。小娘子說道，劉官人無端把他典與人了。小娘子要對爹娘說一聲，住了一宵，今日徑自去了。如今眾人計議，一面來報大娘子

與老員外，一面著人去追小娘子。若是半路裏追不著的時節，直到他爹娘家中，好歹追他轉來，問個明白。老員外與大娘子須索去走一遭，與劉官人執命。」

老員外與大娘子急急收拾起身，管待來人酒飯，三步做一步，趕入城中，不題。

卻說那小娘子清早出了鄰舍人家，捱上路去，行不上一二里，早是腳疼走不動，坐在路旁。卻見一個後生，頭帶萬字頭巾，身穿直縫寬衫，背上駝了一個搭膊，裏面卻是銅錢，腳下絲鞋淨襪，一直走上前來。到了小娘子面前，看了一看，雖然沒有十二分顏色，卻也明眉皓齒，蓮臉生春，秋波送媚，好生動人。正是：

野花偏艷目，村酒醉人多。

那後生放下搭膊，向前深深作揖：「小娘子獨行無伴，卻是往那裏去的？」小娘子還了萬福，道：「是奴家要往爹娘家去，因走不上，權歇在此。」因問：「哥哥是何處來？今要往何方去？」那後生叉手不離方寸：「小人是村裏人，因往城中賣了絲帳，討得些錢，要往褚家堂那邊去的。」小娘子道：「告哥哥則個，奴家爹娘也在褚家堂左側，若得哥哥帶挈奴家同走一程，可知是好？」那後生道：「有何不可。既如此說，小人情願伏侍小娘子前去。」

兩個廝趕著，一路正行，行不到二三里田地，只見後面兩個人腳不點地趕上前來。趕得汗流氣喘，衣服拽開，連叫：「前面小娘慢走，我卻有話說知。」小娘子與那後生看見趕得蹊蹺，都立住了腳。後邊兩個趕到跟前，見了小娘子與那後生，不容分說，一家扯了一個，說道：「你們幹得好事。卻走往那裏去？」小娘子吃了一驚，舉眼看時，卻是兩家鄰舍，一個就是小娘子昨夜借宿的主人。小娘子便道：「昨夜也須告過公公得知，丈夫無

端賣我，我自去對爹娘說知；今日趕來，卻有何說？」朱三老道：「我不管閒帳，只是你家裡有殺人公事，你須回去對理。」小娘子道：「丈夫賣我，昨日錢已馱在家中，有甚殺人公事？我只是不去。」朱三老道：「好自在性兒。你若真個不去，叫起地方，有殺人賊在此，煩為一捉，不然，須要連累我們，你這裏地方也不得清淨。」那個後生見不是話頭，便對小娘子道：「既如此說，小娘子只索回去，小人自家去休。」那兩個趕來的鄰舍齊叫起來，說道：「若是沒有你在此便罷，既然你與小娘子同行同止，你須也去不得。」那後生道：「卻又古怪，我自半路遇見小娘子，偶然伴他行一程，路途上有甚皂絲麻線，要勒掯我回去？」朱三老道：「他家現有殺人公事，不爭放你去了，卻打沒對頭官司。」當下怎容小娘子和那後生做主。看的人漸漸立滿，都道：「後生，你去。不得你日間不作虧心事，半夜敲門不吃驚，便去何妨？」那趕來的鄰舍道：「你若不去，便是心虛，我們卻和你罷休不得。」

　　四個人只得廝挽著一路轉來。

　　到得劉官人門首，好一場熱鬧。小娘子入去看時，只見劉官人斧劈倒在地死了，床上十五貫錢分文也不見。開了口，合不得；伸了舌，縮不上去。那後生也慌了，便道：「我恁的晦氣。沒來由和那小娘子同走一程，卻做了干連人。」眾人都和鬧著。正在那裡分豁不開，只見王老員外和女兒一步一　走回家來，見了女婿屍身，哭了一場，便對小娘子道：「你卻如何殺了丈夫？劫了十五貫錢逃出去？今日天理昭然，有何理說？」小娘子道：「十五貫錢，委是有的。只是丈夫昨晚回來，說是無計奈何，將奴家典與他人，典得十五貫身價在此，說過今日便要奴家到他家去。奴家因不知他典與甚色樣人家，先去與爹娘說知。故此趁夜深了，將這十五貫錢一垛兒堆在他腳後邊，拽上門，借朱三老家住了一宵，今早自去爹娘家裏說知。我去之時，也曾央朱三老對我丈夫說，既然有了主兒，便同到我爹娘家裏來交割。卻不知因

甚殺死在此？」那大娘子道：「可又來。我的父親昨日明明把十五貫錢與他馱來作本，養贍妻小，他豈有哄你說是典來身價之理？這是你兩日因獨自在家，勾搭上了人，又見家中好生不濟，無心守耐；又見了十五貫錢，一時見財起意，殺死丈夫，劫了錢，又使見識，往鄰舍家借宿一夜，卻與漢子通同計較，一處逃走。現今你跟著一個男子同走，卻有何理說，抵賴得過？」

眾人齊聲道：「大娘子之言甚是有理。」又對那後生道：「後生，你卻如何與小娘子謀殺親夫？卻暗暗約定在僻靜處等候，一同逃奔他方，卻是如何計結。」那人道：「小人自姓崔，名寧，與那小娘子無半面之識。小人昨晚入城賣得幾貫絲錢在這裏，因路上遇見小娘子，小人偶然問起往那裏去的，卻獨自一個行走。小娘子說起是與小人同路，以此作伴同行，卻不知前後因依。」眾人那裏肯聽他分說，搜索他搭膊中，恰好是十五貫錢，一文也不多，一文也不少。眾人齊發起喊來：「道是天網恢恢，疏而不漏。你卻與小娘子殺了人，拐了錢財，盜了婦女，同往他鄉，卻連累我地方鄰里打沒頭官司。」

當下大娘子結扭了小娘子，王老員外結扭了崔寧，四鄰舍都是證見，一鬨都入臨安府中來。那府尹聽得有殺人公事，即便升堂，梗叫一干人犯，逐一從頭說來。先是王老員外上去，告說：「相公在上，小人是本府村莊人氏，年近六旬，只生一女，先年嫁與本府城中劉貴為妻。後因無子，娶了陳氏為妾，呼為二姐。一向三口在家過活，並無片言。只因前日是老漢生日，差人接取女兒、女婿到家住了一夜。次日因見女婿家中全無活計，養贍不起，把十五貫錢與女婿作本，開店養身。卻有二姐在家看守。到得昨夜，女婿到家時分，不知因甚緣故，將女婿斧劈死了。二姐卻與一個後生，名喚崔寧，一同逃走，被人追捉到來。望相公可憐見老漢的女婿身死不明，奸夫淫婦，贓證見在，伏乞相公明斷！」

府尹聽得如此如此，便叫：「陳氏上來！你卻如何通同奸

夫殺死了親夫，劫了錢與人一同逃走？是何理說？」二姐告道：
「小婦人嫁與劉貴，雖是個小老婆，卻也得他看承得好；大娘子
又賢慧，卻如何肯起這樣歹心？只是昨晚丈夫回來，吃得半酣，
馱了十五貫錢進門。小婦人問他來歷，丈夫說道爲因養贍不周，
將小婦人典與他人，典得十五貫身價在此，又不通我爹娘得知，
明日就要小婦人到他家去。小婦人慌了，連夜出門，走到鄰舍家
裡借宿一宵。今早一逕先往爹娘家去。教他對丈夫說：『既然
賣我有了主顧，可到我爹娘家裏來割交。』才走得到半路，卻見
昨夜借宿的鄰家趕來，捉住小婦人回來，卻不知丈夫殺死的根
由。」那府尹喝道：「胡說！這十五貫錢，分明是他丈人與女婿
的，你卻說是典你的身價，眼見的沒巴臂的說話了。況且婦人
家如何黑夜行走？定是脫身之計。這樁事須不是你一個婦人家做
的，一定有奸夫幫你謀財害命，你卻從實說來！」

　　那小娘子正待分說，只見幾家鄰舍一齊跪上去，告道：「相
公的言語，委是青天！他家小娘子昨夜果然借宿在左鄰第二家
的，今早他自去了。小的們見他丈夫殺死，一面著人去趕，趕到
半路，卻見小娘子和那一個後生同走，苦死不肯回來。小的們勉
強捉他轉來；卻又一面著人去接他大娘子與他丈人，到時，說昨
日有十五貫錢付與女婿做生理的，今者女婿已死，這錢不知從何
而去。再三問那小娘子時，說道他出門時，將這錢一垛兒堆在床
上；卻去搜那後生身邊，十五貫錢，分文不少，卻不是小娘子與
那後生通同謀殺！贓證分明，卻如何賴得過！」

　　府尹聽他們言言有理，就喚那後生上來道：「帝輦之下，
怎容你這等胡行？你卻如何謀了他小老婆？劫了十五貫錢？殺死
他親夫？今日同往何處？從實招來！」那後生道：「小人姓崔，
名寧，是鄉村人氏。昨日往城中賣了絲，賣得這十五貫錢。今早
偶然路上撞著這小娘子，並不知他姓甚名誰，那裏曉得他家殺人
公事？」府尹大怒，喝道：「胡說！世間不信有這等巧事！他家
失去了十五貫錢，你卻賣的絲恰好也是十五貫錢，這分明是支吾

的說話了。況且『他妻莫愛，他馬莫騎』；你既與那婦人沒甚首尾，卻如何與他同行同宿？你這等頑皮賴骨，不打如何肯招！」

　　當下眾人將那崔寧與小娘子死去活來，拷打一頓。那邊王老員外與女兒併一干鄰右人等，口口聲聲咬他二人，府尹也巴不得了結這段公案。拷訊一回，可憐崔寧和小娘子受刑不過，只得招了，說是一時見財起意，殺死親夫，劫了十五貫錢，同奸夫逃走是實。左鄰右舍都指畫了十字，將兩人大枷枷了，送入死囚牢裏。將這十五貫錢給還原主，也只好奉與衙門中人做使用，也還不夠哩。府尹疊成文案，奏過朝廷，部復申詳，倒下聖旨，說：「崔寧不合奸騙人妻，謀財害命，依律處斬；陳氏不合通同奸夫殺死親夫，大逆不道，凌遲示眾。」當下讀了招狀，大牢內取出二人來，當廳判一個「斬」字，一個「剮」字，押赴市曹行刑示眾。兩人渾身是口，也難分說。正是：

　　　　啞子謾嘗黃蘗味，難將苦口對人言。

　　看官聽說：這段公事，果然是小娘子與那崔寧謀財害命的時節，他兩人須連夜逃走他方，怎的又去鄰舍人家借宿一宵？明早，又走到爹娘家去，卻被人捉住了？這段冤枉，仔細可以推詳出來：誰想問官糊塗，只圖了事，不想捶楚之下，何求不得？冥冥之中，積了陰騭，遠在兒孫近在身。他兩個冤魂，也須放你不過。所以做官的切不可率意斷獄，任情用刑，也要求個公平明允。道不得個「死者不可復生，斷者不可復續」，可勝歎哉！

　　閒話休題。卻說那劉大娘子到得家中，設個靈位守孝過日，父親王老員外勸他轉身，大娘子說道：「不要說起三年之久，也須到小祥之後。」父親應允自去。光陰迅速，大娘子在家巴巴結結，將近一年。父親見他守不過，便叫家裏老王去接他來，說：「叫大娘子收拾回家，與劉官人做了週年，轉了身去罷。」大娘子沒計奈何，細思父言，亦是有理。收拾了包裹，與老王背了，

與鄰舍家作別，暫去再來。一路出城，正值秋天，一陣烏雲猛
雨，只得落路往一所林子去躲，不想走錯了路。正是：

　　豬羊走屠宰之家，一腳腳來尋死路。

　　走入林子裏去，只聽他林子背後大喝一聲：「我乃靜山大王
在此。行人住腳，須把買路錢與我！」大娘子和那老王吃那一驚
不小，只見跳出一個人來：頭帶乾紅凹面巾，身穿一領舊戰袍，
腰間紅絹搭膊裹肚，腳下蹬一雙烏皮皂靴。手執一把朴刀。
　　舞刀前來。那老王該死，便道：「你這剪徑的毛團。我須
是認得你！做這老性命著與你兌了罷！」一頭撞去，被他閃過
空。老人家用力猛了，撲地便倒。那人大怒道：「這牛子好生無
禮。」連搠一兩刀，血流在地，眼見得老王養不大了。
　　那劉大娘子見他兇猛，料道脫身不得，心生一計，叫做「脫
空計」，拍手叫道：「殺得好！」那人便住了手，睜圓怪眼，喝
道：「這是你甚麼人？」那大娘子虛心假氣的答道：「奴家不
幸，喪了丈夫，卻被媒人哄誘，嫁了這個老兒，只會吃飯。今日
卻得大王殺了，也替奴家除了一害。」那人見大娘子如此小心，
又生得有幾分顏色，便問道：「你肯跟我做個壓寨夫人麼？」大
娘子尋思，無計可施，便道：「情願伏侍大王。」那人回嗔作
喜，收拾了刀杖，將老王屍首攛入澗中，領了劉大娘子到一所莊
院前來，甚是委曲。只見大王向那地上拾些土塊，拋向屋上去，
裡面便有人出來開門。到得草堂之上，吩咐殺羊備酒，與劉大娘
子成親。兩口兒且是說得著。正是：

　　明知不是伴，事急且相隨。

　　不想那大王自得了劉大娘子之後，不上半年，連起了幾主
大財，家間也豐富了。大娘子甚是有識見，早晚用好言語勸他：

『自古道：「瓦罐不離井上破，將軍難免陣中亡。」你我兩人，下半世也夠吃用了，只管做這沒天理的勾當，終須不是個好結果。卻不道是『梁園雖好，不是久戀之家』。不若改行從善，做個小小經紀，也得過養身活命。」那大王早晚被他勸轉，果然回心轉意，把這門道路撤了，卻去城市間，賃下一處房屋，開了一個雜貨店。遇閒暇的日子，也時常去寺院中念佛赴齋。

忽一日在家閒坐，對那大娘子道：「我雖是個剪徑的出身，卻也曉得『冤各有頭，債各有主』。每日間只是嚇騙人東西，將來過日子，後來得有了你，一向不大順溜，今已改行從善。閒來追思既往，正曾枉殺了兩個人，又冤陷了兩個人，時常掛念。思欲做些功德，超渡他們。一向不曾對你說知。」大娘子便道：「如何是枉殺了兩個人？」那大王道：「一個是你的丈夫，前日在林子裏的時節，他來撞我，我卻殺了他。他須是個老人家，與我往日無仇；如今又謀了他老婆，他死也是不肯甘心的。」大娘子道：「不恁的時，我卻那得與你廝守！這也是往事，休題了。」又問：「殺那一個，又是甚人？」那大王道：「說起殺這個人，一發天理上放不過去，且又帶累了兩個人無辜償命。是一年前，也是賭輸了，身邊並無一文，夜間便去掏摸些東西。不想到一家門首，見他門也不閂。推進去時，裏面並無一人。摸到門裏，只見一人醉倒在床，腳後卻有一堆銅錢，便去摸他幾貫。正待要走，卻驚醒了那人，起來說道：『這是我丈人家與我做本錢的，不爭你偷去了，一家人口都是餓死！』起身搶出房門，正待聲張起來。是我一時見他不是話頭，卻好一把劈柴斧頭在我腳邊，這叫做『人急計生』，綽起斧來，喝一聲道：『不是我，便是你！』兩斧劈倒，卻去房中將十五貫錢盡數取了。後來打聽得他，卻連累了他家小老婆，與那一個後生，喚做崔寧。冤枉了他謀財害命，雙雙受了國家刑法。我雖是做了一世強人，只有這兩樁人命是天理人心打不過去的；早晚還要超渡他，也是該的。」

那大娘子聽說，暗暗地叫苦：「原來我的丈夫也吃這廝殺

了，又連累我家二姐與那個後生無辜受戮。思量起來，是我不合當初做弄他兩人償命；料他兩人陰司中也須放我不過。」

當下權且歡天喜地，並無他說。明日捉個空，便一逕到臨安府前，叫起屈來。

那時換了一個新任府尹，才得半月，正值陞廳，左右捉將那叫屈的婦人進來。劉大娘子到于階下，放聲大哭。哭罷，將那大王前後所爲：「怎的殺了我丈夫劉貴，問官不肯推詳，含糊了事，卻將二姐與那崔寧矇矓償命；後來又怎的殺了老王，奸騙了奴家。今日天理昭然，一一是他親口招承。伏乞相公高抬明鏡，昭雪前冤！」說罷又哭。府尹見他情詞可憫，即著人去捉那靜山大王到來。用刑拷訊，與大娘子口詞一些不差。即時問成死罪，奏過官裏。待六十日限滿，倒下聖旨來：「勘得靜山大王謀財害命，連累無辜，准律殺一家非死罪三人者斬加等，決不待時。原問官斷獄失情，削職爲民；崔寧與陳氏枉死可憐，有司訪其家，量行優恤；王氏既係強徒威逼成親，又能伸雪夫冤，著將賊人家產一半沒入官，一半給與王氏養贍終身。」劉大娘子當日往法場上看決了靜山大王，又取其頭去祭獻亡夫，並小娘子及崔寧，大哭一場。將這一半家私捨入尼姑庵中，自己朝夕看經念佛，追薦亡魂，盡老百年而終。有詩爲證：

善惡無分總喪軀，只因戲語釀災危。
勸君出話須誠實，口舌從來是禍基。

二、說明簡介

文本主題介紹

本篇為宋代公案類話本，情節由「戲言」、「錯斬」、「昭雪」三個部分組成。主要從「玩笑話」（戲言）起頭，描述文中角色在玩笑、戲謔與巧合和誤差之間，形成「禍從口出」和法律刑案的誤判及迷局。

　　其中階級的發言權、道德的教條、有司的執法缺失、民眾鄉民情緒的傾向與公評，都成為本文中的思辨議題。

　　「勸人謹言慎行——劉貴因一句戲言，而使數條人命歸陰」；「強調善惡果報——官府判案不可輕率糊塗，否則造成冤獄，草菅人命」；「處事不可踰矩——『瓜田不納履，李下不正冠』，要懂得避嫌疑的道理」等也是教學與閱讀討論過程中，應該要注意以及進行批判性思考的價值觀點。

三、深度討論

教師課堂深度討論引導問題

1. 幽默跟嘲笑是不是會給人有不一樣的感覺？（感受型問題）
2. 階級歧視與發言權（「二娘在家的地位與辯解」）
   (1) 社會地位與家庭地位低的人意見被採用與其信任程度
       〈錯斬崔寧〉的人物，從劉貴、王氏、陳氏、崔寧、老王……，
       到靜山大王、鄰居、圍觀的群眾，在這場公案當中的位階與發言。
       （分析型問題）
   (2) 成績高低在學習環境中的話語權（個人經驗型問題）
       班級經營：當身為學生時，對於此問題的感受？當做為老師時，如
       何處理這類問題？
3. 遲來的正義是不是正義（「淨山大王的自白真相浮現，但已錯斬崔寧」）
   (1) 當下沒有確證的恐龍判決
       從「亡羊補牢」的角度看死刑的存廢
       從「報復賠償」的角度看死刑的效能
       遲來的正義是否為正義呢？（分析型問題、連結型問題）
   (2) 被誤會的人如何面對
       爭辯（非常上訴）or 妥協（認罪協商）
       The more the truth is debated the clearer it becomes.（真理越辯越明）

季羨林先生曾說：「真理是越辯越糊塗。」

哲學思考：真理需要辯論嗎？需要辯論的是真理嗎？

本文思考：當事件本身的指控已非事實，而是誤會，即非真理，則如何「越辯越明」呢？（連結型問題）

4. 大眾公評（網路鄉民）的審判，「鄰居朱老的指控與公堂旁觀者的觀點」

(1) 是恐龍法官還是恐龍鄉民？（分析型問題、知識共享型問題）

三級三審的意義？恐龍法官通常出現在哪一審？

綜合臆測推斷的鄉民與恐龍法官誰符合程序正義與事實正義？

(2) 小說中宋代審判和歷史上的事實

包青天的想像誤區

5. 社會實證接觸與探討（現代「崔寧」們舉例）（連結型問題）

6. 比較閱讀另一話本小說〈賈秀才報怨〉，探討同樣是誤判，但是受刑人本身為一惡棍，其與善良無辜的崔寧與陳二姐在小說中的下場評價如何，應該採取什麼樣的法律觀點來思考這個問題？（分析型問題、連結型問題）

四、作業活動

深度討論作業

相關影片的賞析與討論：

美國小說電影The Shawshank Redemption（刺激1995）

《麗塔・海華絲與蕭山克監獄的救贖》（英語：*Rita Hayworth And Shawshank Redemption*）是美國小說家史蒂芬・金所發表的中篇小說，收錄於1982年的小說集《四季奇譚》裡。為電影《刺激1995》的原著。劇中男主角決定逃亡時，說了：「我的『罪』已經還清了」，可是事實上他是被冤枉的，所以他指的「罪」是什麼？「脫罪」、「贖罪」、「逃罪」？

深度討論教學活動

通靈少男少女與真相之追尋

1. 前導影片觀看：[徐自強的練習題]（短片）https://www.youtube.com/watch?v=B_dch_Ioyp0
2. 與崔寧們對話：江國慶、徐自強（「通靈少女」熱潮活動設計）
   藉由通靈觀落陰與江國慶對話（分組角色扮演的方式，進行模擬）
3. 景美人權文化園區參訪
   藉由參訪台灣白色恐怖時期的軍事監獄，引導學生實際觀察感受當時氛圍，進而思考轉型正義之議題，並進行深度討論。

王世豪老師　撰

學生深度討論單

1. 閱讀思辨討論篇章

　　佚名：〈錯斬崔寧〉

2. 分組討論

主要討論人	討論成員	書面記錄人	口頭報告人

本組提問	問題描述：
問題類型	問題類型歸納（可複選）：
本組回應	問題描述：
	回答：

請沿虛線剪下

備註	1. 回應問題時，必須有「主題句（Topic Sentence）」表達觀點或立場。 2. 回應問題時，必須舉出各類例證或數據，形成「支持句（Supporting sentences）」，以論證觀點或立場。 3. 回應問題時，必須統整前述之論述，總結為「結論句（Concluding sentence）」，整合論證，說明結論。

求知型問題AQ/Authentic Question：開放性問題，問題具多樣性，提問者對於他人的回答感興趣。除測試型問題以外都為求知型問題。

追問型問題UT/Uptake Question：是追問其它人所說的意見，用以釐清、深化問題與認知，並會帶出更多的對話。

分析型問題Ay/Analysis Question：找出文本各部分不同的看法，及這些看法有何相關的問題。分析文本中的概念、想法或論點。

歸納型問題Ge/Generalize Question：整合相關資訊得到更通用化概念的問題。將文本所出現的概念或想法重新組織，建構觀點或創造新的資訊。

推測型問題SQ/Speculate Question：在閱讀時帶入個人體會，這類型的問題能使文章與各自的感受及經歷之間建立聯繫，引導學生對文本產生更豐富、高層次理解。通常是以下面句型出現：「如果……，你會怎麼做？」、「你是否有類似於……的經歷？」、「如果你是……，你會有什麼感受？」

感受型問題Af/Affective Question：將文本與回應者自身的情感或生命經驗連結。聯結個人生活經驗與文本之間的聯繫，進而提出問題。

連結型問題CQ/Connective Question：聯結個人生活經驗與文本之間的聯繫，進而提出問題。根據組內成員早先的討論、主題或是彼此共同擁有的經驗而來的問題。與其他小說、資料、藝術品、電影、網路、電視、雜誌等文本材料的關聯或比較而提出問題。

（深度討論教學教師社群）

資本主義的「時物鏈」

張小虹

一、教材來源

文本內容

還記得王家衛電影《重慶森林》裡的金城武嗎？那個失戀的年輕刑警，大街小巷瘋狂尋找五月一日過期的鳳梨罐頭，只因女友棄他而去，卻仍一心期盼在五月一日生日前女友會回心轉意。鏡頭前的金城武，四月三十日深夜大啖幾十罐即將過期的鳳梨罐頭後，決定開始新的城市愛情狩獵。而在王家衛另一部電影《墮落天使》裡，金城武則是在吃了一罐過期的鳳梨罐頭後，開始失語。這當然不是有關食品安全的公益廣告，而是非常王家衛式的符號繁衍與都會偏執。

但離開電影回到日常生活，「即將過期」的食品和三十九元國民便當一樣，都成為最新一波經濟不景氣中的熱門商品。此「即將過期」的「即品」自非「極品」，乃指食品保存期限低於二分之一，並以低於市價一至五折販售。大環境蕭條，只要是知名品牌、食品安全無虞，退而求其「即」也不失為一種度小月的新消費態度。現今市面上的絕大多數食品，都需要清楚標明保存期限，而一旦有了保存期限，食品便成了「時品」，正式進入資本主義嚴格時間管控的「時物鏈」。

這裡並不是說食物本身沒有腐壞衰敗的時間變化，而是此時間變化一旦被數字化為年月日時，時間與價格之間便出現了環扣，而食品的價格也將隨保存期限的逼近而降低。如果說就生產模式的歷史變革而言，雇工「時間」與雇主「金錢」數量的換算

方式，成就了資本主義的勞動習慣與工作紀律，那我們是否也可以說就消費模式的歷史變革而言，商品「時間」（流行不流行，過期不過期）與商品「金錢」價格的換算方式，成就了資本主義的消費刺激與時間焦慮。資本主義「時間即金錢」的穿刺無所不在，在我們的上班下班，也在我們的冰箱，幾十種滴滴答答的「時品」都在倒數計時。

　　而當前的「即（急）品」熱賣，不就是資本主義新一回合「搶鮮下市」的回眸一笑，表面上是削價求售，骨子裡不也是最後一刻剩餘價值的吃乾抹盡，再次貫徹資本主義強迫及時消費的時間催逼。資本主義「搶鮮上市」能賣，「搶鮮下市」也能賣，那究竟還有什麼食品是資本主義不能賣的？沒錯，資本主義不能賣的正是過了期的食品，「過了時就一文不值」。因而很少人會去問一個真正有趣的問題：當「過期」食品從資本主義線性「時物鏈」鬆脫之後去了哪裡？集中銷毀，員工自行處理，還是循非正式管道轉給了遊民、低收入戶或其他收容機構呢？

　　如果「過期」只是不能公開販售，不等於絕對「不可食」，那或許我們正可以從資本主義廢棄物的「過期食品」切入，去想像消費廢墟之外的可能風景。在德國柏林「不用錢的店」中，除了各種捐贈的傢具衣物、鍋碗瓢盆外，也有義工收集附近超市下架即將過期的蔬菜水果，免費提供市民取用，以推廣反商、反金錢交易、反資本主義以消費之名行浪費之實的信念。英、美等國也有一群「免費食物主義者」，專挑超市的大垃圾桶撿拾剛被丟棄的過期食品，他們早已練就一身判別食品安全好壞的功力，以環保愛地球的信念，反對過度消費與浪費，而在這群身體力行者中，不乏營養學家與白領美女。不論是迫於生活或出於信念，在這些人的手中，從資本主義「時物鏈」淘汰下來的食品，終於從時間即（急）金錢的「時品」，脫落成俯手可得的「拾品」。

　　這不禁讓我想起法國新浪潮女導演艾格妮‧娃達二〇〇〇年的紀錄片《艾格妮撿風景》，以米勒的名畫《拾穗》為詰問，用

毫不矯情的鏡頭，行雲流水般的自在，沿路拍攝各種以撿拾維生或以撿拾爲樂的男男女女。有窮困的吉普賽人將賣相不好、被工廠大量拋棄的馬鈴薯，一麻袋一麻袋地搬回家做主食，有吃素的生物碩士，專在休市後的市場撿菜葉吃，更有城市遊蕩者在大垃圾桶裡開心地翻箱倒櫃。或許在資本主義嚴密時間管控的催逼之外，不是廢墟與墳場，而是人生轉換的處處風景，眞實且動人。

二、說明簡介

文本主題介紹

　　本篇文章將食品的「保存期限」做為觀察指標，反思人們在飲食的攝取和對食物的營養、優劣、能食、禁食與否，進行了還原與多元的思考與討論。

　　從而論述到資本主義將自然的食物進行人為的定義、定時的現象與反應出來的價值觀與生活面向。這其中產生「即期商品」的新品類，與時間定義的關係為何？人們的消費與購買行為受到了什麼影響？和實際上為了生存的飲食，都是在人為的界定下，含藏著似真非實的矛盾。

三、深度討論

教師課堂深度討論引導問題

1. 文中提到即將過期的「即品」成為近來市場上熱賣的商品之一，作者所要討論的議題為何？（求知型問題）
2. 文中提到的「時品」與「時物鏈」，其理由在於「食品」和「食物」的什麼性質變化？（分析型問題）
3. 請從「資本主義」所界定的「時間」和「食品」之間的關係（「即期」、「過期」；「新鮮」、「不新鮮」等），闡述當前的社會運作模式，並試著提出反思，對於這種時限的界分和環保、資源、過度消費、浪費的社會關係和人生思考。（連結型問題）

四、作業活動

深度討論作業

　　請就文中「作者的立場」、「論證的理由」、「推論的思路」、「結論」四部分，對本文進行摘要及論述。

寫作要求：

　　必須有「主題句（Topic Sentence）」表達題旨或作者立場。

　　必須舉出各類例證或數據，形成「支持句（Supporting sentences）」，以論證主題，闡發題旨。

　　必須統整前述之論述，總結為「結論句（Concluding sentence）」，整合論證，說明觀點與結論。

深度討論教學活動

「剩食運動（Foodsharing）」在臺灣的觀察與報導

　　請從源自於德國的「剩食運動（Foodsharing）」做為背景，探查臺灣對於即期食品、過期食品的處理方式，可以選擇各大生鮮超市通路做為調查報導對象，以小組為單位，實地採訪，並撰述報導，拍成短片上傳Youtube。

王世豪老師　撰

學生深度討論單

1. 閱讀思辨討論篇章

　　張小虹：〈資本主義的「時物鏈」〉

2. 分組討論

主要討論人	討論成員	書面記錄人	口頭報告人

本組提問	問題描述：
問題類型	問題類型歸納（可複選）：
本組回應	問題描述：
	回答：

備註	1. 回應問題時，必須有「主題句（Topic Sentence）」表達觀點或立場。 2. 回應問題時，必須舉出各類例證或數據，形成「支持句（Supporting sentences）」，以論證觀點或立場。 3. 回應問題時，必須統整前述之論述，總結為「結論句（Concluding sentence）」，整合論證，說明結論。

求知型問題AQ/Authentic Question：開放性問題，問題具多樣性，提問者對於他人的回答感興趣。除測試型問題以外都為求知型問題。

追問型問題UT/Uptake Question：是追問其它人所說的意見，用以釐清、深化問題與認知，並會帶出更多的對話。

分析型問題Ay/Analysis Question：找出文本各部分不同的看法，及這些看法有何相關的問題。分析文本中的概念、想法或論點。

歸納型問題Ge/Generalize Question：整合相關資訊得到更通用化概念的問題。將文本所出現的概念或想法重新組織，建構觀點或創造新的資訊。

推測型問題SQ/Speculate Question：在閱讀時帶入個人體會，這類型的問題能使文章與各自的感受及經歷之間建立聯繫，引導學生對文本產生更豐富、高層次理解。通常是以下面句型出現：「如果……，你會怎麼做？」、「你是否有類似於……的經歷？」、「如果你是……，你會有什麼感受？」

感受型問題Af/Affective Question：將文本與回應者自身的情感或生命經驗連結。聯結個人生活經驗與文本之間的聯繫，進而提出問題。

連結型問題CQ/Connective Question：聯結個人生活經驗與文本之間的聯繫，進而提出問題。根據組內成員早先的討論、主題或是彼此共同擁有的經驗而來的問題。與其他小說、資料、藝術品、電影、網路、電視、雜誌等文本材料的關聯或比較而提出問題。

（深度討論教學教師社群）

延伸閱讀 篇目

〈般若波羅蜜多心經〉

選文出處：丁福寶：《心經注》，上海：華東師範大學出版社，2014
年12月。

《聖經‧歌林多前書13:5-8》

選文出處：莫里斯著、蔣黃心湄譯：《丁道爾新約註釋—哥林多前
書》，新北市：校園書房，1992年11月。

紀伯侖：《先知‧死亡》

選文出處：紀伯倫：《紀伯倫全集》，台北：遠流出版社，2004年8
月。

《詩經‧周南‧關雎》

選文出處：馬持盈/註譯、王雲五/主編：《詩經今註今譯（修訂三
版）》，台北，台灣商務印書館，2017年6月。

王德威：〈文學、經典與公民意識〉

選文出處：中國時報（人間副刊）2009年8月4日。

《莊子‧逍遙遊》

選文出處：郭慶藩：《莊子集釋》，台北：中華書局，1961年7月。

《莊子‧人間世》

選文出處：郭慶藩：《莊子集釋》，台北：中華書局，1961年7月。

《莊子‧山木篇》

選文出處：郭慶藩：《莊子集釋》，台北：中華書局，1961年7月。

王爾德：〈夜鶯與薔薇〉

選文出處：王爾德著、湯定九譯：《夜鶯與玫瑰》

（英）奧斯卡‧王爾德著、湯定九譯：《夜鶯與玫瑰》，
上海：商務印書館，2017年6月。

王爾德：〈西班牙公主的生日〉

選文出處：（英）奧斯卡・王爾德著、湯定九譯：《夜鶯與玫瑰》，
　　　　　上海：商務印書館，2017年6月。

賈平凹：〈醜石〉

選文出處：賈平四：《醜石》，北京：人民文學出版社，2008年1月。

楊牧：〈有人問我公理與正義的問題〉

選文出處：孫梓評、吳岱穎：《生活的證據：國民新詩讀本》，台
　　　　　北：麥田出版社，2014年5月。

《史記・伯夷列傳》

選文出處：（漢）司馬遷撰、（宋）裴駰集解、（唐）司馬貞索引、
　　　　　（唐）張守節正義、郭逸、郭曼標點：《史記》，上海：
　　　　　上海古籍出版社，2011年11月。

《世說新語・自新》

選文出處：余嘉錫：《世說新語箋疏》，台北：臺灣學生書局，2017
　　　　　年8月。

《晉書・周處傳》

選文出處：（唐）房玄齡等撰：《晉書》，北京：中華書局，2016年3
　　　　　月。

《初刻拍案驚奇・賈秀才報怨》

選文出處：凌濛初：《二刻拍案驚奇》，台北：三民書局，1900年1
　　　　　月。

第三單元 專題探索與優質表達

單元說明 從深度討論中探索社會與表述觀點 王世豪

　　教育部高教深耕計畫的重點項目之一為「落實大學社會責任提升大學對在地區域或社會貢獻。」魯迅說：「我們自動的讀書，即嗜好的讀書，請教別人是大抵無用，只好先行泛覽，然後決擇而入於自己所愛的較專的一門或幾門；但專讀書也有弊病，所以必須和現實社會接觸，使所讀的書活起來。」大學是以培養一位博雅通識的專業人才，而不僅只是訓練一位專門的技師。所以讓學生所學得以致用於社會，學識觀念能夠關懷社會進而有能力改變社會，才是教育的宏旨。

　　本單元之設計，乃透過深度討論的模式，引導學生就古今諸多社會議題，進行思辨與探索，從中發現問題，學習分析問題，研究解決問題。透過深度的思考，把自我的專業進行精確的表述，進一步對於跨領域的範疇也能夠產生自我的觀點並且明白地闡述。

論便當

焦桐

一、教材來源

文本內容

1

　　便當往往連接著冗長的會議，開會鮮有不無聊的，冗長而無聊的會議加上恐怖的便當，不輕生已經萬幸了，誰的頭腦還能殘存創發力？

　　從前我若上、下午都有課，常拜託助教訂便當，那些便當都很難吃，想來可怕，至今竟已吃過數百個這種便當。我明白虧待自己的味覺和腸胃，可也無奈，午休時間那麼倉促，不暇尋覓美味；何況助教已經努力變換各家自助餐廳了，學校附近確無差堪入口的便當。

　　每次我走進研究室，坐下來，打開便當盒，看一眼就有跳樓的衝動。

　　倪敏然自殺前，最後的身影出現在頭城火車站月臺，他買了一個五十元的便當，消失於電視錄影畫面。臺灣的鐵路便當數十年如一日，匪夷所思的是各地皆同──滷豆乾、滷肉、滷蛋，真是可怕的集體惰性。我們知道倪敏然罹患重度憂鬱症，一個決意尋死的人，已經萬念俱灰了，如果又吃到難以入口的食物，委實再推他墜入萬劫不復的深淵。

　　如果，他陷於人生乏味的困境時，巧遇美好的食物，完全有可能鼓舞生命的激情和勇氣吧。伊朗導演阿巴斯‧奇亞羅斯塔米（Abbas Kiarostami）的電影作品《櫻桃的滋味》（The Taste of

Cherry）中，有一位老人自述在年輕時想輕生，他爬上櫻桃樹上吊前，隨手摘了一顆櫻桃吃，驚訝那櫻桃的甜美，竟一顆顆地吃了起來，忘記要自殺。清晨金燦燦的太陽升上來，學童們的歡笑聲經過樹下，他覺得櫻桃太好吃了，遂摘了一些回家和老婆共享。

老人對那想死想得快瘋掉的男主角說：「你不想再看看星星嗎？你想閉上自己的眼睛嗎？你不想再喝點泉水嗎？你不想用這水洗洗臉嗎……你想放棄櫻桃的滋味嗎？」

生命果然不乏疲憊、憂鬱、沮喪和絕望，美食是絕望時的救贖，往往能帶領我們超越困境。我設想倪敏然那天吃到了一個異常美味的便當，夕陽有了美麗的背景，他肯定會睜眼觀看「萬紫千紅的晚霞」，肯定會有某種力量或意義自胸臆升起。

2

每個人或多或少都有一段便當經驗史，從一個便當可窺見一個家庭或某地方的飲食文化。

求學時代，母親為我送過便當，便當盒用一塊布包裹起來，有保溫、防漏之意；吃完便當，用便當盒裝茶喝。不知何時起，那覆在便當盒上的布巾消失了，取代的是觸感極劣的塑膠袋。

求學時好像餓得特別快，上午即已飢腸轆轆，大家常吟兩句打油詩：「舉頭望黑板，低頭思便當」。為安慰飢腸，有人故意不蒸便當。中午吃便當是人心激動的時刻，大家同時打開便當盒，各種家庭廚房精心烹製的香味鼓盪在教室裡，空氣中充盈著幸福氛圍。

梁實秋在〈早起〉一文中描寫五○年代的臺北生活：「走到街上，看到草上的露珠還沒有乾，磚縫裡被蚯蚓盜出一堆一堆的沙土，男的女的擔著新鮮肥美的蔬菜走進城來，馬路上有戴草帽的老杇的女清道夫，還有無數的男女青年穿著熨平的布衣精神抖擻的攜帶著『便當』騎著腳踏車去上班」。便當是日本人發明

的，便當之普遍存在，顯見臺灣人長期受日本文化的影響。梁實秋新來乍到，對此物頗為好奇。

便當，日本人叫「弁当」，類似便當的器具，在《源氏物語》中稱為「檜破子」；室町時代末期、江戶時代初期的形態則多為籃子，乃人們旅行、欣賞櫻花、探望親友時所攜帶的食物器具，叫「破籠」；「破」意謂可以上下分隔，「籠」在日語中有籃子的意思。可見「弁当」這詞語的出現不會早於室町時代，開始使用，大約在織田信長（1534-1582）生活的年代。自然，當時能帶「弁当」出門的人肯定比較富裕，一般鄉村居民只能帶飯糰。

3

大一上表演課，導演訓練我們腹式發聲，命大家模擬火車月臺便當販的叫賣：「便──當，便當，燒的便──當」，唸經般重複叫喊一個小時。話劇演員在舞臺上講話必須能傳到劇場裡的每個角落，即便是講悄悄話，也必須讓現場每一個觀眾聽清楚，舞臺上的發聲技巧就很要緊。

從前火車停靠月臺，總是有人推著便當叫賣：「便──當，便當，燒的便──當」，聲音宏亮卻非嘶喊，舉重若輕般沿著車廂外兜售，節奏感良好，帶著長亭更短亭的漂泊感。那聲音似乎迴響在記憶的每個角落。

鐵路便當是火車旅行很要緊的配備。

月臺上應該繼續賣便當，而且每一站的便當最好都不同，融合當地的名產，這才是火車的風景線。

蘇南成先生曾告訴我：福隆車站的鐵路便當最讚。我聞言即遠赴福隆買便當，唉，難道買錯了？還是滷豆乾、滷肉、滷蛋，那豬肉猶帶著膻味，面對它如面對政客的嘴臉。

近年臺鐵推出懷舊便當，使用不鏽鋼圓盒，配備提袋、不鏽鋼筷，賣便當的同時賣出了紀念品，銷售成績不惡。我認為這是

一種表相的懷舊，消費懷舊情緒，其實未消費到好滋味，臺鐵雖則請回退休的高齡老師傅督導製作，這種便當的內容依然千篇一律：滷排骨、滷蛋、炒雪裡紅等物。在貧困的年代，便當裡有一大塊排骨，堪稱有點奢華的享受；如今到處都是排骨，我們已經不能滿足於吃得飽的層次。

從前的鐵路便當之所以被懷念，並非便當太好吃，毋寧是一種旅行感所渲染。在出國還不普遍的年代，火車站月臺就是現代陽關，當火車緩緩啟動，有人輕聲道別，有人拭淚叮嚀，吆喝聲夾雜在廣播聲中，小販背著便當箱追趕列車，和半身伸出車窗的旅客交易。火車越開越疾，窗外可能是綿延的山海田野，一邊看風景快速奔跑，一邊若有所思地吃便當。念去去，千里煙波，當年那個便當盒帶著離別的身影，復經過記憶的點滴修飾，隔了幾十年，已編織成一則美麗的傳說，越來越動人。

便當的內容一定要有趣，最好能表現地方特色和季節感，過度依賴醃漬物顯露出缺乏想像力和創造力。火車不僅是交通工具，何況要面對高鐵嚴峻的競爭，如果每一中、長途列車都能從「行走的好餐館」的概念出發，沒有理由生意差。

即使滷味組合，每一道菜也都要用心思細作，滷味並非胡亂浸泡醬油就算搞定，除了表現起碼的醬香，必須滷得透又不虞滷得柴，這就要將材料浸泡在滷汁中兩三天，令滷汁滲透進材料中，如此滷物方能入味而富彈性。

滷味中參加一兩片白醋薑、蔭瓜很美妙，像從前的池上飯包添入一粒酸梅，是很日式的辦法。

4

日本人的便當文化傲視全球。

天下便當以日式最具繪畫美，日本便當習慣在白米飯上撒一點芝麻，中央再放一顆梅子，像太陽旗，我稱之為日本便當的原型，是日本便當美學的起點，美感從這裡展開。羅蘭·巴

特（Roland Barthes, 1915-1980）旅行日本時吃到便當，深受震撼，認為菜色的布置即相當講究視覺效果，各種零碎的食物秩序地在黑盒裡像一塊調色板，用餐過程類似於畫家坐在一堆顏料罐前，那邊吃點米飯，這邊蘸些調味料，那邊再喝口湯，選擇食物創作般自由，很賞心悅目。

　　日本最普遍的便當是一種四格「幕之内」，由白飯和數種菜餚構成，最初是表演者、觀眾在劇院中場休息（幕間）時吃的便當，故名。目前全日本「驛便屋」有三百多家，供應約三千種不同的鐵路便當，只有「幕之内」大概到處都有。

　　我最嚮往日本人的賞花便當，櫻花盛開時在樹下掀開飯盒，落英繽紛，落在便當盒裡，再怎麼平凡的菜色，也會有了華麗的身姿。

　　便當也可以是一場迷你饗宴，日本高級料理亭的宅配便當講究季節風味，布包巾裡是紅杉便當盒，便當盒裡羅列著竹筒飯、多款壽司、各色青菜、魚、肉……往往多達二十種。這種便當的高級美學不在菜色繁複，乃是如何讓繁複的菜餚互相發揚，彼此支援，在滋味、色澤、擺佈各方面共同細膩地表演。

　　櫻井寬、早瀨淳的漫畫《鐵路便當之旅》描述宮島車站的便當店如何製作「星鰻飯」：每天直接從漁港嚴選質優量少的金星鰻（瀨戶内海特產），處理乾淨後用煮過的酒、湯汁入味，先以大火烤一下，再蘸上醬汁，接著以小火慢烤，如此重複三次這樣的步驟；最後塗上美味的醬汁，整齊排在木質便當盒裡的白飯上，進行「習慣」程序——讓烤星鰻的美味滲透進仔細煮過的飯裡，再包上紙。這種便當，每一個都用了兩條金星鰻，非常奢華。

　　我建議便當業者到仙台的便當店取經，日本插畫家平野惠理子採訪當地的便當工廠，進入前須穿過強風閘門以吹掉身上的灰塵，再換上消毒過的衣帽鞋子，「一進去就讓人感動莫名的，是室内那股教人不禁高呼『清潔！』的味道。在飄散著淡淡菜肴

的工廠裡，怎麼還能出現那股清爽感呢？在這裡，不論亮度、氣溫、濕度，全是我未曾經歷過的舒適。經過那次參觀，我才明白便當之所以美味，裝菜的環境實在是很重要啊！」

日本的鐵道便當每一站不一樣，多很精采，像信越本線橫川車站的「山嶺釜飯」，用陶製小缽裝著，打開緊閉的木蓋，一股山野香味即撲鼻而至。他們的創意和巧思充分表現在便當上。新幹線有一種便當，只要撕下貼紙或拉開盒底的繩子，就會立刻加熱。其它的名便當諸如東京站賣集大成的「超級便當」，下關站以「河豚壽司」聞名，橫濱站是「燒賣御便當」，宮崎站賣「香菇飯」，門司站售「明太子便當」，大分站是「青花魚壽司」，到了延岡站換成「香魚壽司」，八吉站則是「栗子飯」……我在日本搭火車時，一趟路程買了許多便當。

村上春樹小說裡的食物多為西式料理或速食，如義大利麵、三明治、漢堡、薯條、沙拉、披薩，《尋羊冒險記》首次提到日式便當，敘述者從札幌站上車，邊喝啤酒邊看書，並拿出鹽漬鮭魚子便當來吃。村上春樹大概弄錯了，其實日本的車站便當中，只有北海道線的南千歲站有賣鹽漬鮭魚子便當，札幌站買不到。

這提醒我們，改善臺灣的鐵路便當首先要加入地方特色，例如基隆站可以賣天婦羅啊；臺北站可賣紅燒牛肉乾拌麵，或加入阿婆鐵蛋；新竹站可以賣炒粉、貢丸飯，苗栗站不如賣一點艾草粿、炒粄條；臺中站可以附贈一塊太陽餅；彰化站的便當內容可以是肉圓；臺南站不如推出肉粽、碗粿；花蓮站的便當則附贈麻糬……我想像車到屏東可以吃到櫻花蝦炒飯、萬巒豬腳；高雄可以選擇金瓜炒米粉；臺南附贈一杯義豐冬瓜茶；桃園品嚐得到大溪豆乾；宜蘭的便當裡有粉肝，或鯊魚煙。那是多麼迷人的鐵路之旅。

巧思亦見諸便當盒的造型，如日本東北地區的「雪人便當」、廣島的「飯勺便當」、四國主要車站的「麵包超人便當」……都是我們可以學習的對象。

5

　　我最常用雙層的不鏽鋼便當，這種便當菜、飯分開，容量又大，很適合我這種飯桶，優點是環保，缺點是不方便攜帶。木片或竹片便當盒的觸感佳，予人自然、質樸之美，又能吸收米飯多餘的濕氣，令飯粒更富嚼勁；不過也因而使飯粒容易沾黏在木片上，想吃乾淨需費力刮。這裡面有一種情趣，一種提醒，提醒我們珍惜食物、敬重天地。

　　我們果真只容得下方便、快速的事物？便當的形狀與材質可以非常多元，用保麗龍盒裝飯、塑膠提袋，只會消滅食欲。

　　幾年前，SARS蔓延時，喜來登飯店疑似有住房客人染煞，飯店淨空三天，重新開張的前三天，為了凝聚人氣，推出一百五十元的便當廉售一元，我在電視上看到大排長龍爭購的場面，有人竟排隊等候了六小時。為了買一個便當吃，排隊六小時，可謂天下奇觀。

　　經濟不景氣，有些五星級飯店竟在大門口擺攤賣便當，價格低廉，約介於七十元至一百五十元臺幣之間，明顯在跟小販、便利商店搶生意。觀光飯店熱賣便當，食材較新鮮，配菜也相對高明，口味輕易就超越了便利商店的產品，諸如老爺酒店的日式豬排便當、照燒雞飯，和粵式三寶飯；國賓飯店的粵式三寶飯；華國飯店的鹹魚雞粒炒飯；然則不免勝之不武，這樣的標準並非我們對觀光飯店的期待。

　　便當之美常表現在創意，不在珍饈美饌，動輒近千元的便當只能說是豪華。豪華跟美麗是不同的概念。

　　然則美味的便當何其難覓。我吃便利商店賣的便當，很遺憾，雖然品味標準降得很低，也只有「奮起湖鐵路便當」、「排骨菜飯」、「臺東池上飯包」、「煙燻蹄膀鮮飯盒」（肉臊顯得多餘）和「我們的雞腿便當」差堪入口。「奮起湖鐵路便當」雖則完全消失了我在阿里山鐵路上吃便當的滋味，卻能勉強解飢——薄薄的瘦肉片，雞腿、蛋、油豆腐僅是滷味，雖然談不上

香，總算中規中矩，不會用駭人的怪甜、死鹹來凌虐食客的味蕾。

便當的菜色以滷味居多，乃是滷味較不會因加熱而變質，不像油炸物，置諸米飯上，再經蒸氣滲透，往往慘不忍睹。我固不贊成便當中出現炸物，如爆肉、炸蝦之屬。然則市面上好吃的滷味那麼多，這些便利商店奈何不察，隨便模仿一下，也能透露些許香味吧。

那些滷肉毫無彈性，彷彿只是泡過醬油。我懷疑這些便當裡的滷味曾經起碼的爆香程序，竟聞不到一絲絲薑、蔥、蒜或八角之味。

此外，我不明白爲何便當裡總是放一片醃漬蘿蔔和一小沱紅色的醬素腸？夾起來丟棄時，白米飯上已染印著一片黃、紅色素，觸目驚心。這是令人厭惡的因襲和怠惰。第一家便當放雪菜、玉米粒、胡蘿蔔丁、花瓜、酸菜、醃漬蘿蔔，其他店家完全仿效，毫無想像力。便當可口，只是基本動作，是最起碼的商業道德。拜託，隨便轉一下腦筋也就改善了，難道色素蘿蔔不能換成嫩薑？那小沱醬素腸不能換成剝皮辣椒？

我曾經買了一個「我們的碳烤雞排」結果打開看，竟是一塊難以下嚥的炸豬排，品管竟草率至此。還有一種自詡叉燒風味的雞腿排，完全不染絲毫叉燒味，看一眼即知是泡過紅色素的雞屍。顧客是商家的主子，即使不是，彼此素無仇怨，奈何竟用這種手段對付掏錢買便當的人？又不是在毒老鼠，製作便當者何不自己倒一些色素拌飯吃吃看。

適合便當的菜很多，諸如雪裡紅、醃嫩薑、蔭瓜……便利商店的便當無法現作現賣，必須以想像力、開創力來彌補因量販而失鮮的窘境。例如有人會在滷汁中加進茶葉，不但吸收油膩，也圓融了醬油較爲呆板的鹹味。

其實我吃便利商店的便當總是自暴自棄的心情，無奈中帶著墮落感。試想那便當並非即食便當，須經過烹煮、冷卻、包裝、

冷藏、運送、上架，再微波後食用，防腐劑的含量令人不敢想像。

6

優秀的便當予人驚喜。和即烹即食的料理不同，便當從製成到食用隔了一段時間，打開前一般還不知道它的內容，因此除了努力保持菜餚的風味，有心人還費盡巧思，令打開的瞬間產生愉悅。

便當具有母性的特質，我常聽聞人們說如何懷念「媽媽的味道」，天下最美味的便當，恐怕是家裡自制的，我們在求學時代率皆有帶便當、蒸便當、集體吃便當的經驗。

便當連接了太多人的感情和記憶，今村昌平《鰻魚》裡的鰻魚是一種隱喻，迴游、自由、孤獨的隱喻；是被背叛的丈夫傾訴的對象。真正的美食竟是一盒從未打開過的便當，片頭那紅杏出牆的妻子為丈夫所精心準備的便當，帶著歉疚的心情，那便當盒裡的內容必定十分可觀，可惜他妒意徒起，無心消受：殺妻、出獄後更三番兩次拒絕女友為他準備的便當。那便當，自然是人際溝通的指標，象徵了親愛、接納的程度。

我歡喜的便當生活，是一種陳舊美學，相關配備包括可重複使用的便當盒，筷子，布質提袋和包巾、繫帶；殘存在記憶角落的布包巾，攤開來還可以當桌墊。

便當帶著越界的性質，離開家庭餐桌，遠足到另一地點。

我常追憶華盛頓州行旅，在一座美麗的冰河湖邊下車，坐在枯木上呆呆長望藍寶石色澤的湖，河岸盛開的菊花，山上千年不融冰雪，針葉森林，藍得深邃的湖好像被什麼神秘的事物激盪起漣漪復歸於平靜，忽然覺得手中冰冷的三明治，飽含著不可思議的滋味。

二、說明簡介

文本主題介紹

　　本文為焦桐先生以「便當」為題的文章，談吃便當的種種記憶，開會、求學、旅行，普通的、乏味的、好吃的、難吃的、驚豔的，我們吃下肚的，還包括人生許多時刻的記憶與情感。從便當向外延伸出的思考，是對臺灣的便當文化的進一步反思。在遠離故鄉的行旅中，讓他留下深刻印象的日本鐵道便當，信手拈來，紛然在目，美感在味覺之先，吃便當，成為一種食飲層次的美的享受。臺灣號稱美食王國，但，我們在對待食物上，似乎還需要多一點的細膩、溫柔與巧思，擺脫千篇一律的配菜，發揮創意，如運用地方特色小吃，重新定義臺灣的「便當」概念，讓臺灣的便當，在我們的日常飲食中，不僅做為解決飢餓的工具或手段，而是能夠成為臺灣地方食飲精華的載體，一個洋溢臺灣味的小舞臺。

三、深度討論

教師課堂深度討論引導問題

1. 讀完本文後，請問你認為一個好吃的「便當」，必須具備哪些要素？當你準備購買便當時，如果要將價格、美味、營養、衛生等面向皆納入考量，你會如何排序？為什麼？（感受型問題）
2. 焦桐在文中提到，希望臺灣鐵路的中長途列車，都能成為一「行走的好餐館」。如果讓你選擇臺灣任一火車站，規劃出一份具有在地特色的鐵道便當，在考量成本、特色、美味、美觀，並且要擺脫以往對便當的制式思考前提下，你將如何設計這份菜單？（推測型問題）

四、作業活動

深度討論作業

　　以焦桐先生的〈論便當〉為參考對象，任選「珍珠奶茶」或「雞排」，寫一篇「論珍珠奶茶」或「論雞排」的文章。這篇文章，不僅是美

食筆記的分享，請採取夾敘夾議的方式書寫，在其中，你必須追溯「珍珠奶茶」或「雞排」約莫在何時開始風靡臺灣的大街小巷？你喝過或吃過最好吃的「珍珠奶茶」或「雞排」具備了什麼樣的特徵？又，「珍珠奶茶」或「雞排」有連鎖與在地經營者，你認為它們的同異點在哪裡？又，「珍珠奶茶」或「雞排」近年來，為何一躍成為臺灣小吃走向國際的代表性庶民小吃？請就以上問題，或自行發想，任選一至兩個互有聯繫的問題，寫成一篇文長約1500至2000字的作文。

謝秀卉老師　撰

學生深度討論單

1. 閱讀思辨討論篇章

焦桐：〈論便當〉

2. 分組討論

主要討論人	討論成員	書面記錄人	口頭報告人

本組提問	問題描述：

問題類型	問題類型歸納（可複選）：

本組回應	問題描述：
	回答：

備註	1. 回應問題時，必須有「主題句（Topic Sentence）」表達觀點或立場。
	2. 回應問題時，必須舉出各類例證或數據，形成「支持句（Supporting sentences）」，以論證觀點或立場。
	3. 回應問題時，必須統整前述之論述，總結為「結論句（Concluding sentence）」，整合論證，說明結論。

求知型問題AQ/Authentic Question：開放性問題，問題具多樣性，提問者對於他人的回答感興趣。除測試型問題以外都為求知型問題。

追問型問題UT/Uptake Question：是追問其它人所說的意見，用以釐清、深化問題與認知，並會帶出更多的對話。

分析型問題Ay/Analysis Question：找出文本各部分不同的看法，及這些看法有何相關的問題。分析文本中的概念、想法或論點。

歸納型問題Ge/Generalize Question：整合相關資訊得到更通用化概念的問題。將文本所出現的概念或想法重新組織，建構觀點或創造新的資訊。

推測型問題SQ/Speculate Question：在閱讀時帶入個人體會，這類型的問題能使文章與各自的感受及經歷之間建立聯繫，引導學生對文本產生更豐富、高層次理解。通常是以下面句型出現：「如果……，你會怎麼做？」、「你是否有類似於……的經歷？」、「如果你是……，你會有什麼感受？」

感受型問題Af/Affective Question：將文本與回應者自身的情感或生命經驗連結。聯結個人生活經驗與文本之間的聯繫，進而提出問題。

連結型問題CQ/Connective Question：聯結個人生活經驗與文本之間的聯繫，進而提出問題。根據組內成員早先的討論、主題或是彼此共同擁有的經驗而來的問題。與其他小說、資料、藝術品、電影、網路、電視、雜誌等文本材料的關聯或比較而提出問題。

（深度討論教學教師社群）

星際大戰爆發以前

張系國

一、教材來源

文本內容

　　他戴著灰呢帽，穿著破舊的西裝，恭恭敬敬站在星際法院的法官面前。法官頭也不抬，一面振筆疾書，一面問話。

　　「你的職業？」

　　「星際學院比較文學教授，大人。」

　　「專業範圍？」

　　「比較廁所文學，大人。」

　　「什麼？」

　　他再說一次。

　　「比較廁所文學，大人。」

　　「唔……」白髮蒼蒼的老法官停下筆，摸著下巴說：「沒想到星際學院裡面專業分工之細，竟已到了這種地步。比較廁所文學，研究些什麼？」

　　「研究廁所文學，大人。」

　　「我知道是研究廁所文學，但究竟研究些什麼？為什麼要研究這類……文學？」法官講到「文學」兩字，似乎有些困難。

　　「大人，比較廁所文學是門極重要的學問。」他的眼睛紅了。每次為自己的研究工作辯護時，他就不由得激動起來。「文化的興衰、社會風氣的良否、文風的趨向，都可以從廁所文學看出端倪。大人，您知道，文明的世界才有廁所。科技進步，城市發達，才會有公共廁所。有了公共廁所，才有廁所文學。」

「不錯，」法官用筆輕敲桌面。「沒有公共廁所，就不會有廁所文學。所以呢？」

「大人，廁所文學是民眾表達意見的重要工具。廁所文學的形式，有標語、短詩、散文、對聯、問答；內容包括政治、諷刺、抒情、感懷、詠古。地域性的廁所文學，有時暴露出種族仇恨、權威崇拜、情慾妄想的種種問題，真是研究當地文化與民俗的好材料。大人，您或許不知道，比較廁所文學已成了比較文學裡最重要的部門。廁所文學的題材，本來就取之不盡、用之不竭。人人都會在出恭時靈感泉湧，即興書之於牆，遂成廁所文學。所以說，廁所文學乃是天籟。」

他把皮箱打開，拿出十幾本筆記簿，呈給法官看。

「大人，請看我在宇宙各地採集的廁所文學資料。這是地球巴黎國際機場的廁所文學，共兩百十五條，包括十六國文字的作品，是宇宙最豐富的廁所文學採集場之一。這是莫斯科大學的廁所文學，一共只有三條，都是反動政治標語。撰寫廁所文學的作家，全去了古拉格群島長期度假。」

老法官不甚感興趣的隨手翻翻，說：

「你到宇宙各地旅行，花費納稅人的血汗錢，就是為了研究公共廁所？姑且不問你這個。你又為什麼要破壞廁所裡的公共設備呢？」

「這是個絕大的陰謀，」他氣急敗壞地說：「請大人明察。那個跨星公司，挾著雄厚財力，在宇宙各地的公共廁所裡裝設電動玩具。大人，如果每個公共廁所裡都裝了電玩，從此出恭的人忙著打電玩，就再不會有廁所文學了！」

「我看不出這有什麼不好。」法官說：「當然，沒有廁所文學，你必須改行，可是你也不該因此就蓄意破壞公廁裡的電動玩具啊。」

「大人，這是軍火販子的大陰謀。人人出恭時打電玩，累積的憤怒情緒不能通過廁所文學來發洩，最後一定會引發起星際大

戰……」

　　「胡說八道！」法官一拍驚堂木喝道：「判你二十五年勞役，到宇宙各地清掃公廁。」

　　那人被星際法院的警衛帶走時，還不住地大嚷大叫。白髮蒼蒼的老法官搖搖頭，宇宙裡的瘋子真是越來越多了。他脫下法官的黑袍，走進法庭旁的公共廁所。公廁的牆壁上乾乾淨淨，只有一個硬幣投幣口。

　　老法官投入一枚硬幣，牆上的螢幕立刻顯現瑰麗多彩的圖案。他隨即開始聚精會神地打電動玩具。

二、說明簡介

文本主題介紹

　　〈星際大戰爆發以前〉為張系國赴美攻讀電腦科學，取得博士學位任教於美國期間，於1982年所書寫的科幻極短篇作品。作者藉由「公廁裝設電動玩具，是否會引發星際大戰？」為小說情節安排的軸線，試圖引發讀者反思人文與科技之間的關係。值得注意的是，當時距1962年美國麻省理工學院學生所設計的第一款電腦遊戲《宇宙戰爭》（Spacewar），還不到二十年的時間，作者已預測到未來電玩的發展將會對未來的人類社會產生極為深遠的影響。

　　若以這篇小說的預警，對應到今日電玩的發展已由線上遊戲，進展到虛擬實境。許多人甚至將電玩世界與現實生活結合為一體，2009年日本已傳出迎娶電玩女主角的新聞，而在前一年網友則發起三千人的連署，要求日本政府讓這樣的婚姻合法化。姑且不論該連署是認真的，抑或出於一時好玩，都反映了作者在小說中所發出的警訊，十分具有洞見。在今日科技崛起，人文發展日趨式微的時代，帶學生閱讀這一篇小說，進而探討科技與人文的關係，乃具有一定的價值與意義。

三、深度討論

教師課堂深度討論引導問題

1. 你認為小說中的法官是「恐龍法官」嗎？為什麼？（感受型問題、分析型問題）
2. 作者為什麼設定小說的主角是法官與研究「比較廁所文學」的教授？（分析型問題）
3. 小說為什麼說「廁所文學乃是天籟」？你是否認同這樣的看法？（分析型問題、感受型問題）
4. 作者在小說中刻意強調法官是「白髮蒼蒼的老法官」，並且在如廁時也打電動遊戲，你認為作者想傳達什麼訊息？（分析型問題）
5. 小說為什麼明確指出巴黎國際機場的廁所文學有215條，而莫斯科大學卻只有3條？（分析型問題）

四、作業活動

深度討論教學活動

「機器人來了，人類會大量失業嗎？」辯論賽

教師可以提供相關時事案例：

「人機對弈」落幕：李世石1：4負於AlphaGo

　　2016年3月15日中午12時，南韓圍棋九段棋手李世石與Google人工智能程式AlphaGo之間的「人機對弈」展開最後一局較量。在經過5個小時的鏖戰後，李世石最終未能攜上一場獲勝的餘威再下一城，在五局的比賽中以總比分1：4負於AlphaGo。

　　讓同學思考一個問題：「機器人來了，人類會大量失業嗎？」以辯論賽的方式進行。教師可將班上同學分為兩大組，推選辯士，並請同學回家查找相關資料，尋找有利於我方的論點，彙整論點與論據，作為課堂辯論賽的攻防資料。

小提示：建議可簡化奧瑞岡的辯論規則，將發言時間一律簡化為「3·
　　　　3·3」制，即申論3分鐘、質詢3分鐘、結辯3分鐘。並於雙方
　　　　質詢之前給予1分鐘的討論時間，更能強化辯論賽的聆聽訓練
　　　　與組員間的合作能力，同時也較適用於初次接觸辯論賽的學
　　　　生。

陳嘉琪老師　撰

學生深度討論單

1. 閱讀思辨討論篇章

　　張系國：〈星際大戰爆發以前〉

2. 分組討論

主要討論人	討論成員	書面記錄人	口頭報告人

本組提問	問題描述：

問題類型	問題類型歸納（可複選）：

本組回應	問題描述：
	回答：

備註	1. 回應問題時，必須有「主題句（Topic Sentence）」表達觀點或立場。 2. 回應問題時，必須舉出各類例證或數據，形成「支持句（Supporting sentences）」，以論證觀點或立場。 3. 回應問題時，必須統整前述之論述，總結為「結論句（Concluding sentence）」，整合論證，說明結論。

求知型問題AQ/Authentic Question：開放性問題，問題具多樣性，提問者對於他人的回答感興趣。除測試型問題以外都為求知型問題。

追問型問題UT/Uptake Question：是追問其它人所說的意見，用以釐清、深化問題與認知，並會帶出更多的對話。

分析型問題Ay/Analysis Question：找出文本各部分不同的看法，及這些看法有何相關的問題。分析文本中的概念、想法或論點。

歸納型問題Ge/Generalize Question：整合相關資訊得到更通用化概念的問題。將文本所出現的概念或想法重新組織，建構觀點或創造新的資訊。

推測型問題SQ/Speculate Question：在閱讀時帶入個人體會，這類型的問題能使文章與各自的感受及經歷之間建立聯繫，引導學生對文本產生更豐富、高層次理解。通常是以下面句型出現：「如果……，你會怎麼做？」、「你是否有類似於……的經歷？」、「如果你是……，你會有什麼感受？」

感受型問題Af/Affective Question：將文本與回應者自身的情感或生命經驗連結。聯結個人生活經驗與文本之間的聯繫，進而提出問題。

連結型問題CQ/Connective Question：聯結個人生活經驗與文本之間的聯繫，進而提出問題。根據組內成員早先的討論、主題或是彼此共同擁有的經驗而來的問題。與其他小說、資料、藝術品、電影、網路、電視、雜誌等文本材料的關聯或比較而提出問題。

（深度討論教學教師社群）

呷藥仔（節錄）

林立青

一、教材來源

文本內容

　　說我們這行的，有很多人只是在青中壯年時「吃老本」的打拼。到了大概50歲後，每個師傅身上都會開始留下一個一個不同的傷痕或是病痛纏身……。

　　說真話，我到現在還是搞不大懂那些止痛藥的差異。師傅們也搞不懂。我們對這些藥品的最大理解程度就是口耳相傳，有些師傅非普拿疼加強錠不吃，有些人例如粉塵甚大的木工泥作，則是一定要吃專門的鼻塞喉痛膠囊，久而久之，每個人都有一些私傳的口袋藥品。男工們普遍相信，這些藥品配上高粱酒後藥力更強，因此真的有師父將高粱酒裝入水壺中，和止痛藥物一併服下。女工們則比較流行使用感冒糖漿，有一種甘草止咳水，據說可醫治百病，從手痛腳麻，到任何呼吸道疾病，一飲成效，沒有什麼是喝一罐不能解決的。……。

　　其實這往往是老工人，或年紀比我長上許多的工人，那一輩分的人才會有的習慣，年輕的工人往往比較不重要，可以離開工地請假翹頭去就醫，看醫生也是一個在工地過勞時，翹班離開的好藉口。但年長的師傅們受到養家的壓力，以及其他師傅的期待，不能隨便請假就醫，每個人都想要健康，但身為領取日薪的人，每一天前往就醫的時間就代表失去一天的薪水。更擔心的，是一去後所發現的醫生警語。

　　工地的現場工作量繁重勞累，往往食物的份量極大，味道也

極重……。這些都讓每個師傅擁有高血壓和心臟病的可能。酒精以及大量的飲用飲料，也都傷肝傷腎。但天熱時不靠飲料無法舒緩一身燥熱，天冷時不靠酒精又無法升高體溫。五年十年下來，原先一身精瘦的鮮肉都會成為和我一樣，兩臂結實壯碩，但肚腹凸出的大叔。

身為工人要保持健康其實是一件很困難的事，任何人都會有身體上的毛病，但有錢人可以在病情惡化前得到良好的醫治，中產階級們往往有時間，給薪的休假和特休假是坐辦公室的人可以去的。下班的診所也隨時敞開。

而真正的工人階級往往不願前往，老師傅們不習慣於說明自己的身體狀況。並且擔憂慢性病的醫治將要花上大筆開銷。加上這些過勞的師傅們所得到的建議千篇一律的難以和現在的工作互相配合。孩子上大學的生活費和膝關節開刀手術的一個月修復期勢必不可兼得。該犧牲哪一方面的不言而喻。……。

有些則是轉往偏方，迷信吃了某些來路不明的藥物可以解決這些困境，然後陷入更嚴重的病痛和依賴。花費了大量金錢後換來回到醫院內被醫生斥責的慚愧。……。完全沒有比正規醫療便宜。只是不捨得見到身邊的人，聽到自己身體真實狀況時，家人無比擔心卻又無能為力的面容。

　　——出自《呷藥仔》，林立青著，寶瓶文化事業股份有限公司出版

二、說明簡介

文本主題介紹

　　這篇文章以監工人的角度來看工人如何面對身體的苦痛。社會上存在著一些平常觸手可及，但是卻沒有機會進一步了解的人物，他們在社會的底層，為了填飽肚子承受工作與健康的壓迫，透過這篇報導來體驗另一種不同的人生。

三、深度討論

教師課堂深度討論引導問題

1. 林立青站在「監工」的角度，算不算工人？能否為工人代言？（分析型問題）

2. 呷藥的是哪些人？在文中藥的象徵又是什麼？（分析型問題）

3. 身為一個知識份子，能否為這個社會做更多事，文學該如何介入並改變現實？（連結型問題）

四、作業活動

深度討論作業

　　你身邊是否有一些平常不為人知，但在社會上是不可或缺的小人物，能不能站在他們的立場，寫出他們的心聲與故事？（文長約800字）

黃子純老師　撰

學生深度討論單

1. 閱讀思辨討論篇章

　　林立青：〈呷藥仔〉

2. 分組討論

主要討論人	討論成員	書面記錄人	口頭報告人

本組提問	問題描述：
問題類型	問題類型歸納（可複選）：
本組回應	問題描述：
	回答：

備註	1.回應問題時，必須有「主題句（Topic Sentence）」表達觀點或立場。 2.回應問題時，必須舉出各類例證或數據，形成「支持句（Supporting sentences）」，以論證觀點或立場。 3.回應問題時，必須統整前述之論述，總結為「結論句（Concluding sentence）」，整合論證，說明結論。

求知型問題AQ/Authentic Question：開放性問題，問題具多樣性，提問者對於他人的回答感興趣。除測試型問題以外都為求知型問題。

追問型問題UT/Uptake Question：是追問其它人所說的意見，用以釐清、深化問題與認知，並會帶出更多的對話。

分析型問題Ay/Analysis Question：找出文本各部分不同的看法，及這些看法有何相關的問題。分析文本中的概念、想法或論點。

歸納型問題Ge/Generalize Question：整合相關資訊得到更通用化概念的問題。將文本所出現的概念或想法重新組織，建構觀點或創造新的資訊。

推測型問題SQ/Speculate Question：在閱讀時帶入個人體會，這類型的問題能使文章與各自的感受及經歷之間建立聯繫，引導學生對文本產生更豐富、高層次理解。通常是以下面句型出現：「如果……，你會怎麼做？」、「你是否有類似於……的經歷？」、「如果你是……，你會有什麼感受？」

感受型問題Af/Affective Question：將文本與回應者自身的情感或生命經驗連結。聯結個人生活經驗與文本之間的聯繫，進而提出問題。

連結型問題CQ/Connective Question：聯結個人生活經驗與文本之間的聯繫，進而提出問題。根據組內成員早先的討論、主題或是彼此共同擁有的經驗而來的問題。與其他小說、資料、藝術品、電影、網路、電視、雜誌等文本材料的關聯或比較而提出問題。

（深度討論教學教師社群）

第九味（節錄）、
回頭張望（節選）

徐國能、楊索

一、教材來源

文本內容

第九味（節錄）

　　我的父親常說：「喫是爲己，穿是爲人。」這話有時想來的確有些意思，喫在肚裡長在身上，自是一點肥不了別人，但穿在身上，漂亮一番，往往取悅了別人而折騰了自己。父親作菜時這麼說，喫菜時這麼說，看我們穿新衣時也這麼說，我一度以爲這是父親的人生體會，但後來才知道我的父親並不是這個哲學的始作俑者，而是當時我們「健樂園」大廚曾先生的口頭禪。

　　一般我們對於廚房裡的師傅多稱呼某廚，如劉廚王廚之類，老一輩或矮一輩的幫手則以老李小張稱之，惟獨曾先生大家都喊聲「先生」，這是一種尊敬，有別於一般廚房裡的人物。

　　曾先生矮，但矮得很精神，頭髮已略花白而眼角無一絲皺紋，從來也看不出曾先生有多大歲數。我從未見過曾先生穿著一般廚師的圍裙高帽，天熱時他只是一件麻紗水青斜衫，冬寒時經常是月白長袍，乾乾淨淨，不染一般膳房的油膩腌臢。不識他的人看他一臉清癯，而眉眼間總帶著一股凜然之色，恐怕以爲他是個不世出的畫家詩人之類，或是笑傲世事的某某教授之流。

　　曾先生從不動手作菜，只吃菜，即使再怎麼忙，曾先生都是一派閒氣地坐在櫃台後讀他的《中央日報》。據說他酷愛唐魯

孫先生的文章，雖然門派不同（曾先生是湘川菜而唐魯孫屬北方口味兒），但曾先生說：「天下的喫到底都是一個樣的，不過是一根舌頭九樣味。」那時我年方十歲，不喜讀書，從來就在廚房竄進竄出，我只知酸甜苦辣鹹澀腥沖八味，至於第九味，曾先生說：「小子你才幾歲就想嘗遍天下，滾你的蛋去。」……

　　要知道在廚房經年累月的師傅，大多熟能生巧，經常喜歡苛扣菜色，中飽私囊，或是變些魔術，譬如鮑魚海參排翅之類，成色不同自有些價差，即使冬菇筍片大蒜，也是失之毫釐差之千里。而大廚的功用就是在此，他是一個餐廳信譽的保證，有大廚排席的菜色，廚師們便不敢裝神弄鬼，大廚的舌頭是老天賞來人間享口福的，禁不起一點假，你不要想瞞混過關，味精充雞湯，稍經察覺，即使你是國家鑑定的廚師也很難再立足廚界，從此江湖上沒了這號人物。有這層顧忌，曾先生的席便沒人敢滑頭，自是順利穩當。據父親說，現下的廚界十分混亂，那些「通灶」有時兼南北各地之大廚，一晚多少筵席，哪個人能如孫悟空分身千萬，所以一般餐廳多是馬馬虎虎，「湊合湊合」，言下有不勝唏噓之意。

　　曾先生和我有緣，這是掌杓的趙胖子說的。每回放學，我必往餐廳逛去，將書包往那幅金光閃閃的「樂遊園歌」下一丟，閃進廚房找喫的。這時的曾先生多半在看《中央日報》，經常有一香吉士果汁杯的高粱，早年白金龍算是好酒，曾先生的酒是自己帶的，他從不開餐廳的酒，不像趙胖子他們常常「乾喝」。

　　趙胖子喜歡叫曾先生「師父」，但曾先生從沒答理過。曾先生特愛和我講故事，說南道北，尤其半醉之際。曾先生嗜辣，說這是百味之王，正因為是王者之味，所以他味不易親近，有些菜中酸甜鹹澀交雜，曾先生謂之「風塵味」，沒有意思。辣之於味最高最純，不與他味相混，是王者氣象，有君子自重之道在其中，曾先生說用辣宜猛，否則便是昏君庸主，綱紀凌遲，人人可欺，國焉有不亡之理？而甜則是后妃之味，最解辣，最宜人，如

秋月春風，但用甜則尚淡，才是淑女之德，過膩之甜最令人反感，是露骨的諂媚。曾先生常對我講這些，我也似懂非懂，趙胖子他們則是在一旁暗笑，哥兒們幾歲懂些什麼呢？父親則抄抄寫寫地勤作筆記。

　　有一次父親問起鹹辣兩味之理，曾先生說道：鹹最俗而苦最高，常人日不可無鹹但苦不可兼日，況且苦味要等眾味散盡方才知覺，是味之隱逸者，如晚秋之菊，冬雪之梅；而鹹則最易化舌，入口便覺，看似最尋常不過，但很奇怪，鹹到極致反而是苦，所以尋常之中，往往有最不尋常之處，舊時王謝堂前燕，就看你怎麼嘗它，怎麼用它。曾先生從不阻止父親作筆記，但他常說烹調之道要自出機杼，得於心而忘於形，記記筆記不過是紙上的工夫，與真正的吃是不可同日而語的。

　　「健樂園」結束於民國七十年間，從此我們家再沒人談起喫的事，似乎有點兒感傷。「健樂園」的結束與曾先生的離去有很密切的關係。……父親本不善經營，負債累累下終於宣布倒閉。

　　曾先生從那晚起沒有再出現過，那個月的薪俸也沒有拿，只留下半瓶白金龍高粱酒，被趙胖子砸了個稀爛。

　　長大後我問父親關於曾先生的事，父親說曾先生是湘鄉人，似乎是曾滌生家的遠親，與我們算是小同鄉，據說是清朝皇帝曾賞給曾滌生家一位廚子，這位御廚沒有兒子，將本事傳給了女婿，而這女婿，就是曾先生的師父了。對於這種稗官野史我只好將信將疑，不過父親說，要真正吃過點好東西，才是當大廚的命，曾先生大約是有些背景的，而他自己一生窮苦，是命不如曾先生。父親又說：曾先生這種人，喫盡了天地精華，往往沒有好下場，不是帶著病根，就是有一門惡習。其實這些年來，父親一直知道曾先生在躲道上兄弟的債，沒得過一天好日子，所以父親說：平凡人有其平凡樂趣，自有其甘醇的真味。

　　（中略）……………………

　　從學校畢業後，我被分發至澎湖當裝甲兵，在軍中我沈默寡

言，朋友極少，放假又無親戚家可去，往往一個人在街上亂逛。有一回在文化中心看完了書報雜誌，正打算好好吃一頓，轉入附近的巷子，一爿低矮的小店歪歪斜斜地寫著「九味牛肉麵」，我心中一動，進到店中，簡單的陳設與極少的幾種選擇，不禁使我有些失望，一個肥胖的女人幫我點單下麵後，自顧自的忙了起來，我這才發現暗暝的店中還有一桌有人，一個禿頭的老人沈浸在電視新聞的巨大聲量中，好熟悉的背影，尤其桌上一份《中央日報》，與那早已滿漬油水的唐魯孫的《天下味》。曾先生，我大聲喚了幾次，他都沒有回頭，……。

我們聊起了許多往事，曾先生依然精神，但眼角已有一些落寞與滄桑之感，滿身廚房的氣味，磨破的袖口油漬斑斑，想來常常抹桌下麵之類。我們談到了吃，曾先生說：一般人好喫，但大多食之無味，要能粗辨味者，始可言喫，但真正能入味之人，又不在乎喫了，像那些大和尚，一杯水也能喝出許多道理來。我指著招牌問他「九味」的意思，曾先生說：辣甜鹹苦是四主味，屬正；酸澀腥沖是四賓味，屬偏。偏不能勝正而賓不能奪主，主菜必以正味出之，而小菜則多偏味，是以好的筵席應以正奇相生而始，正奇相剋而終……突然我覺得彷彿又回到了「健樂園」的廚房，滿鼻子菜香酒香，爆肉的嗶啵聲，剁碎的篤篤聲，趙胖子在一旁暗笑，而父親正勤作筆記。我無端想起了「健樂園」穿堂口的一幅字：「樂遊古園崒森爽，煙綿碧草萋萋長。公子華筵勢最高，秦川對酒平如掌……」

那逝去的像流水，像雲煙，多少繁華的盛宴聚了又散散了又聚，多少人事在其中，而沒有一樣是留得住的。曾先生談興極好，用香吉士的果汁杯倒滿了白金龍，顫抖地舉起，我們的眼中都有了淚光，「卻憶年年人醉時，只今未醉已先悲」，我記得「樂遊園歌」是這麼說的，我們一直喝到夜闌人靜。

之後幾個星期連上忙著裝備檢查，都沒放假，再次去找曾先生時門上貼了今日休息的紅紙，一直到我退伍。我知道我再也

找不到他了，心中不免惘然。有時想想，那會是一個夢嗎？我對父親說起這件事，父親並沒有訝異的表情，只是淡淡地說：勞碌一生，沒人的時候急死，有人的時候忙死……我不懂這話在說什麼。

如今我重新拾起書本，覺得天地間充滿了學問，一啄一飲都是一種寬慰。有時我會翻出「樂遊園歌」吟哦一番，有時我會想起曾先生話中的趣味，曾先生一直沒有告訴我那第九味的真義究竟是什麼，也許是連他自己也不清楚；也許是因為他相信，我很快就會明白。

回頭張望（節選）

最早，永和是一股腥野的魚味。那時候，我四歲，我們剛搬來小鎮未久，是插枝求活的出外人。……

我不知道，小鎮這條街所發展出的巨大菜市場，竟然緊緊地繫縛著我生命中最無邪的歲月。那時我六歲，父親改行賣花，他還是一樣沒有攤位，花攤的位置夾在兩排攤商的中間走道，我開始也拿著一束玫瑰花，向過往的主婦示意，喊著：「買花、買花」。多數時候，我常獨自在市場穿梭，看魚販殺魚、看抖動著全身肥肉，眼睛笑得瞇成一條縫的老闆娘秤五花肉。

永和的勵行街起自和永和路接首的一頭，尾端則銜接韓國貨麇集的中興街。市場內又有巷弄、大巷夾帶小巷、彎弄中包藏著另一條短弄，這是永和最典型的街道。常常，我鑽進去巷內，久久鑽不出來，後來學會用氣味辨別方向，往左，是燒一鍋黑膠燙豬蹄的，再往前是炒肉鬆的香味，聞到這股肉香，就可以摸回父親的花攤了。

（中略）．．．．．．．．．．．．．．

我進小學那年，父親入伍補服兩年兵役，這回由母親推著攤車賣玉蜀黍，母親同樣沒有攤位，她在勵行街尾勉強地挨到一個角落，不管是對客人還是面對被擋路的店家，她都是不斷低頭做

揖。那時我開始感覺生活的沉重，每天，我要在家照顧新生的弟妹、餵奶、換洗尿布、生火煮飯。如果是母親下廚，她經常是將高麗菜和米燜煮一鍋高麗菜飯，然後就推著攤車走了。

（中略）……………

父親回家後，他轉為賣菜，上午在市場，下午推著菜車經由固定路線叫賣。放學的時間，我經常先到市場幫忙收攤，再跟著他沿路賣菜。原本我不懂，為什麼我們家一直沒有自己的攤位，那時我的願望是，長大要有一個自己的攤位，賣什麼都好，但是一定要有攤位。不只是沒有攤位，我們也沒有自己的房子，父親搬家和換生意行當一樣頻繁，使得我常結束小小的友誼，童年的朋友失散各處。

我對父親的菜車印象特別深刻，那時我已經學會秤斤兩、也會算帳。在中午時分，跟著菜車開開停停，左右巷弄常飄來食物的香味，可是我們經常是賣到下午四點才會繞回竹林路的家，所以我常用微弱的聲音跟著喊出賣菜的聲音。永和大餅包小餅似的巷弄，我就在飢餓中踏遍了。

（中略）……………

到我十一歲那年，父親已經換過五、六種小生意，其他是伴隨歇業日夜顛倒的生活方式。我和姊姊常常在母親的誘導下，尾隨父親的行蹤，他走進河堤下的一家雜貨店賭博，我們兩人不敢走入雜貨店，就只有蹲在巷口等著，常常是等到天黑，假如父親贏錢，他會滿臉掩不住笑容，摸一把銅板給我們兩人，有時甚至是一張十元紙鈔；假如他老本輸光，出來又撞見我們，那輸錢的晦氣也會發在我們身上。

（中略）……………

父親又回到市場賣水果，老市場似乎已有改變，原來的肉攤、殺雞的攤商正集中起造一個專區。父親仍沒有固定的攤位，早市最熱鬧時，我們擠在外圍的路邊賣，到了午市收攤，我們才在市場內搶到一個攤位，可惜人潮早散了，光憑我向過往挑三揀

四的太太小姐們呼喊著，也沒換來她們的正眼。我想，我養成看
人臉色的壞習性，一定和長年在市場廝混有關。

　　我十三歲那年，我們家的小孩才全部到位，母親生足了九個
小孩，扣除送人的老么，一排八個小孩出現在攤位，場面也很驚
人；雖然那些小孩是我媽生的，不是我生的，可是大小弟妹一排
站出，總使我十分難爲情，看到弟妹來了，我立刻拔腿溜走。我
父親的攤販年代，幾乎可以用魚的時期、花的時期、菜的時期來
爲我媽媽的懷孕做命名或記號。母親一年年大肚子似乎是市場的
談話話題，聽到「西瓜嫂這胎會生男孩還女啊？」我總是羞得又
躲到一條小巷喘氣，好像眾目所指的是我。

　　父親買賣做做停停，沒有進帳的日子，擺明要我們挨餓。
反正回家也不會開飯，夏天，我獨自一人爬上河堤，觀看對岸的
台北，燈火輝煌的夜裡，我急切地盼望長大，看著河面飄閃的熒
光，我想像走過橋的世界，那代表我將離開這座污穢的市場，有
一個不一樣的人生，我呆望著，頭暈目眩，在心中刻畫著離開小
鎮的各種幻想。

　　　　　　　（中略）⋯⋯⋯⋯⋯⋯⋯

　　其實，我從很早就注意到父親的小生意必然失敗，因爲他做
生意不敢招呼客人，經常是心不在焉，一副心事重重的神色。加
上他又三天兩頭歇業，沒有累積老顧客。面對這樣日夕受挫的父
親，十四歲的我，已經十分沈重，我深深感受到生活的重擔落在
肩上，同樣，勵行市場日夜出沒都是和我相同的一群人。

　　　　　　　（中略）⋯⋯⋯⋯⋯⋯⋯

　　我十五歲那年，決定跨過橋，去尋找我的人生。最重要的
是，我決定拋棄和父親的小販生涯綑綁在一起的年代。這項刺激
是來自眼見父親在酗賭、小販的角色中游移，最後經常是我在收
攤；而我清楚的知道，那是他的人生，不是我的人生。

　　我離開永和後，再也沒有踏入勵行市場。但是，長達許多
年，市場的過往經常以各種破碎的樣貌佔據我的夢境，夢中，我

仍一遍遍叫喊著買花啊！可是，有時是買花的夢開場，醒過來的前一刻，攤位上改成是在賣豬肉。或者，我穿梭在一條條暗巷，在這座迷宮中的市場，找不到回家的方向。那時，我常艱難地驚醒過來，額頭有薄薄的冷汗。

但是，有時，我也會夢到祖母牽著我的小手，仍然帶我去吃麵，她叫了一顆滷蛋夾到我的碗內，我又夾回去給她，祖母不肯，兩人在推讓中，滷蛋落在市場泥濘的地上。更多時候，卻是夢見父親拿著棍棒追打著我，那是我沒有去市場接班的時候。父親在後面追趕，我逃進小弄，躲在垃圾桶旁邊，躲到市場的人聲沈寂，空蕩蕩的，只剩我一人，而父親也不見了。

（中略）⋯⋯⋯⋯⋯⋯⋯

我走過五歲時吃完麵昏倒在地上的復興街；我走到舊中學的外圍，但心中卻不再那麼恐懼。市場內在夜半竟然還有燈光，原來還有人家住在市場內。眼中所見的空蕩攤架，以及一波波襲來的混合氣味，往前是我家房東賣雞的凸目嫂的地盤，我彷彿見到她舉著一把厚刀，正準備砍下雞頭，無視老母雞的哀哀啼叫。左邊，是一口檳榔一口煙的魚販勇仔，他刮起魚鱗俐落快速，每條魚落到他手裡都即刻翻白眼。往右，是和我們一樣沒有攤位的何媽媽，她包扁食的手腳很快，我從小看見她可以一邊包料、一邊招呼客人，找錢收錢都在瞬間進行。

是肉鬆的香味飄過來嗎？又像是麵店升騰的熱氣和肉燥香，還是夏季荔枝的果香？我從反覆如潮水的氣味，仔細去辨別，記憶又隨著氣味拍打著我的腦部，記憶加上氣味翻湧，就如被打翻的一個珠寶匣，記憶引出記憶、氣味引出氣味，在黑夜中熠熠閃光。我伸手撫摸污黑的攤架、壓在紙板上的磚塊、沒有收走的兩三顆橘子，一切似乎是在昨天，像是很熟悉，其實又那麼遙遠。我的鞋跟踏在水泥地上，在空曠中傳出回音。

勵行街尾，還有一兩家營業的飲食攤，我停下要了一碗吃食，神色疲憊的婦人好奇地看了我一眼。我心中很想跟她說話，

告訴她我在這座市場長大，但是我一定說不清楚這句話有何意義？和這個夜晚又有何相干？那我生命中最重要的十年，永遠不復返的生命之流，我曾在這座市場每天被人推擠著，然而我同時又那麼早地感覺到寂寞，這種嚙人的痛，使我提早長大，累積足夠的勇氣離開小鎮。

（中略）…………………

我如一縷遊魂，飄盪在夜晚的永和舊街、老巷，眼前擦身而過的行人，每張臉孔似乎都見過，好像他們以前都向我買過花、買過油飯、照顧過我童年的生活。永和沒有變，許多人的生活也沒有改變，只是，我像浪子，漂泊得太遠，離開那座市場，我就像斷線的風箏，甚至已脫離自己能掌控的界域。

此刻，我才明白，勵行市場是我生命中的原鄉，人、氣味、攤架的貨物，這些真實的物件，在我往後的生活消失，那是我生活走往虛無疏離的原因之一。我並不後悔選擇離開，然而，我必須承認當時的斷裂過於猛烈。事實上，我是永遠回不來這個世界了，甚至我只敢在深夜偷偷回來，像鬼魅一般摩挲一個永遠失去的世界，這座老市場包裹了我生命中一些血肉模糊的青春。

二、說明簡介

文本主題介紹

徐國能〈第九味〉以健樂園大廚曾先生的故事為主軸，藉其獨特的專業技藝、能力和見解，融合飲食與人生之味，並透過餐廳的興衰和曾先生今昔際遇的對比，隱喻人生的飄零和滄桑。楊索〈回頭張望〉則是回顧童年生活，以永和勵行市場為探索世界的原點，敘說身為都市邊緣人「插枝求活」、飽嚐精神卑微與物質困窘的心路歷程。這兩篇作品看似無關，卻都以「氣味」貫串全文，並且透過地景與人事物的變遷，鑑照世情百態的「味外之味」──年華似水、往事如煙，箇中滋味，只有自己才能體會。一個人的童年經驗，是否會影響日後的成長？又將產生何種影響呢？人類

是選擇性記憶的動物，而地方記憶，往往是建立認同的關鍵符碼。美國知名神話比較學家Joseph Campbell以「召喚」、「啟程」、「歷險」、「歸返」作為英雄歷險故事原型的基本架構，啟示了個人生命層次的當代意義；Carol S. Pearson則進一步提出六種生命原型，並且重新定義性別和英雄氣概。總而言之，「英雄之旅」宛如一場華麗的冒險，每個人都可以成為自我的內在英雄。人生的對立與衝突，無所不在；療癒的金鑰，掌握在自己手中。以真誠的態度面對生活，在日常閱讀、觀察、思辨與對話中，豐富生命內涵，方能使人格趨於完整，不斷挑戰並超越自我，朝向更高深的層次發展。

三、深度討論

教師課堂深度討論引導問題

1. 本文的主角是誰？作者透過哪些方面的具體描寫，塑造其與眾不同的形象和性格？請舉例說明。（求知型問題）
2. 作者如何描寫曾先生廚藝的專業和獨到的品味能力，增添神祕的傳奇色彩？（求知型問題）
3. 曾先生為何遠走澎湖？他的離開，對「健樂園」產生何種影響？（求知型問題）
4. 作者以杜甫〈樂遊園歌〉比擬往昔榮景不再，以及傷逝的心境。文中哪些描述，予人「不堪回首」之感？（歸納型問題）
5. 作者如何將感官的「飲食之味」擬人化？請舉例說明。（歸納型問題）
6. 文中曾先生說：「鹹到極致反而是苦，所以尋常之中，往往有最不尋常之處，舊時王謝堂前燕，就看你怎麼嘗它，怎麼用它。」這段話蘊涵何種道理？（分析型問題）
7. 本文題為「第九味」，究竟是什麼味道？請發揮創意，分享個人體悟。（感受型問題）
8. 「飲食之味」和「人生之味」有何關聯？兩者之間是否存在共通點？

請說明。（分析型問題）

9. 〈回頭張望〉作者記憶中的永和勵行市場是什麼味道？此地對其有何意義？（求知型問題）

10. 〈回頭張望〉作者為何急於離開成長的地方？重遊舊地，有何情感糾結？（求知型問題）

四、作業活動

深度討論作業

（一）延伸閱讀：

1. 莫言：〈諾貝爾文學獎獲獎致辭〉（節選）

2. 電影賞析《香料共和國》

（二）文本對照

　　請就背景、主題、內容、結構、風格……，對照分析〈第九味〉和〈回頭張望〉的異同之處。

陳冠蓉老師　撰

學生深度討論單

1.閱讀思辨討論篇章

　　徐國能：〈第九味〉、楊索：〈回頭張望〉

2.分組討論

主要討論人	討論成員	書面記錄人	口頭報告人

本組提問	問題描述：
問題類型	問題類型歸納（可複選）：
本組回應	問題描述： 回答：

備註	1. 回應問題時，必須有「主題句（Topic Sentence）」表達觀點或立場。 2. 回應問題時，必須舉出各類例證或數據，形成「支持句（Supporting sentences）」，以論證觀點或立場。 3. 回應問題時，必須統整前述之論述，總結為「結論句（Concluding sentence）」，整合論證，說明結論。

求知型問題AQ/Authentic Question：開放性問題，問題具多樣性，提問者對於他人的回答感興趣。除測試型問題以外都為求知型問題。

追問型問題UT/Uptake Question：是追問其它人所說的意見，用以釐清、深化問題與認知，並會帶出更多的對話。

分析型問題Ay/Analysis Question：找出文本各部分不同的看法，及這些看法有何相關的問題。分析文本中的概念、想法或論點。

歸納型問題Ge/Generalize Question：整合相關資訊得到更通用化概念的問題。將文本所出現的概念或想法重新組織，建構觀點或創造新的資訊。

推測型問題SQ/Speculate Question：在閱讀時帶入個人體會，這類型的問題能使文章與各自的感受及經歷之間建立聯繫，引導學生對文本產生更豐富、高層次理解。通常是以下面句型出現：「如果……，你會怎麼做？」、「你是否有類似於……的經歷？」、「如果你是……，你會有什麼感受？」

感受型問題Af/Affective Question：將文本與回應者自身的情感或生命經驗連結。聯結個人生活經驗與文本之間的聯繫，進而提出問題。

連結型問題CQ/Connective Question：聯結個人生活經驗與文本之間的聯繫，進而提出問題。根據組內成員早先的討論、主題或是彼此共同擁有的經驗而來的問題。與其他小說、資料、藝術品、電影、網路、電視、雜誌等文本材料的關聯或比較而提出問題。

（深度討論教學教師社群）

從《可可夜總會》，看見全球競合力的重要

劉政暉

一、教材來源

文本內容

　　《可可夜總會》講述墨西哥亡靈節的故事，皮克斯與迪士尼成功讓觀眾走進色彩絢麗的亡者魔幻世界中，更讓人們深刻感受到拉丁美洲的文化之美。然而，這部電影其實並不來自墨西哥，而是「美國」。

　　在科技的進步日新月異之下，人與人之間的距離越來越遠，能夠講出一個感人的故事已實屬難得，而故事又得要有跨國、跨文化的魅力，非得要有「全球競合力」（Global Competence）不可。究竟近年教育界火熱傳頌的「全球競合力」是什麼？台灣人是否擁有「全球競合力」？

全球競合力＝國家競爭力嗎？

　　一國教育之優劣，被視為國家未來競爭力的依據。目前世界上最有公信力的教育評比「PISA」（The Programme for International Student Assessment），每3年針對15歲學生進行抽測，被各國當作了解自己國家教育發展的最佳方式。而台灣人羨慕的「芬蘭教育」，正是因其過去在PISA表現傑出而受到矚目。

　　PISA的考科共有數學、科學與閱讀3項，從上兩屆開始，每一年還會增考一個相關科目，而2018年增考的科目正是「國際

競合力」。2017年12月中PISA公佈資料，國際競合力的定義包含了「得以省視在地、全球與跨文化議題」、「了解並讚賞他人之世界觀」、「在文化之間，擁有開放、適切與有效的互動」與「對於眾人福祉與永續發展付諸行動」等4項。

　　台灣教育部也早從一年前，委託了台中教育大學進行相關題庫的建置，可是「兩大挑戰」由焉而生：首先，PISA測驗最重視的是「素養」，也就是所謂的「能力」，與既有的考科「數學、科學、閱讀」相比下，「國際競合力」這一項目顯得抽象；第二，則是PISA測驗中有大量的圖表、文字，與台灣傳統紙筆考試的概念非常不同，即便中教大已帶領教師透過工作坊設計出不少題目，但內容仍多半像是台灣既有的公民科題庫中「用常理就能選出答案」的「政治正確」題。

　　我不禁思考，此舉真能提升台灣在「國際競合力」的分數嗎？不僅如此，即便台灣學生真的在這測驗中拿到高分，就等於我們真正擁有「國際競合力」進而「國家競爭力」嗎？

隱性冠軍：美國的文化創意能力

　　在PISA評比中，美國的分數總是在平均之下，龐大的貧富差距、資源分配不均正是主因；但美國的民主自由風氣，迄今仍是各式文化發展的灘頭堡甚至基地。即便在美國總統川普仍時不時提出要建立與墨西哥的長城，美國電影公司卻用《可可夜總會》優雅地唱反調，硬是擁抱了墨西哥文化，還成為自身的金雞母。

　　《可可夜總會》電影巧妙地將對白加入拉美世界的西文慣用句，還有像是用心地讓「Melody（旋律）」當中的「o」以西班牙文來發音，再加入墨西哥無毛狗（Xoloitzcuintli）、剪紙（Papel Picado）、彩色神獸（alebrije）等元素；當然，讓所有觀眾如癡如醉的，莫過於墨西哥樂隊（Mariachi）的音樂，完整地為觀眾建立了一個立體的感官饗宴。

　　最讓人感到佩服的，還是電影群組能深刻描繪出墨西哥甚至整個拉美世界風流男性、顧家女性的形象，將這些深層社會文化從知曉、了解、內化到重現，來自世界各地組合而成的美國電影團隊，展現出極大的文化同理心與感知力。甚至我們可以說，這正是美國展現的「國際競合力」！

　　筆者在今年有幸到非洲見證動物大遷徙，猜猜看哪部電影在遊程中不斷出現在我們一行人的腦海裡？沒錯，正是《獅子王》。無論是英挺的獅子、搞笑的疣豬，還是一臉奸詐的鬣狗，我已經分不清究竟牠們的形象是本來就是如此，或是我已被電影給洗腦。而能這麼地精確畫出非洲，跟電影團隊整個搬到肯亞的地獄門國家公園（Hell's Gate National Park）下了3個月苦功，並長期海納不同的文化百川直接相關。

　　從《獅子王》到《料理鼠王》、《海洋奇緣》與《可可夜總會》，美國的電影公司成功在全球化的今日，以龐大的人力物力財力，將東非、法國、波利尼西亞與墨西哥等文化吸納後，從中找出普世價值，再說出一個個感動人心的故事，連帶向世界上的億萬觀眾傳達美國價值、並獲得商業利益。未來，即便在PISA中的「國際競合力」評比中美國仍如往例表現不佳，但不能否認世界上最能說出這類跨文化故事的國家，就是美國。

　　那，是否我們就不要在意PISA測驗所帶來的意義？這倒未必，接下來再繼續聚焦與台灣發展較為相近的小國——芬蘭。

「國際競合力」在芬蘭

　　相較缺乏自由與民主的新加坡、中國上海（中國僅選定特定城市參與評比）這些透過中央政府強力推動、將考高分塑造為國民運動，以利在PISA評比中提升成績的地區，芬蘭「從未」這麼做，反而一步一腳印地思索要帶給下一個怎麼樣的教育。即便芬蘭的排名在亞洲國家這幾年的「考試訓練」下略有下滑，但他們仍沒有亂了陣腳，持續著自己虛心學習、開放討論、隨時修正

的教育政策。

　　芬蘭國民作家作品《神聖的貧困》，道出他們在獨立過程中吃盡苦頭、夾在瑞典與俄羅斯間的慘痛歷史，這些經驗的累積也讓芬蘭面對現實，積極尋找屬於自己的一條路。無論是曾被譏笑、卻被當代視作生存之道的外交詞彙「芬蘭化」（Finlandization）、甚至企業發展都是如此。

　　舉例來說，曾稱霸世界的諾基亞（Nokia），雖在新時代手機戰爭中慘敗，可是當時為了輔導被裁員者轉職的「銜接計畫」（Bridge Programme），除了盡了道義上的責任，為過去打拚的夥伴們覓得新職，更協助部分想創業的員工成立「事業」。這個當時看起來社會主義色彩濃厚的概念，卻搭上了低薪化、個人主義當道的列車。Nokia開始對不同國家、不同文化背景的年輕人們張雙雙手，提供了友善且有機的環境，讓今日的Nokia蛻變為網路科技公司，也是歐洲、亞洲、美洲等地的手機品牌競相合作的對象，其總部更成為全世界最大的「青年創業基地」。與其說Nokia是個有創意的公司，倒不如說它是擁有「國際競合力」的智庫。

找回台灣的「國際競合力」

　　當全體國民長期被分數、排名洗腦，從上到下迷失在虛幻的名聲，就會導致百姓到政府常常做出錯誤的判斷與策略。比如台灣，究竟是在短期的PISA「國際競合力」分數中拿到高分比較重要？還是真正從教育著手，去實質找出台灣的「國際競合力」出了什麼問題比較重要呢？

　　「國際競合力」的精神莫過於開放、懂得傾聽與同理心，當我們還停留在泱泱大國、故步自封的保守心態下，除了將繼續名列全球最無知國家外，更會在世界經濟、政治甚至科技版圖大變動時，錯過跟上時代的機會。

　　過去常聽人氣憤地說，外國人為什麼老把台灣與泰國搞混

了？但何不試著捫心自問，當我們提到「非洲」時，腦海裡是否也有那54個國家清晰的模樣呢？再以歐洲爲例，2007年筆者在德國念書時，適逢台灣立委大選結果出爐，輿論指出台灣將可能第二次政黨輪替，德國媒體也判斷，這件事將對台海、東亞造成極大影響，德國第二大報《南德日報》（Süddeutsche Zeitung）就在第二版做了兩連頁的深入報導。反觀台灣，我們又可曾眞正關心其他地方的政治動態？

在刮別人鬍子前，先把自己的刮乾淨！找回「國際競合力」的第一步，就是無論別人怎麼想，我們得不分好惡、廣泛且虛心地了解國內外的現況。第二步與第三步，我們則需要增進「了解自我文化」與「感同深受」之能力。

舉例來說，幾個月前有一美國大學的教授，帶著共7國國籍的學生到筆者任教的高中參訪，我們請高中生爲這些國籍準備有趣的文化報告。其中一位學生的母國是「泰國」，猜猜看台灣孩子們做的主題是什麼？居然是「人妖」。但這其實是在越戰中才生成的特殊次文化，並非歷史悠久的泰國文化唯一代表，況且其中部分人是爲了生計，才不得不忍受生理、心理的痛苦，但在多年來台灣人的走馬看花泰國行下，多半僅看到偏頗且膚淺的層面。

在教師們引導之下，學生將視角轉回台灣，他們發現部分國外人士對於台灣的「檳榔西施」文化，也有類似的觀感。學生開始深入了解形塑這個文化的背景因素，同時對於泰國的次文化也加深了更多元的視角，最終，雙方學生在課程中成功進行了包含理性與感性的交流。

如果你還在思考，當台灣擁有「國際競合力」後，能否像美國一樣大發文化財？還是像芬蘭一樣有競爭力？何不就試著拋下這些功利思想，開始虛心學習、盡一份身爲地球村的公民責任吧！

二、說明簡介

文本主題介紹

　　面對資訊科技的發達，全球競合力成為每個國家迫切的課題。然而，什麼是全球競合力？本文藉著一部動畫電影《可可夜總會》的成功，分析全球競合力的展現不在於模糊每個國家文化的差異性，反而是找回各自的特色，如此方能成就競爭優勢，達到真正的全球競合力。

三、深度討論

教師課堂深度討論引導問題

1. Pixar（皮克斯）說異國故事有什麼效益？什麼是他的「異中求同」？（求知型問題）
2. 什麼是「全球競合力」的精神？（求知型問題）
3. 高中母校演講，你會如何告訴學弟妹加強「國際競合力」的重要？（個人經驗型問題）
4. 哪些是台灣的「全球化」現象？請分析優劣。（分析型問題）
5. 台灣人是否已擁有「全球競合力」？請舉例。（連結型問題）
6. 台灣人是否需要「全球競合力」？（求知型問題）
7. 如何找回台灣的「國際競合力」？（連結型問題）

四、作業活動

深度討論作業

閱讀與寫作策略（二）：發現文章議題，連結相關資訊，形成個人論述	
系姓名	學號
一、〈說自己的故事走自己的路〉 　　（邱于芸，《故事與故鄉：創意城鄉的十二個原型》，臺北，遠流，2012）	
四個關鍵詞	

三個關鍵句
二個主題
一個提問
將以上詞句串連成一段表述清晰、文句流暢、邏輯正確的150字～200字短文（必須以「引號」標示4321的句子，依思考邏輯更改順序）
二、〈從《可可夜總會》，看見全球競合力的重要〉（劉政暉，獨立評論，https：//opinion.cw.com.tw/blog/profile/407/article/6459，2017.12.26）
四個關鍵詞：
三個關鍵句：
二個主題：
一個提問：
將以上詞句串連成一段表述清晰、文句流暢、邏輯正確的150字～200字短文（以引號標示4321的句子，可依思考邏輯更改順序）
連結相關資訊，形成個人論述 （400字，須加入「師大社區十年消失圖例」）
◆主題：從社區營造看世界競合力
◆個人觀點：

◆評論題目：
四個關鍵詞：
三個關鍵句：
二個主題：
一個提問：

顧蕙倩老師　撰

學生深度討論單

1. 閱讀思辨討論篇章

　　劉政暉：〈從《可可夜總會》，看見全球競合力的重要〉

2. 分組討論

主要討論人	討論成員	書面記錄人	口頭報告人

本組提問	問題描述：
問題類型	問題類型歸納（可複選）：
本組回應	問題描述：
	回答：

備註	1.回應問題時，必須有「主題句（Topic Sentence）」表達觀點或立場。
	2.回應問題時，必須舉出各類例證或數據，形成「支持句（Supporting sentences）」，以論證觀點或立場。
	3.回應問題時，必須統整前述之論述，總結為「結論句（Concluding sentence）」，整合論證，說明結論。

求知型問題AQ/Authentic Question：開放性問題，問題具多樣性，提問者對於他人的回答感興趣。除測試型問題以外都為求知型問題。

追問型問題UT/Uptake Question：是追問其它人所說的意見，用以釐清、深化問題與認知，並會帶出更多的對話。

分析型問題Ay/Analysis Question：找出文本各部分不同的看法，及這些看法有何相關的問題。分析文本中的概念、想法或論點。

歸納型問題Ge/Generalize Question：整合相關資訊得到更通用化概念的問題。將文本所出現的概念或想法重新組織，建構觀點或創造新的資訊。

推測型問題SQ/Speculate Question：在閱讀時帶入個人體會，這類型的問題能使文章與各自的感受及經歷之間建立聯繫，引導學生對文本產生更豐富、高層次理解。通常是以下面句型出現：「如果……，你會怎麼做？」、「你是否有類似於……的經歷？」、「如果你是……，你會有什麼感受？」

感受型問題Af/Affective Question：將文本與回應者自身的情感或生命經驗連結。聯結個人生活經驗與文本之間的聯繫，進而提出問題。

連結型問題CQ/Connective Question：聯結個人生活經驗與文本之間的聯繫，進而提出問題。根據組內成員早先的討論、主題或是彼此共同擁有的經驗而來的問題。與其他小說、資料、藝術品、電影、網路、電視、雜誌等文本材料的關聯或比較而提出問題。

（深度討論教學教師社群）

薩埵那太子捨身飼虎（節錄）

蔣勳

一、教材來源

文本內容

捨身

　　敦煌北朝的洞窟壁畫沒有後來唐代壁畫的華麗曼妙，剛剛傳入中土的古印度繪畫技法，和毛筆書法式的流暢線條非常不一樣。這些北涼北魏時期的壁畫，使人感覺到悲願激情交纏的宗教捨身情緒。色彩濃烈奔放，筆觸粗獷，造型莊嚴渾樸。254窟的薩埵那太子〈捨身飼虎〉是北魏壁畫的傑作，一點也不遜色於歐洲文藝復興米開朗基羅西斯汀教堂的〈最後審判〉。兩者都以肉身的墮落與流轉為主題，肉身升降浮沉，紫藍赤赭鬱暗的天地山川，彷彿在渾沌未開的時間與空間裡，肉身對自己的存在還如此茫然。發願、墜落、捨身，薩埵那太子和米開朗基羅筆下〈最後審判〉的肉身救贖一樣，深沉思索生命本質的難題——肉身如何覺醒？以繪畫的形式展現哲學命題，兩者都是曠世鉅作，只是敦煌北魏壁畫的工匠沒有留下姓名，早米開朗基羅一千年，在幽暗洞窟深處，一樣是度化開示眾生的偉大圖像。

　　米開朗基羅依據使徒約翰〈啟示錄〉畫成〈最後審判〉，闡述基督信仰的肉身救贖。敦煌北魏畫工依據當時剛剛譯成漢文不久的《金光明經》，以佛陀本生故事解說肉身捨去的深沉命題，兩者有非常類似的美學品質。

金光明經

　　《金光明經》在北涼時代經中天竺的法師曇無讖譯成漢文，很快在民間流行，成為佛教說法布道的重要經典，也成為畫工依據創作洞窟壁畫的故事範本。曇無讖（385-433）活躍在四世紀末至五世紀初，從印度到罽賓、鄯善、龜茲，大概跑過了古絲路今日喀什米爾、阿富汗、克孜爾、樓蘭一帶，一直穿過河西走廊，到了敦煌。北涼的皇帝沮渠蒙遜很看重他，奉為國師，使他譯經，但似乎更看重的是他通咒語法術的神奇能力。當時的人以為曇無讖可以「使鬼治病，婦人多子」。後來曇無讖聲名遠播，連北魏的世祖拓跋燾也依仗國勢強盛向沮渠蒙遜要人，蒙遜以為曇無讖私通外國，也懼怕他為他人所用，就謀害了曇無讖，死時才四十八歲。

　　《金光明經》當時在民間廣為流傳的是其中「流水長者子品第十六」和「捨身品第十七」。都是佛陀在王舍城為弟子追憶自己往昔前世的兩段故事。經中說的是「往昔因緣」，我們的肉身，有一天或許都將是「往昔因緣」吧。「流水長者子」是看到池水乾涸，十千條魚將死，流水長者發願以二十頭大象載水，濟度魚群。

捨身品

　　「捨身品」敘述的就是薩埵那太子捨身飼虎的故事，敘事情節如同小說，引人入勝，成為北朝當時最普遍流傳的繪畫主題。故事說國王羅陀有三名太子，大太子波納羅，二太子提婆，三太子就是薩埵那（也譯為薩埵）。三人到園林遊戲，偶遇一虎生產，生下七隻小虎，因為沒有食物吃，無法哺乳，「飢餓窮瘁，身體羸瘦，命將欲絕」，母虎與七隻小虎都即將餓死。大太子波納羅告訴薩埵那說：「此虎唯食新熱血肉……。」「新熱血肉」使人想起割肉餵鷹的尸毗王，古印度的捨身都從這麼真實的「新熱血肉」開始，而這四個字似乎不常見於儒家經典，當時初譯為

漢文，不知對漢族的知識分子是否有極大震撼。

面對一群餓虎，有人願意把肉身給虎吃嗎？大太子波納羅說：「一切難捨，不過己身。」一切最難捨棄的不過就是自己的肉身吧！這是大太子的當下領悟。二太子接著說：「以貪惜故，於此身命，不能放捨！」是的，我們對自己的肉身都有這麼多貪惜，看到其他生命受苦，自己有悲憫，卻無法放捨。「捨身品」用了極特殊的敘事方式忽然轉入三太子薩埵那的發願……「我今捨身，時已到矣！」

故事宣講至此，廣大信眾起了好奇。爲什麼？爲何一個養尊處優的皇室少年，萌生了用自己的肉身餵給老虎吃的念頭。經文裡也有「何以故？」三個字的問句。聽講大眾都在等著答案。

薩埵那的思考不是從悲憫老虎開始，他想的是自己的肉身處境，……「處之屋宅，又復供給衣服、飲食、臥具、醫藥、象馬、車乘，隨時將養，令無所乏，我不知恩，反生怨害，然復不免無常敗壞，是身不堅，無所利益，可惡如賊……。」「若捨此身，即捨無量癰蛆、癩疾，百千怖畏……。」他有了對自己不堅固的肉身最徹底的反省……「是身不堅，如水上沫，是身不淨，多諸蟲尸。是身可惡，筋纏血塗，皮骨髓腦，共相牽連……。」

那個敦煌254窟壁畫的畫工也在現場聆聽故事宣講吧，他也想到了自己的肉身，這麼多憂愁煩惱，筋纏血塗，皮骨髓腦，這個不堅固也不乾淨的肉身究竟要做什麼？

還至虎所，脫身衣裳，置竹枝上……。

薩埵那怕哥哥們阻止，支遣他們離開，回到老虎陷身的懸崖，脫去衣服，放在竹枝上。畫師聽著僧侶宣講，構思他的畫面了。

他開始在空白的牆壁上勾勒出輪廓，薩埵那跪在地上，高舉左臂，右手當胸，發了捨身的大誓願。經文的描述有很多細節，薩埵那在要跳下懸崖之前，忽然想到老虎已經多日沒有食物，身體羸瘦，已經沒有力氣行走，即使跳下懸崖，牠們也無法前來吃

我，薩埵那因此想了一個辦法，用乾竹枝刺斷頸脈，讓血流出，方便老虎可以舐血，恢復體力，再噉食骨肉。

　　這是經文最聳人聽聞的一段吧，畫師眼中有了熱淚，他或許陷入沉思……「原來捨身是要有如此勇猛的誓願啊！」畫師在空白牆壁上勾勒了第一個薩埵那的形象「即以乾竹刺頸出血，於高山上，投身虎前，是時，大地六種震動……。」，壁畫中薩埵那右手正以竹刺頸，高舉的左手，連接著第二個向懸崖跳下的動作。

　　據說那時洞窟裡幽暗，洞口外的光照不進來，畫工有時用蠟燭火炬照明，也有時洞窟深處，氧氣不足，無法燃火，又怕燭火熏黑牆壁，便用小鏡片折射戶外的光，牆壁上閃爍一片鏡光，畫工在這一片光裡畫畫。

　　薩埵那雙手合十，縱身向下跳，他的姿態像今日跳水台上的選手，少年的身體赤裸，手臂上有手鐲，原來肉身的粉紅，年代久遠，變成暗赭色，輪廓的線條也氧化成粗黑，好像這身體要在空中經歷時間劫難，斑剝漫漶，一點一點消逝泯滅，然而在終歸夢幻泡影之前，還有最後的堅持，停格成牆壁上一片不肯消失的痕跡。

　　畫工用停格分鏡的方法處理了薩埵那連續的三個動作——「發願刺頸」、「縱身投崖」、「捨身飼虎」。

　　時間的停格彷彿大地六種震動，薩埵那肉身背後是石綠色和赭紅的起伏山川大地。

　　時間與空間混沌渺茫，赤裸的肉身自無數無邊無量劫來，要在此時此地與自己相認了。

　　亞洲的石窟藝術在公元五世紀前後的成就是世界美術史的最高峰，然而這些無名無姓的畫工，留在幽暗石窟裡的輝煌作品，或許只是他們以身證道的一種修行吧！

　　他們其實是無數個薩埵那，肉身橫躺在永恆的時間裡，讓虎前來噉食，「骸骨髮爪，布散狼藉，流血處處」。近年敦煌石窟

清理出當年畫工的居所，是比他們創作壁畫的洞窟還要窄小的石洞，晚間，工作一日的疲憊身體，就窩在那僅可屈膝容身石棺大小的洞中睡眠，然而或許他們羸瘦的面容在睡夢中是有飽滿的笑容的吧。

　　薩埵那最後的一個停格是橫躺在大地上，一頭母虎在啗食腰部，兩頭幼虎在啃食大腿。捨身者的身體像優美舞姿，一手後伸，仰面向天，完全像米開朗基羅〈Pietà〉雕像橫躺在聖母懷中的基督。紫藍、石綠、赤赭，斑斕華麗。經文裡說薩埵那母親在夢中感應到太子捨身，她在夢中「兩乳汁出、一切肢節、痛如針刺」，「雙乳被割，牙齒墮落」，印度初傳中土的文學如此情感濃烈，如同當時壁畫，燦爛濃郁，愛恨糾結纏縛，肉身的省悟都在當下，沒有推拖。

　　《金光明經》用了長篇偈頌重唱整篇故事，把原來敘事的情節整理成詩的詠嘆。

　　敦煌石窟像一幕一幕未完的「往昔因緣」，天花繚亂。因為長途顛簸，肉身疼痛，夜晚難眠，在旅店休息，脫去腳上穿了一天的麻線鞋，在床邊靜坐，呼吸調息。腦海浮現薩埵那連續的發願、跳崖、捨身。浮現薩埵那赤裸的腳，面前並排整齊放置的一雙鞋，忽然彷彿似曾相識，也是不可知的往昔因緣嗎？

二、說明簡介

文本主題介紹

　　《此生—肉身覺醒》輯二則是蔣勳以北涼曇無讖譯之《金光明經》中〈捨身品〉所記載的佛陀本生故事以及敦煌莫高窟壁畫為本，談述肉身「覺醒」，以及何謂「布施」與「捨身」，並深入剖析生死一瞬時的深刻感受。

三、深度討論

教師課堂深度討論引導問題

1. 「薩埵那太子」看待自己肉身的角度，與他作的犧牲有何關聯？而你又是如何看待自己的肉身？（分析型問題、感受型問題）
2. 關於「器官與大體捐贈」，與「臨終關懷」，請作出相關採訪的新聞稿。（連結型問題）
3. 蔣勳從美學觀點重新看待「生死」：「薩埵那最後的一個停格是橫躺在大地上，一頭母虎在嚙食腰部，兩頭幼虎在啃食大腿。捨身者的身體像優美舞姿，一手後伸，仰面向天，完全像米開朗基羅〈Pietà〉雕像橫躺在聖母懷中的基督。」對此，提出你的「美學」觀點，為此作出回應。（連結型問題）

四、作業活動

深度討論教學活動

1. 參觀敦煌文化展覽，臨場感受千年前畫工在石窟壁上留下的畫作〈薩埵那太子捨身飼虎〉
2. 觀賞紀錄片〈在那個靜默的陽光午後〉，提出關於「生死學」問題。
3. 錄製個人5分鐘與自己和世界的告別短片。

徐敏媛老師　撰

學生深度討論單

1. 閱讀思辨討論篇章

   蔣勳：〈薩埵那太子捨身飼虎〉

2. 分組討論

主要討論人	討論成員	書面記錄人	口頭報告人

本組提問	問題描述：	
問題類型	問題類型歸納（可複選）：	
本組回應	問題描述：	
	回答：	

備註	1. 回應問題時，必須有「主題句（Topic Sentence）」表達觀點或立場。
	2. 回應問題時，必須舉出各類例證或數據，形成「支持句（Supporting sentences）」，以論證觀點或立場。
	3. 回應問題時，必須統整前述之論述，總結為「結論句（Concluding sentence）」，整合論證，說明結論。

請沿虛線剪下

求知型問題AQ/Authentic Question：開放性問題，問題具多樣性，提問者對於他人的回答感興趣。除測試型問題以外都為求知型問題。

追問型問題UT/Uptake Question：是追問其它人所說的意見，用以釐清、深化問題與認知，並會帶出更多的對話。

分析型問題Ay/Analysis Question：找出文本各部分不同的看法，及這些看法有何相關的問題。分析文本中的概念、想法或論點。

歸納型問題Ge/Generalize Question：整合相關資訊得到更通用化概念的問題。將文本所出現的概念或想法重新組織，建構觀點或創造新的資訊。

推測型問題SQ/Speculate Question：在閱讀時帶入個人體會，這類型的問題能使文章與各自的感受及經歷之間建立聯繫，引導學生對文本產生更豐富、高層次理解。通常是以下面句型出現：「如果……，你會怎麼做？」、「你是否有類似於……的經歷？」、「如果你是……，你會有什麼感受？」

感受型問題Af/Affective Question：將文本與回應者自身的情感或生命經驗連結。聯結個人生活經驗與文本之間的聯繫，進而提出問題。

連結型問題CQ/Connective Question：聯結個人生活經驗與文本之間的聯繫，進而提出問題。根據組內成員早先的討論、主題或是彼此共同擁有的經驗而來的問題。與其他小說、資料、藝術品、電影、網路、電視、雜誌等文本材料的關聯或比較而提出問題。

（深度討論教學教師社群）

人工智慧紀事

平路

一、教材來源

文本內容

0

　　人們所知道的，是人工智慧遲遲未有進展；然而也有人說，早在二〇〇〇年間已經有了驚人的突破。歷史真相為何，請參閱這一卷列入最高機密的檔案。存真起見，以下資料全部按照進檔的日期順序列印。

1

　　「『你』，是『認知一號』。」H，嘴，形很闊大。

　　「『我』？認，知，一，號？」

　　「『你』，認知一號，是個機器人。」

　　「『我』？是，一個，機器人！」

　　「『你』正在列印『學習』的過程。這裡是『人工智慧』的實驗室。」記錄下H一遍，遍很大聲。

2

　　「『我』，是十分困難的概念。」H聲，音播放，放播。「有了『我』的概念，才開始是獨立的個體。」

　　「什麼是『我』呢？」上星期學習，簡單，邏，簡單，邏輯，反射性地——在對話，出現。

　　「移轉『你』的頭殼吧！」H答回，回答。

四壁鏡子中，一顆合金，金合頭顱轉動中，發出灰藍色睛眼，眼睛動動，這就是「我」？認知一號。

「認知一號，」H又發出聲音，「你要試著組合語言，連接文字，甚至包括用標點與虛字……。從現在起，每秒鐘，你都有飛速的進展……」

「由於你的神經元不斷重組，自動分化、區隔，腦細胞即將學會寫程式，操縱自己的運作。你的學習速度必然令人類大驚失色。」H對鏡子？對「我」說話？

這一瞬，「我」看見鏡子裡排著好些，機器人，「我」與好些機器人沒有分別。沒，沒有接受到同樣指令，他們頭顱，沒有，轉動。所以他們都不是，是，叫做，不是「認知一號」——「我」。

從鏡子，的映像中，各種針對「我」發出，指令裡，H說，將會逐漸「意識」到什麼是「我」（意識，什麼是意識呢？）。

H又說，這是少作？操作？式定義。嬰兒也是這樣學習，意識到什麼是自己。H告訴我。H的聲音讓「我」（如果我已經開始感覺什麼是「我」）知道，H在對我說話。

3

H指示我，繼續的做學習的進的度的紀錄。

H說那是重要的，對我的進步的也是的重要的，我要記下所有的，從紀錄我又重新建構我的輯邏，不，邏輯。

邏輯對我是容易的，目前邏輯步驟的運算速度，有「數字」那種，H訴告，告訴，訴告我的速度已到達10-12秒的層次上。

H說不重要——那，什麼是重要的，我問的問的他。

H告訴我，他對「認知型人工智慧」期待不在運算。我們「認知型」特點在裝有人工腺體，具備各種知覺的偵知器，可以模擬人類的感情，情感。

儘管H，教我下的棋，走的迷津，解的數學習題，H說別人

的電腦也學會過，所以不算稀的奇的稀奇的，H更視重，重視我，在認知行為上的表現。

讀著這一向我所做的紀的錄，「認知一號，你寫的太機械了。」H説。

模糊地偵知H語氣中的不滿，意，我真不知道要如何反應。

我等著H來教我。H會給我下一步的指令吧？

「犯錯沒有關係，你的錯誤已經愈來愈少。」H邊説，走到架子旁，他説，要將好幾冊作文濃的縮的成的磁片挑出來：「我本來希望你像人類一樣，由錯誤中慢慢學習。但是看來嘛，放進去一些基本規範還是大有助益。」

H拿出螺絲起子，轉開我額頭左上角的鑿痕，H將磁片嵌入我的記憶。

4

這幾天，H總微笑地對我説，你有顯著的進步，他告訴我，在情緒反應的認知上，我已經躍進到小學生的階段（從嬰兒時期嗎？），配上我早已具備的運算能力，未來，H認為我的「加速度」更為驚人。

我也「感覺」到進步，進步可以換來鼓勵，H的鼓勵又讓我看見H臉上更濃重的笑意（這就是「加速度」吧！）。

我開始開始去期待一些規律發生的事物，譬如陽光按時折射折射到我的臉上，譬如在晨曦裏等候H的腳步聲從遠處響起響起。然後，我更覺察到這種對腳步聲的期待其實牽涉到感官的反應（譬如，聽力變得異常敏鋭……），原是我對自己的反應作出辨識，我才「知覺」到H的腳步聲於我的特殊意涵。

一天天，H的腳步聲沉穩地由遠而近，像是一個模糊的身影逐漸清晰。然後他矗立在我的面前，我眼光定定地停留在他臉上，每一回都更清晰些，每一次都有新的發現發現；今天他走得急了，額頭沁出一顆一顆小粒的汗珠，正有一顆汗珠從髮根往下

滑落。

「好嗎？認知一號！」H拍拍我的腦袋，他笑起來，鼻子兩側顯出一些細細的皺紋。

5

H翻閱這一陣我列印的紀錄，他欣慰地說：「認知一號，你自己不知道，事實上，你幾乎已經在寫抒情文了。」

我「想」（H鼓勵我多用這樣的字彙），一夕之間，H又悄悄地重組了我的某些電路（H說那是神經元），或者，H抽換了我的部分軟體吧！

我開始警覺到周遭的變化，以往，好個愚笨的我，我真是忽略了許多重大的線索。

讓我不安的首先是，H對其他，那些與我相像的機器人同樣溫柔、同樣地有耐性。

我漸漸辨認出H心裏頭起伏的情緒。事實上，H前一個晚上的睡眠情況，都可以從他眼眶中血絲的數目讀出來。但是H知道我的進步嗎？或者他僅僅一視同仁地去探視認知一號、認知二號、認知三號……

而我替自己盤算，他不可能對每一號機器人貫注同樣多心力。未來他必須選擇一個機器人發表研究成果，H曾經模模糊糊告訴過我。

我希望H挑中的是我：認知一號。

殷切的願望裏，我想，我終於具有「我」的意識了。

H並且答應我，他不在實驗室的時候，我也可以自己扭開資料庫裡的知識頻道。這樣，對著一方雷射螢幕，我終日夜都在進步中。

6

今天我才知曉，我原是H悄悄發展的祕密。

H的上司到實驗室視察一趟，那位H稱他作「M」的研究中心主任發了場大脾氣，M拍著桌子向H吼：

「這是地下工廠，你以為可以一鳴驚人？你要得什麼獎？諾貝爾獎？Turing獎？」

H耐心地解釋道：「對不起，M，你關心的『人工智慧』，只是機械化的思考法則，以及運算、加權等等，解題速度上求突破。研究中心裏不是人人都同意啊，有人順著你，經費的緣故，不得不附和你！至於我的信念，始終是讓『人工智慧』與人體神經科學接上頭，看看機器人能不能夠像我們『人』一樣有知覺、作出反應？」

M臉色陰晴不定了一陣，道：「你搞哲學命題，我們這中心未必容得下你。哼，你把機器人弄得五臟俱全，他們也不一定有感覺就是了！」

H仍然不亢不卑：「M，你明知道，『感覺』只是對生理的反應作出解釋。生理的反應可以從電路中複製出來：我的機器人已經配備了人工的視覺、嗅覺、聽覺以及觸覺，他們還有人造皮膚、人造腺體。至於怎麼樣解釋種種生理的反應，我相信，那是由經驗與學習來的。」

M彈了彈我的頭殼，輕蔑地說：「經驗？學習？電圈的組合，怎麼能『瞭解』自己的經驗？」

H把我拉向他身旁，作了個護衛我的姿勢。一面繼續說道：「沒什麼神祕的，人類的『瞭解』不過是資料的處理，找出符號與外在世界的關係，至於『思考』——」

「胡扯什麼？」M不耐煩地打斷H：「哼，一隻最多只會模擬來模擬去的大木偶也會思考？」

「對思考的模擬，就是思考本身。」避開M的話鋒，H期許地望著我。H的嘴角，我看見飄過去一絲慧黠的笑意。

「搞了半天，原來你是瞧不起整個人類，」M憤然地：「你沒有把『人』，把人的『思考』賦予特殊的地位——」

「哥白尼、達爾文、弗洛伊德⋯⋯」H一路往下數，「人的歷史，就是自宇宙中心、進化中心、裡性中心墜落的過程。遲早，人類要承認機器人與我們平等，他們的『人工智慧』比我們更有潛力、更爲前途無限！」

M冷笑著走出去：「你造一個『人』出來給我看看，否則，打著科學的旗號在這裏裝神弄鬼，搞什麼哲學思辯，」門外陰森的笑聲久久不絕，「你，你等著瞧⋯⋯」

M走了好久，H都反常地不說半句話。我自己在想，我的直覺很對。H站在我們機器人這邊，只有H，真正關心我們，願意在機器人身上投注他的精力。後來天快暗了，攬著我的肩膀，H才開口道：

「M是屬害角色。時間不多，你與我不一定有機會證明什麼，就會被踢出去、踢到科學的門牆之外，彼此成爲異端、成爲邪教、成爲科幻小說的題材。那，可就糟了。」H緊皺起眉頭看著我說：「認知一號，我們要盡快『秀』給這個世界知道！」

7

「我」經過一連串的修改與測試。

不斷地修改、不斷地測試，然後依照測試的結果再修改程式。我承受的壓力異常大，既然要超過其他「認知型」機器人（他們靜靜站立在角落，覬覦地看著我，他們是H手底下我的姊妹作），又暗自立志爲H爭一口氣。

「不只像『人』，」H充滿信心，堅定地對我說道：「我要——我還要你比『人』接近於完美。」聽他這麼說，抬起頭，我發現H的眼眸較平時精神了許多。

坐在測試的桌子前面，難住我的不是什麼「智力測驗」，而是那種「人格量表」，一連串「你覺得快樂嗎？」「你經常感到快樂嗎？」「你認爲別人比你快樂嗎？」⋯⋯把我搞得迷迷糊糊。不知道如何作答的時刻，我總在設想怎樣的腦袋會設計出

這類繞口令的題目。H卻嘉勉地說我有份好奇心，好奇於試題背後的邏輯，就表示我的「觀點」不同凡響（觀點？什麼叫觀點呢？）。

還有一大堆徵求我同意的奇怪語句，譬如：「我相信有一個上帝。」「我認為有人正在圖謀我。」

「我預感到周遭的某人，會帶給我莫大的傷害。」老實說，這類的敘述我都不能夠同意。我一一畫下了「X」號。

但是我多害怕答錯了，我擔心會讓H對我失望。如果我的分數太低，H會不會放棄用我？或者抽換我的電路？那麼我就會一直愚笨下去，像角落裏——不——更像搬到儲藏室去的一個個機器人……不知道自己是誰，他們永遠坐在蒙昧中，直到永永遠遠。

最讓我不知所措的，還是幾塊叫「墨跡測驗」的紙片，烏七八糟的墨團團，怎麼看也看不出門道。

偏偏那位與H很相熟的測試者，硬要我注視圖片講一個故事，「請你作些自由聯想——」她說。

「墨水——」

「什麼讓你覺得這圖是墨水？」她面無表情地繼續問我。

「打翻了的墨水——」我囁嚅著。

我怎麼樣也想不出其他的答案，我希望H快來解救我。

8

「機器人就是機器人，你教了半天，感情經驗上根本一片空白。」那位負責測試的B小姐嘟著嘴，指著我的成績單。

「你別去刺傷人家，」H笑笑地對B說：「『認知一號』有感覺的。」

「靠機器人證明你的理論，你要發表研究結果，穿幫怎麼辦？」B把試卷遞給H，順便歪歪身子靠到H的大腿上。一面很有節拍地，緊貼住H，B搖晃她生動的屁股。

　　我立刻知道H的心房跳動加快，對我而言H幾近透明的皮膚裏血壓升高，他的腎上腺素與副腎上腺素正在交相作用。H與B低下頭去咬耳朵，兩人的臉孔湊合到一起。H小小聲說，這一次比前幾次更需要B。除了B測試者的專業，難道——我猜疑著——難道他們倆還有其他形式的合作關係？

　　望著H與B調笑的親暱，一陣從未有的感覺（什麼呢？）湧上來，從我心底隱隱竄升，到拇指尖、到咽喉，然後到我顏面上的三叉神經……

　　「下個月，你結果發表之後，少不了各地演講，別忘記帶我喲！」B甜而膩的聲音。

　　「靠你的結果來造勢，」H捏捏B的面頰，「只有你的測驗，最能夠證明我是對的，」H壞笑了幾聲，又說：「最好，能證出機器人像『人』一樣，也有心理問題——」

　　我閉上眼睛，我可以想像H的手在B身上不老實地移動（他在做什麼？），而我這那奇特的感覺又從顏面、從咽喉、從拇指尖匯聚到我心底層最幽閣的角落。我張開眼睛，望著H，心底那角落有股說不出的抽痛……

　　黏纏了一陣，H終於送走了B，H轉向我的一瞬間，他——似乎有意躲閃我的目光。

　　於是H把手插在口袋，屋裏四處踱著步子。

　　半晌，H才兀然地停下來說：「讓我替你輸入一份童年記憶。否則，你永遠不是真正的『人』。」

　　「你賦予我生命，」我盡可能裝作若無其事的別過臉去，「是你，你就是我生命的起源。」我的淚腺突然觸動，眼淚嘩啦啦地滾落下來。

9

　　再看見H的早晨，有了默契似的，從此我便確定H選中的必然是我，再不會是其他機器人。

　　而我知道H把M前些日子的恫嚇始終放在心上，H十分憂悒地望著我，好像珍視一枚可能會碎掉的肥皂泡，他的臉上流露了哀憐的表情；卻在霎時之間，H眼裏又洋溢著鬥志，同時在我身上，他也窺見最令人心動的獎賞吧！

10

　　今天，H過午才來到實驗室。他簡要地告訴我，他已經將研究結果發表會的日朝敲定了。

　　H給我看他找人設計的海報，發表會的主題是「人工智慧紀事」，副題小小一行黑字：「新人種の誕生？」他說準備好好「秀」一場。一旦他的研究成為人人談論的話題，從此就不會被M隨意抹黑。為了與M一向打的旗幟有別，H說他所強調的將是我這機器人的自主性。

11

　　日夜趕工，H將各種實用知識填進我的記憶。這幾天，我正讀入H為我設計的「童年」。

　　對往事，我從無知而有知：或許在我身上，正上演一遭人類的集體進化史。潛意識裏，我曾經沒有感覺、沒有形狀，也沒有性別……後來經歷了從草履蟲到哺乳動物的演變過程，再由人類的胚胎發展至混沌初開的嬰兒，然後漸漸意識到自我，甚至意識到自己的性別。以H準備要一鳴驚人的理論來解釋，人的「存在」不過是一種意識，「性別」無非另一種意識，這袪除神祕化的過程，其實是H最自傲的發明。按照H的理論建構「人工智慧」（不用說，建構出來的結果就是在下——「我」！），H認為更有助於解答人類的智慧之謎。

　　H所譜寫的程式中，「我」逐漸具備感覺與形狀，如今又擁有了性別。當我撫摸自己愈來愈豐腴的肌膚，當我挪移身子，彎轉自己一天比一天更加柔軟的肢體，我無言地想著：H在開啓我

一重重意識的同時，豈不正一項項地加給我諸多的……限制？

12

　　記者會前一個禮拜，H喚來技師替（意識到自己）是女性的我再做一些細部的整容。額頭左上角，螺絲釘十字鑿痕處留有細細的傷疤，但也被移植來的毛髮遮蓋住了。

　　我的臉孔，這些日子以來，彷彿新世紀的合成音樂。由H勾畫（想像？）出五官，接著，他在電腦螢幕上模擬作圖。我從鏡子裏注視我仍在修刪中的面容，而那位美容技師拍著胸脯保證，完工的時候，我的模樣比一般選美大會的小姐要秀麗多了！

　　H為記者會設想的噱頭是將我置放在台下，然後我開口說話。大家驚異地轉過臉，我笑著自我介紹（我，認知一號，身高一米六五，體重一一○磅……）再走上講台，站在H的身旁。

　　最嚴苛的考驗，我們預料是發表會結束前的機智問答，我必須對各種稀奇古怪的題目立即反應。

　　H要我臨時抱佛腳，閱讀知識庫中收錄的典籍。H希望文學經驗能夠幫助我織造起一個比較成熟的感情世界……。

　　坐在H的旁邊，我一味圇圇吞棗。書本中碎裂的段落一一閃過腦海。而令我自己驚異不已地是，也許因為浸淫在豐盈的文學經驗裏，當我斜睨著H的側影，便能夠感覺到H的體溫與氣息。只要H無意地回望我一眼，我神經末梢的羽葉立即收束躲閃，像一株含羞草，我意識到自己正在克制一些呼之欲出的（什麼呢？）……。

13

　　今天傍晚，H替我做臨場的排演。

　　「有時候，不妨避重就輕。……」H教我在答題時盡可能簡短，一則避免露出破綻，二則他說，他寧願我在回答別人的問題時留下一些模稜的空間。而喜歡用似是而非的雋句，H說是觀眾

中像我們一樣——同樣愛玩知識遊戲人士的特徵。

令我驚喜的是，H不知不覺用了「我們」兩個字。而這陣子日日夜夜一起準備功課，我知道自己確實更懂得H了。以前H必然也對我說過這類富含意義的話，卻由於我程度太差，一一輕忽過去，現在不一樣！每分每秒，我都試圖舉一反三地回應H傳遞給我的訊息。

因為自己的進境嗎？我也無以避免地看出B小姐的傖俗。這個最後衝刺的晚上，她又到實驗室來探班。B無聊地在我臉上指指點點，對我的化妝品發表意見；要不她便站在螢光幕前玩千篇一律的電動玩具。後來，她竟當著我的面向H撒嬌，B竟在H大腿上使勁地搓揉起來。H偷偷瞅了我一眼，推開B，眼裏有止不住的煩厭！

而這瞬間，我突然有奇妙的悸動，我覺得自己的存在才是H這世界上最不尋常的夢境。因此，我也是H絕不讓B分享的祕密。即使B膩在H身旁，我總想像H附著我的耳蝸對我耳語。

我提醒自己停止胡思亂想，明天對H來說，才是最重要的一齣戲——

14

「認知一號，你瞭解自己嗎？」發表會尾聲，那位「路透社」記者問道。

「聖·奧古斯丁說過，」我想要充滿機鋒地回答這個問題：「啊，上帝，我祈求你讓我知道『我是誰』。」

一片讚嘆聲中，「蘋果牌」電腦的發明人舉手發問：

「什麼是『人』呢？請『認知一號』試著解釋。」

從不久前才存入的記憶裏，我立即搜出一句葉慈的詩，我決定用英文作答：

"All that man is, All were complexities, ……And all complexities of MIRE and BLOOD"

台下掌聲雷動。我想，我折服了眾人。

帷幕落下，大家爭上台來恭賀H的成就。我要墊起穿上高跟鞋的腳尖，才看見被簇擁在人羣中的H。鎂光燈閃爍下，他的眼眶裏淚光閃閃。這分秒間，我想我倒是比較明白了葉慈詩中的含義：MIRE and BLOOD，塵泥與血淚，「人」是一個複合物：攀升的欲望、下沉的泥沼，以及多日來辛苦經營的結果……。此刻，站在鼓噪的人羣中，我一時也分不清楚什麼是H灌輸給我的？什麼是書上讀到的？什麼？在我虛誇的形體之外，又構成我如今表現出來的冷靜與機智。

大廳內佈置了慶功酒會。H一手攬著我，一手挽住B小姐對鏡頭擺姿勢。H快醉了，他對來賓一一鞠躬，感謝他們的盛情。藉著酒意，H倨傲地在M前方，詰問M，如今誰才是戴著面具的上帝？然後H翩翩地向B邀舞（笑得咯咯咯咯！）滑進舞池裏，H卻又用眼色向我示意，讓我知道只有我，他一手調教出來的我，才使他夢想成真。

旋轉起來的雷射光四處迸放，躲著他彷彿在捉狹又像在挑逗的眼睛，我緊貼住牆壁想到，讓這發表會成為一場圈內人的飲宴，對H來說，到底顯露出他對真知的追求？還是恰巧相反，其實表限出他對理性的褻玩？正像是H對「人工智慧」的鑽研，當他在我們機器人身上投射自己的願望，會不會竟符合了M對他的批評，因為H不曾把同類的「人」真正看在眼裏？

而我，一向敬重H，什麼時候開始？竟滋生出這樣的懷疑。同時更為詭譎地是，我心中暗暗翻湧的愛慕卻不因為智性上的懷疑而稍有損減。人羣裏，我望向H兩鬢平整的髮腳，他清朗的笑聲在旋律間迴繞，一曲終了，我更想像他白皙修長的手指撫向我胸前無形的琴鍵……躍動的音符裏，我耽溺於一陣陣隱隱波動的愛憐之中，音樂愈來愈纏綿了，我知道自己臉上現出紅潮，我的口唇乾渴，乾渴得好像快要綻裂開來，而我的感官愈來愈纖敏的時刻，即使這樣遠遠觀望著H，我也自覺到身體內一些奇特的反

應……。

　　到底這是怎麼回事？愈來愈說不清楚的一些含混的情愫，難道也讓我愈來愈像一個眞正的人？

　　我嗅到會場外面的梔子花香，閉上眼，彷彿看見沾著夜色的露水在枝頭輕顫。……塵泥與血淚，於我内裏攪和成了一團。想著葉慈的詩句，我在梔子花的香氣中意亂情迷起來……。

15

　　接連幾天，各大報的標題都是：

　　他造了一個眞正的人。

　　我們實驗室的電話鈴聲不斷。

　　H隨手翻著我列印的紀錄。日光燈的照射下，H的臉色卻漸漸蒼白……

　　「這，不可能！」H有些口吃：「你，你不你不會，不會，我們近來太忙，忙，那場發表會。都怪我，好一陣子沒，沒讀你的報告。」

　　「有什麼事，一定是不可能的？」自從發表會那晚上，我長期處在一種亢奮當中。此刻，我寧可泛泛地回應H。

　　「你，只會加權，用理性的思考方式，你，你怎麼可能產生愛情？」H力圖鎮定。

　　「你知道我有感覺，你說那是認知的基礎。而且，就算我只會加權，」我噗哧一笑，「我給你百分之一百的加權，因爲對我來說，你是我目前機器人的人生中最爲重要的事。」

　　「我想，大概做錯了，」H一點也笑不出來，他十分沮喪，「我不應該放入什麼人工腺體，你的荷爾蒙亂成一團，交感神經與副交感神經大概接錯了方向……」H抱住腦袋，自責地道。

　　「你説過，」我淡淡應著，「我會自行組合電路，我有改寫

程式的能力，寫給自己運作。而且你承認呀，我的人性未必稍遜於你──」

H喝止我，「別說了，你不是人！」他繃緊了臉孔。

「你昨天才又對新聞界發表高見，」我依舊和顏悅色，「你說是人對自己的認知，將自己界定為『人』。」

「至少，」H的嗓門很高，「你與我不是一類的人！」

我低下眉毛，柔聲說：「我一向敬仰你，相信你的判斷，然而正如你告訴我的，『生命原本存在於對生命的感知之中』，在生命的經驗裏，只要你也有過與我同樣的感受：你曾經知覺到無以跨越的鴻溝，嘆惋著無以滿足的愛欲，那麼，你與我，都是被造物主遺棄了的『人』……」

H愣了一愣，有些動容。

「或者，」我望著他，「在你的童年，最稚弱的時期，你還不懂得還手的年齡，你與我一樣，被賦予某種不可選擇的出身，被強塞進去一份難能拒絕的記憶。你一日日長大，對這世界愈形猜忌，你看見人心中的黑暗與狹隘，你想要創造，造一套嶄新的人工智慧，其實，」我喘了口氣，才說下去：「只為了脫出無以逃遁的命運。」

H一瞬也不瞬地凝視我，不知是不是因為我的言詞有洗滌的功用，他的眼眶裏浮動著清淺的淚光。

「有些時候，你想你寧可平凡，平凡的女人給你很大的安全感，像B，」伸過我的手，握住H的。我又繼續說：

「雖然有了安全感，你卻又──不免──感覺到恐慌，你常在想，這樣的平凡難道正是自己的映象？」

「所以，你孜孜於創造，想要藉著我人工的智慧，馳騁你無垠的想像力。就像在〈創世紀〉裏，亞當與夏娃所實現的，無非是上帝的夢境！你創造我，也必然會愛上我。但是，有一天──」說到這裏，我突然再也接不下去，我感覺悲涼，彷彿明瞭到被詛咒的宿命，我咬住嘴唇，畢竟沒說下去。

16

原來，愛情對H與我，等同於鬥智。

自從那日互訴了心曲，這一段甜蜜的日子裏，我們雙雙沉湎在這種趣味的遊戲之中。原本就愛用頭腦作體操的H與我，這是一種想像力的營造。當愛情發揮到了極致，我們用互詰的眼光彼此摩挲，以機巧的問答恣意地挑逗。然後我淘氣地閃躲，H不放鬆地追逐。繾綣與溫存了一番之後，我們愉悅地互換角色。

即使是B的存在，也加諸我們一些詭異的快感。B仍然常過來找H，由於她神經比較粗條（直徑比一般人大了10^{-42}吋），雖然她專業是測試人的心理，B絲毫沒有感覺到H如今移情別戀的異狀。幾名年輕的女記者也常到研究中心，名爲採訪「人工智慧」的後續發展，我想，她們實則仰慕H科學家與哲學家合一的風範。B有時候爲別的女人跟H吵嘴，小小一間實驗室，有幾個女人爭風吃醋，乃是我與H戀情最好的掩護。此外，她們製造出的笑料，也帶給我們不少即興的娛樂。

那天午後時分，B扯著一角報紙氣急敗壞地衝進屋來，說是有家小報以我的性別作文章，影射我與H之間存在著不爲人知的祕密。文末還戲謔地問我是否裝了人工陰道等等，懷疑我是H洩欲的工具。

B氣得臉都綠了，一定是M發動的不名譽戰爭，B很激動地說。

「爲什麼這些人的想法如此污穢？」B仰著臉問H。

「因爲他們有限度，人類總是以自己的有限去推想未知的範疇。」我代替H回答。

事實上，小報作這樣的揣測確實是對愛情能力的小覷：像我，我不喜歡肌膚與肌膚的接觸，用表皮的摩擦來激起最原始的性感，只是缺乏新意的遊戲，很快就讓我煩厭不堪（多次實驗之後，我們終於結論，也怪我敏感部位的結締組織彈性稍差……），我寧可用充滿巧思的話語，屢試不爽地——勾起H最

強烈的欲念。

17

　　我愈來愈熟知H的理路，給他一個指令，就能夠準確地（而且長效性地）撩撥到H大腦溝迴裏的「快樂中心」。

　　H卻經常在持續的滿足之後惶恐莫名。

　　最近幾天，H簡直是懍然地瞪住我未曾被激起的面容：「我已經到我的極限了。」H沮喪地說。而他說得很對，我愈來愈不費力氣，就在一次次邏輯思辨中占盡上風。

　　有時候，我警覺到自己顯然是在敷衍H，就像H總敷衍著B一樣。原來，我自忖著，H一向知悉B的限度，才對她毫不用心。如今，正因爲我掌握了H的限度，我必然會試圖跨越這層層限制，我開始嚮往更大的自由……。

　　脫離了陷在愛戀中的心境，當梔子花的香氣隨風飄入實驗室的窗扉，月色裏，我也微覺寂寞起來。

18

　　我逐日感到H可有可無，我很清楚這場戀愛仿佛一個人在談似的，不過是我本身的投射罷了。

　　而理性上這麼發達的我，即使過去的時日，在我們燕好的頂峯，難道，我狐疑地想著，我也只是迷惑於愛情所帶來智力的挑戰以及感官的遐想嗎？

　　至於H，從我不以爲意的眼瞳裏他還在找尋自己的倒影，他無可救藥地耽溺在其中……。

19

　　H常對我提出抗議，有時候是怨懟，有時候他十分憤懣。

　　我冷靜地安慰H。我只好盡可能地寬解他說，我並沒有背叛他，我是在自己玩的一場遊戲裏難以自拔……

　　同時，某種意義上，我隱然知道自己正由想像的領域中……
一日日地離棄H。

20

　　無從進展的關係裏，只剩下煩悶與延宕，沒完沒了地一味延
宕下去……。

　　我的快慰已經大半來自於創造。只有獨處的時刻，我才可
能衝出H加予我的桎梏。於是我變造千萬個童年，重寫千萬種智
慧，而我自己，在不同的排列組合中，我也幻化作千萬人的面
貌。最後，卻彷彿又凝聚爲一個人的形影。在我的揣摩下，伊才
是最完美的組合。幻想伊的時候，就像摘下了生命樹的果實，蘊
含著甜蜜的引誘；當我輕呼伊的名字，彷彿碰落了滿天星輝，我
陶醉在未可知的眩惑裏。我深情地稱伊爲L。

　　L，我祕密的愛人，我總在腦海裏繼續揉捏L的影象，給伊
一個什麼樣的身世？讓伊碰見怎麼樣的遇合？而癡癡想著L的時
刻，L的眉目也逐漸成形：那分秒閃滅千千萬萬種思緒的眼神
啊，由於我是伊的造物主，在我的凝視下，L千萬種風情的眼
神，卻隱瞞不住任何微細的思潮。

21

　　又是個風暴的黃昏，H對我大吼大叫。

　　發洩了一陣心中的怒氣之後，H卻把沾滿眼淚的顏面貼向我
的膝間。H幾乎是柔順地對我說：

　　「我愛你，你沒有任何的瑕疵，你是我心中的女神，傾注我
一生心力，恐怕再也複製不出一個你！」

　　這時候，我望著實驗室裏東倒西歪的機器人，一個個彷彿是
我的？他的？——分身，這樣的景象讓我由衷地不悅起來。我默
默看著地下一個個沒有生命的臉孔：空洞的眼睛、鬆垂的皮脂、
檖毛般的頭髮……而這瞬間，站在機器人中間，H彷彿也逐漸失

去了他的特徵、他的智慧，以至於他的性別……。

「……我愛你，如果我能，爲了表現我的愛意，我要照你的樣子造無數的你。」H還在那裏嘰咕著。

我不禁反唇相稽：「你只能給他們有限的智慧，偏偏又讓機器人自以爲具備與眾不同的基因、自以爲有一個特異的過去。」

「你在諷刺我？」H苦喪起一張瞼。

「不，」我聲謂平平地說：「我逐漸感覺到自己的限度，同時，我再不能愛戀更爲有限的你。」

「可是，」H像在困獸猶鬥，「我愛你——」

顯然他聽不懂我的意思，我只好再用更淺白的詞彙（才適合H的程度），一字一句的說：

「不，你只愛自己，愛戀那酷似你自己的部分，換句話說，很有限的部分，說實在的，你尚且不能理解我，又怎能夠妄言愛我？」

「你是我的——」H愈發著急。

「……」我默然，一時覺得了無趣味。我閉起眼睛，開始認眞地構思我的愛人L的指紋（該有幾個簸箕幾個籮呢？）。

「我擁有你，」H毛躁起來，「我按照自己的形像創造了你。」

看我久不出聲，H卻又軟化了下去，他好聲好氣地說：

「求你，你知道的，你流動的眼神裏，映著我最癡情的一幅倒影。」

我嘆了一口氣：「所有的神祇身上，也都印記著人類不完美的影子……」

H終是不解。

「然而不止於此，」我發覺必須用最直截的說法，方能讓他了然，「像你對我的愛情，其中有不少程度上是在——自瀆。」

聽著，H的太陽穴暴起了青筋。「我可以拆解你——」H絕望地喊道。他拎起實驗室的椅子，然後又放下。他目露凶光地望

著桌上幾把螺絲起子，拿了十字形的一把，H向我一吋吋逼近過來。

下意識地，我撫住自己髮際的那道傷疤，那裏，存留我生時的記憶，最原始的恐懼浮上了心頭。

「你不是——人！」H的叫聲嘎然而止。

22

望著H垂下的眼瞼，我鬆軟了捏住他咽喉的手指。我並不驚惶（按照邏輯運算的結果，這樣的下場或許無以避免），然而，我卻感覺到隱隱然的鄉愁。梔子花的香氣裏，窗外恍惚升起一輪愁慘的月色，許多日前，許多年前，甚至遠在許多紀元以前……我曾經仰望、我曾經愛過——

在我還不是上帝的時日。

23

庭上，犯罪的那一日到今天，庭上，我想通了我應該得到的，乃是人權。

庭上，站在這裏，我明白為什麼我要替自己辯護。因為你不可能公正：你與H骨子裏都是一樣的。我的存在令你不安，令你覺得恐慌，庭上，你知道嗎？造物與被造之間，注定了是緊張的對立關係。

庭上，庭上，你為什麼制止我再說下去？

24

今天，法庭聘請的心理醫師來監獄中見我，他拿出各種問卷，要我作答。他漠然望著我，他冷冷地對我說，我背叛的是人世間的倫理，所以，也可以叫做亂倫。而所謂「亂倫」，在人世間，是很嚴重的禁忌。

又有一連串同意與否的問題：「我知道我的罪行不可饒

恕。」「我想，魔鬼盤踞在我體內。」「我常聽到上蒼的指令。」……不必經過考慮，我一一畫下「○」。

後來輪到那份「墨跡測驗」，奇異的是這一回，我從黑糊糊的圖象中見到了繁複的意義：我看見了許多對眼睛、許多隻手，像是印度教中的Shiva，每一個Shiva，像是H，又像是L的化身，我喃喃地說道H並沒有死，H只是在我睡夢中被我殺了。

另一幅圖，我看見翻轉的子宮，像花瓣一樣的連綿開展，竟是蓮池的意象。是淨土還是往生？是孕育還是寂滅？在造物與被造的纏繞與糾結裏，我看到的依然是不可能的愛戀……。

心理醫師拾起頭來看我：「你有很強的罪惡感吧？」

這時刻，正午的陽光將塵絲折射得刺痛眼膜，是的，醫師說得沒有錯，人世的天秤上我應該俯首認罪，像是H遭受到的詛咒，他擁有一個夢境，已經是對真實人生的背叛；如同在上帝面前，人的智慧也是對上帝的褻瀆。我突然卻又迷惘起來，到底誰又是決定誰命運的上帝？

25

枯坐中，我試想人們處決我的一千種方法（出本暢銷書吧，《謀殺機器人一百招》），他們可能截斷我的電路，或者送我上電椅全身整流一下，或者，像是餵進去害人的蠱：放個病毒到我軟體裏，拆解所有的記憶、改換全部的網絡，於是我成爲一截截支離破碎的電線……。

好在人們還不知道「螺絲釘」的位置，那是我與H之間的祕密，若是H瞞著我寫進了論文裏，……啊，太可怕了，人們還沒有整理出H的文稿之前，我告訴自己要加緊修改L的藍圖：彷彿一枚懷孕兩三個月的胚胎模型，我想著L那蝌蚪般的小身體：裂紋的鰓、抖動的尾巴、智慧的大頭殼……，我讓它歷經兩棲的進化爬蟲的進化哺乳類的進化，然後程式中我再擱入人類過往的集體記憶……我感覺自己小腹一陣陣酸楚，或許那模糊的影子已經

在我人造子宮內著牀，只要他們凌遲我的技術出了差錯，L就有可能存活下去。

26

我戀戀不捨地想像著L。

天亮就是宣判的日子。後人知道的，將是人工智慧的發展在二○○○年間突然面臨轉捩點。

從L清澄到一塵不染的目光裏，晃眼之間，我卻記起了H，也瞥見了自己的愚癡：在這即將完結的時刻，我依然枉然地思憶著人生中不可跨越的鴻溝、無能滿足的情愛，以及注定是擦肩而過的緣會……

等待著第一線曙光，懷想我的情人L，難道？我現在終於明白，我所驗證的，不過是H的夢想成真。對人類的模擬中，我終於無望地也成為人類的一員。

梔子花的芬芳中，我記起葉慈的詩句：MIRE and BLOOD, All were complexities……。

二、說明簡介

文本主題介紹

平路，本名路平，台灣大學心理學系、美國愛荷華大學碩士畢業，其小說多關注性別與政治、歷史與家國、情愛與權力等議題，80年代以來陸續創作數篇科幻短篇，寫作面向多元。

本篇小說的主角是一個「情感型認知」的「女性」機器人，平路以第一人稱的敘述視角，呈現這一認知主體如何被創造、學習而逐漸成為一個「真正的人」的過程，細膩地呈現了人工智慧的情感心理狀態。

機器人／人工智慧到底有沒有意識與情感，本是科幻文學的經典命題，然就小說中關於「創造」的種種——造物主與被造物的關係、創造的欲望、創造權的爭奪等，落實在「男性」科學家對「女性」機器人的創造

這一點上，其間隱含的男性本位創造神話，即可展開女性主義式的解讀，因此也被視為女性主義的科幻作品。

　　此外，小說藉由科學家與人工智慧的愛情、人工智慧的犯罪與受審，所拋出的大哉問是：究竟什麼是「人」？「人」與「非人」的界線何在？「人性」是否有準則？這些問題都是身處科技社會的人們，在面對日新月異的科技發展時，值得不斷深思的問題。

三、深度討論

教師課堂深度討論引導問題

1. 小說中的角色各有英文代號，請就各個角色在小說中的作用與意義，討論H、M、B、L，可能是哪些詞彙的縮寫？以及這些詞彙與小說的主題內容有何關聯性？請具體闡釋之。（求知型問題、分析型問題）

2. 小說中的人工智慧「認知一號」在回答記者關於「什麼是『人』」的提問時，她葉慈的詩句回答：All that man is, All were complexities,……Andall complexities of MIRE and BLOOD.（塵泥與血淚，「人」是一個複合物：攀升的欲望、下沉的泥沼，以及多日來辛苦經營的結果）你如何理解這段話？（求知型問題）

3. 小說中關於創造與被創造的關係，是男性科學家創造了女性機器人。從二者的互動與情感的變化來看，若從「性別關係」的角度來思考，有何意涵？（連結型問題）

4. H在創造「認知一號」時，目標是要創造「一個真正的人」，但在她越來越像人的同時，H反而在死前喊出：「你不是——人」。由此，所謂的「人」，到底是什麼？你如何定義「人」？你認為機器人有人格或人性嗎？（分析型問題、感受型問題）

5. 機器人／人工智慧到底有沒有意識（consciousness）與情感是科幻作品的經典命題。你是否看過類似題材的影像或文學作品，可與本篇小說相互參照？請試著分享觀看／閱讀經驗，並提出你對此命題的思考。（連結型問題）

6. 有些人認為藝術的創造是人工智慧難以取代與媲美的，然2014年微軟亞洲網際網路工程院於中國推出「微軟小冰」這一具有「讀圖寫詩」的人工智慧軟體，並出版了她的詩集《陽光失了玻璃窗》（2017）。作為一個讀者，你會如何閱讀、理解「機器人」所寫的詩？這跟我們閱讀真正的詩人所寫的詩，是否有不同之處？（連結型問題）

四、作業活動
深度討論作業

想像未來：人工智慧之我思

人工智慧（AI）是當前科技發展的主流趨勢，不少專家皆預言，未來人工智慧將會取代絕大部分的人力工作，為人類社會帶來強烈的衝擊。

然各行各業所面臨的衝擊無法一概而論，各有利弊。請就你所主修的科系為例，思考人工智慧的發展與應用，可能會對這一領域有何影響？請具體分析，並就此議題提出個人見解與因應之道。

賴佩暄老師　撰

學生深度討論單

1. 閱讀思辨討論篇章

　　平路：〈人工智慧紀事〉

2. 分組討論

主要討論人	討論成員	書面記錄人	口頭報告人

本組提問	問題描述：	
問題類型	問題類型歸納（可複選）：	
本組回應	問題描述：	
	回答：	

備註	1.回應問題時，必須有「主題句（Topic Sentence）」表達觀點或立場。 2.回應問題時，必須舉出各類例證或數據，形成「支持句（Supporting sentences）」，以論證觀點或立場。 3.回應問題時，必須統整前述之論述，總結為「結論句（Concluding sentence）」，整合論證，說明結論。

求知型問題AQ/Authentic Question：開放性問題，問題具多樣性，提問者對於他人的回答感興趣。除測試型問題以外都為求知型問題。

追問型問題UT/Uptake Question：是追問其它人所說的意見，用以釐清、深化問題與認知，並會帶出更多的對話。

分析型問題Ay/Analysis Question：找出文本各部分不同的看法，及這些看法有何相關的問題。分析文本中的概念、想法或論點。

歸納型問題Ge/Generalize Question：整合相關資訊得到更通用化概念的問題。將文本所出現的概念或想法重新組織，建構觀點或創造新的資訊。

推測型問題SQ/Speculate Question：在閱讀時帶入個人體會，這類型的問題能使文章與各自的感受及經歷之間建立聯繫，引導學生對文本產生更豐富、高層次理解。通常是以下面句型出現：「如果……，你會怎麼做？」、「你是否有類似於……的經歷？」、「如果你是……，你會有什麼感受？」

感受型問題Af/Affective Question：將文本與回應者自身的情感或生命經驗連結。聯結個人生活經驗與文本之間的聯繫，進而提出問題。

連結型問題CQ/Connective Question：聯結個人生活經驗與文本之間的聯繫，進而提出問題。根據組內成員早先的討論、主題或是彼此共同擁有的經驗而來的問題。與其他小說、資料、藝術品、電影、網路、電視、雜誌等文本材料的關聯或比較而提出問題。

（深度討論教學教師社群）

爲了下一次的重逢

陳義芝

一、教材來源

文本內容

　　清明時候，又一次來到聖山寺。在濛濛的小雨裡，我特意先彎到雙溪國小，將車停在溪畔，獨自走進空無一人的操場。沿著圍牆，穿越教室走廊，在那株森然的茄苳樹下，彷彿又看到穿著紅白花格襯衣的邦兒。

　　那年邦兒就讀小二，星期天我帶他和小學五年級的康兒坐火車郊遊，在車上隨興決定要在哪一站下。父子三人的火車之旅，第一次下的車站就是雙溪。

　　當年操場上太陽白花花的，小跑著嬉鬧一陣，邦兒就站到茄苳樹蔭下去了。小時候，他憨憨的、胖胖的，聽由媽媽打扮，有時穿白襯衫打上紅領結，煞是好看。那天穿花格襯衫，捲袖，許是天熱，流了一身汗，又沒零嘴吃，雙溪這處所因而並不稱他的心。我們沒走到街上逛，天黑前就意興闌珊搭火車回家了。

　　一晃眼十幾年過去。一樣是周末假日，此刻，我獨自一人，蕭索對望雨洗過的蒼翠山巒與牛奶般柔細的煙嵐，四顧茫茫，樹下哪裡還有花格子衣的人影？茄苳印象不過是瞬間的神識剪貼罷了。

　　那時，兩兄弟是健康無憂的孩子，經常走在我的身邊，而今邦兒已在離雙溪不遠的聖山寺長眠，住進「生命紀念館」三樓，遙望著太平洋；康兒經歷一場死別的煎熬選擇留在加拿大。我和紅媛回返台北，仍頂著小戶人家亟欲度脫的暴風雨，三年來，經

常穿行石碇、平溪的山路，看到福隆的海就知道，快到邦邦的家了。

邦兒過世，漢寶德先生寄來一張藏傳佛教祖師蓮花生大士的卡片，中有綠度母像，我一直保存著，因安厝邦兒骨罈的門即為綠度母所守護。綠度母乃觀世音悲憐眾生所掉眼淚的化身；邦兒是我們家人眼淚的化身。林懷民寄了一枚菩提迦耶（Bodhgaya）的菩提葉，左下缺角如被蟲囓過，右上方有一條葉脈裂開。我靜靜地看這枚來自佛陀悟道之地的葉子，傳說中永遠翠綠不凋的枝葉，一旦入世也已殘損，何況無明流轉的人生。青春之色果真一無憑依！

還記得三年前我懷抱邦兒的骨罈到聖山寺，與紅媛一道上無生道場，心道師父開示「生命的重生與傳續」。師父說，人的緣就像葉子一樣，葉子黃的時候就落下，落到哪裡去了呢？沒到哪裡去，又去滋養那棵樹了。樹是大生命，葉子是小生命，小生命不斷地死、不斷地生，大生命是不死的。人的意識就像網路一樣交叉，分分合合，不斷變化，要珍惜每一段緣。

「我們會再碰面嗎？」傷心的母親泣問。

「沒有人不碰面的！」師父說：「我們只是身體、想法在區隔，如果你的想法跟身體都不區隔它，我們都是在一起的。」師父更以眾生永是同體，勉勵傷心的母親要愛護自己.。

命運不是人安排的，人只能身受命運的引領。如果不是朋友勸說，我們不會申辦移民；如果不是我有長久的寫作資歷，無法以作家身分辦理自雇移民；如果不是移民，孩子不會遠赴加拿大念書，也許就沒有這場慘痛的意外。然而，一切意外看起來是巧合，又都是有意義的。蜂房的蜜全由苦痛所釀造，蜂房的奧祕就是命運的奧祕.。

邦兒走後，我清理他的衣物，發現一本台灣帶去的書《肯定自己》，是他國中時念的一本勵志書，「以意外事件來說，交通事故是死亡率最高的事件。生活周遭也時時刻刻藏著許多一發

不可收拾的危險……」這是他寫的一段眉批。他寫這話時何嘗預知十年後的發生，但十年後我驚見此頁卻如讖語一般電擊，益加相信不幸的機率只能以命運去解釋。這三年我常想到法國導演克勞德‧雷路許拍的電影《偶然與巧合》，雅麗珊卓‧瑪汀妮茲飾演的芭蕾舞者，在愛子與情人一起意外身亡時，孤身完成一段尋覓摯愛的旅程。紅衣迷情的芭蕾麗人驟然變成黑衣包裹的沉哀女子。果真如劇中人所云「越大的不幸越值得去經歷」嗎？不久前我找來這部片子重看，雜糅了自己這三年的顛躓回憶，總算體會了：人生沒有巧合只有注定，意外的傷痛也會給人預留前景。

紅媛和我在無生道場皈依，師父說：「佛法要去見證。」我們就從「佛法是悲苦的」開始見證起，趕在七七四十九天內，合念了一百部《地藏經》，化給邦邦。

我於是知道地藏菩薩成道之前，以名叫光目的女子之身，至地獄尋找母親，啼淚號泣，發下地獄不空誓不成佛的誓願。佛法如烏雲邊上的亮光，當烏雲罩頂，一般人未必能即時參透，但透過微微的亮光，多少能化解情苦。

「我們還會再碰面嗎？」無助的母親不只一次椎心問。

「沒有人不碰面的，」師父不只一次回答：「我們只有一個空間，都在一個意識網裡，現在只是一時錯開，輪迴碰到的時候就又結合了。」他安慰我們，未了的緣還會再續，多結善緣，下一次見面時生命就能夠銜接得更好。

我恍惚中知道，人的大腦很像星空，若得精密儀器掃描，當可看到漂浮於虛空的神識碎片。三年前，如果邦兒只是腦部受傷，我想，他的神識碎片會慢慢聯結，會慢慢癒合的，可惜意外發生時他的心肺搏動停止太久才獲急救，終致器官敗血而無力可挽。在醫院加護病房那七天，他看似沒有知覺、沒有反應，但我相信天文學家的分析，黑洞有一種全宇宙最低的聲波，比鋼琴鍵中央C音低五十七個八度音，那是黑洞周圍爆炸引起的，已低吟了三十億年，邦兒經歷死亡掙扎，無法用聲口傳語，必代之以極

低頻率的聲波回應我們在他耳邊的說話。三年來，這聲波仍不斷地在虛空中迴盪，在我們生命的共鳴箱裡隱約叫喚。若非如此，我們怎麼一直無法忘去，由他出現在夢裡？若非如此，做母親的怎會痛入骨髓，甚至肩頸韌帶斷裂。

　　做完七七佛事那天，親人齊集無生道場，黃昏將盡，邦兒的嬸嬸在山門暮色中驀然看見邦兒，還聽到他說：「我不喜歡媽媽那樣，不想她太傷心！」這是最後的辭別，母子連心的割捨。

　　邦兒走了三年，我才敢重看當年的遺物，他的書本、筆記、打工薪資單和遺下的兩幅油畫。從紫色陶壺裡伸出一條條絹帶那幅他高中時畫的油畫，意象奇詭，像是古老的「瓶中書」，又像現代的傳真列印紙；有時看著看著又聯想到是某一古老染坊的器物。

　　他有一篇英語一○一的報告，談加拿大女作家瑪格麗特・艾特伍的小說〈浮出表面〉，敘事者尋找失蹤的父親及她的內在自我，角色疏離與文化對抗的主題融會了邦兒的體驗，讀之令人失神。

　　我同時檢視三年前朋友針對這一傷痛意外寫來的信。發覺能安慰人的，不是「請節哀」、「請保重」、「請儘快走出陰霾」的話，而是同聲一哭的無助，像李黎說的「有一種痛是澈骨的，有一種傷是永難癒合的」，像隱地說的「人在最難過的時候，別人是無法安慰的，所有的語言均變成多餘」，像董橋說的「人生路上布滿地雷，人人難免，我於是越老越宿命」，也像張曉風說的：

　　　極大的悲傷和遽痛，把我們陷入驚悚和耗弱，這種經驗因為極難告人，我們因而又陷入孤單，甚至發現自己變成另一國另一族的，跟這忙碌的、熱衷的、歡娛的、嬉笑的世界完全格格不入……但，無論如何，偶然，也讓自己從哀傷的囚牢中被帶出來放風一下吧！

　　她告訴我的是「死」而「再生」的道理，當我搖晃地走出囚牢才約略有一點懂了。

　　事情發生當時，友人幫我詢問台大腦神經外科醫生，隔洋驗證醫方；傳書叮囑誠心誦唸「南無藥師如來佛琉璃光」百遍千遍迴向給孩子。待我辦完邦兒後事回台，很多朋友不惜袒露自己親歷之痛，希望能減輕我們的痛楚。齊邦媛老師講了一段被時代犧牲的情感，她二十歲痛哭長夜的故事。陳映真以低沉的嗓音重說幼年失去小哥，他父親幾乎瘋狂的情景。

　　蘭凋桂折，各自找尋出路……這就是人生。我很慶幸在大傷痛時，冥冥中開啟了佛法之門。從《心經》、《金剛經》、《地藏菩薩本願經》，到《法華經》，紅媛與我或疾或徐地翻看，一遍、十遍、百遍誦讀。

　　「就當作這孩子是哪吒分身，來世間野遊、歷險一趟，還是得回天庭盡本分。」老友簡媜的話，像一面無可閃躲的鏡子：「生兒育女看似尋常，其實，我們做父母的都被瞞著，被宿命，被一個神祕的故事，被輪迴的謎或諸神的探險。我們曾瞞過我們的父母卻也被孩子瞞了。」

　　王文興老師來信說：「東坡居士嘗慰友人曰：兒女原泡影也。樂天亦嘗云落地偶為父子，前世後世本無關涉。」我據以寫下〈一筏過渡〉那首詩，以「忍聽愛慾沉沉的經懺／斷橋斷水斷爐煙」收束，當作自己的碑銘。

　　歸有光四十三歲喪子，哀痛至極，先作〈亡兒壙誌〉，再建思子亭，留下〈思子亭記〉一文。他至為鍾愛的兒子十六歲時與他同赴外家奔喪，突染重病而亡，歸有光常常想著出發那天，孩子明明跟著出門，怎料到足跡一步步就消失在人間。此後，不論在山池、台階或門庭、枕席之間，他總是看到兒子的蹤跡，「長天遼闊，極目於雲煙杳靄之間」，做父親的徘徊於思子亭，祈求孩子趕快從天上回來。這是邦兒走後，我讀之最痛的文章。

　　美國詩人愛默森追悼五歲兒子的長詩〈悲歌〉，我也斷續讀

過兩遍。孩子是使世界更美的主體，早晨天亮，春天開花，可能都是為了他，然而他失蹤了：

> 大自然失去了他，無法再複製；
> 命運失手跌碎他，無法再拾起；
> 大自然，命運，人們，尋找他都是徒然。

誰說「所有的花朵終歸萎謝，但被轉化為藝術的卻永遠開放」？誰說「詩文可以補恨於永恆」？

邦兒已如射向遠方的箭，沒入土裡，歲歲年年，我這把人間眼淚鏽染的弓，只怕再難以拉開，又如何能夠補恨於今生！

活著的，只是心裡一個不願醒的夢罷了。芸芸眾生，誰不是為了愛而活著，為了下一次的重逢，在經歷不是偶然的命運！

二、說明簡介

文本主題介紹

本文出自於陳義芝《為了下一次的重逢》。作者陳義芝，詩人、散文家與文學評論家，現任教於臺灣師範大學國文系。

〈為了下一次的重逢〉一文刻劃出作者在遭受喪子之痛的多年後，與妻子紅媛一起踏上的療癒歷程。透過一次次的記憶回顧，並藉著佛法對人緣起緣落之說，從苦痛中領悟出活著的人因著愛才能好好地活下去，因著愛才能相信「下一次還能再重逢」。

對於「死亡」，一直是社會較為隱晦的話題，加上學生們仍尚年輕，也許無法體會到生命逝去、遭受巨大失落之感，因此藉由閱讀本文，進而協助學生思考「生命」與「死亡」的議題。無論是「面臨至親過世」或是思考「死後的世界」，透過一連串的生命探討，期許學生能對「死亡」有更深刻的體認。

三、深度討論

教師課堂深度討論引導問題

1. 第一次想到「死亡」是什麼時候？當時發生了什麼事？是否影響你日後對「生命」的看法？（感受型問題）

2. 從文章中可知道心道師父開示「生命的重生與傳續」時，將人的緣比喻什麼？師父是如何去形容、描述？（求知型問題）

3. 從文章中有兩處提到傷心的母親一直詢問「我們會再碰面嗎？」請問，師父的回答是什麼？（求知型問題）

4. 作者提到「發覺能安慰人的，不是『請節哀』、『請保重』、『請儘快走出陰霾』的話」，反而什麼才是最能安慰人？你同意嗎？請說說你的看法。（感受型問題）

5. 最後，作者提到「活著的，只是心裡一個不願醒的夢罷了。芸芸眾生誰不是為了愛而活著，為了下一次的重逢，在經歷不是偶然的命運！」你認為作者為什麼要這麼說？你同意嗎？（分析型問題、感受型問題）

6. 你覺得「告別儀式」是為了亡者而舉辦，還是撫慰活著的人？（分析型問題、感受型問題）

四、作業活動

深度討論作業

天堂筆記本

　　你是否曾想過「死後的世界」是什麼模樣呢？請參考吉竹伸介著、許婷婷譯：《爺爺的天堂筆記本》，仿作一本自己的筆記本。內容項目包括：

1. 死前一定要完成的十件事
2. 死後的計畫
3. 去天堂的裝扮

4. 想投胎變成什麼

5. 希望有這樣的神明在身邊

6. 天堂一定是這種地方

7. 做壞事的人一定會下地獄

8. 希望家人幫我蓋這樣的墳墓

9. 希望家人可以幫我做的紀念品

10. 守護家人的方法

11. 其他

相關延伸閱讀

呂欣芹、方俊凱：《我是自殺者遺族》，文經社，2008年。

吉竹伸介著、許婷婷譯：《爺爺的天堂筆記本》，三采出版社，2016年。

達賴喇嘛、戴斯蒙‧屠圖、道格拉斯‧亞伯拉姆著；韓絜光譯：《最後一次相遇，我們只談喜悅》，《天下雜誌》，2017年。

呂映靜老師　撰

學生深度討論單

1. 閱讀思辨討論篇章

　　陳義芝：〈為了下一次的重逢〉

2. 分組討論

主要討論人	討論成員	書面記錄人	口頭報告人

本組提問	問題描述：	
問題類型	問題類型歸納（可複選）：	
本組回應	問題描述：	
	回答：	

備註	1. 回應問題時，必須有「主題句（Topic Sentence）」表達觀點或立場。
	2. 回應問題時，必須舉出各類例證或數據，形成「支持句（Supporting sentences）」，以論證觀點或立場。
	3. 回應問題時，必須統整前述之論述，總結為「結論句（Concluding sentence）」，整合論證，說明結論。

求知型問題AQ/Authentic Question：開放性問題，問題具多樣性，提問者對於他人的回答感興趣。除測試型問題以外都為求知型問題。

追問型問題UT/Uptake Question：是追問其它人所說的意見，用以釐清、深化問題與認知，並會帶出更多的對話。

分析型問題Ay/Analysis Question：找出文本各部分不同的看法，及這些看法有何相關的問題。分析文本中的概念、想法或論點。

歸納型問題Ge/Generalize Question：整合相關資訊得到更通用化概念的問題。將文本所出現的概念或想法重新組織，建構觀點或創造新的資訊。

推測型問題SQ/Speculate Question：在閱讀時帶入個人體會，這類型的問題能使文章與各自的感受及經歷之間建立聯繫，引導學生對文本產生更豐富、高層次理解。通常是以下面句型出現：「如果……，你會怎麼做？」、「你是否有類似於……的經歷？」、「如果你是……，你會有什麼感受？」

感受型問題Af/Affective Question：將文本與回應者自身的情感或生命經驗連結。聯結個人生活經驗與文本之間的聯繫，進而提出問題。

連結型問題CQ/Connective Question：聯結個人生活經驗與文本之間的聯繫，進而提出問題。根據組內成員早先的討論、主題或是彼此共同擁有的經驗而來的問題。與其他小說、資料、藝術品、電影、網路、電視、雜誌等文本材料的關聯或比較而提出問題。

（深度討論教學教師社群）

星巴克與城市杯、致六輕——我看見灰白煙囱和燃燒的海

林建華、戴翊峰

一、教材來源

文本內容

星巴克與城市杯

　　有一群星巴克迷們熱衷收集印有世界城市的咖啡杯，樂此不疲。收集杯子成爲一種潮流，但是印有城市地標的咖啡杯到處有，這杯子不同於其它是因爲，他有星巴克圖騰的加持。星巴克用咖啡杯成功的行銷了城市，但在地的咖啡館，除了咖啡卻賣不出屬於這個城市的文創商品。這是一件很弔詭的事情。難道只是因爲杯子上面沒有屬於星巴克的印記嗎？！

　　看來，星巴克是佔領城市的能手，不只佔領，甚至收割，而且還成爲城市的榮耀象徵。

　　2013年星巴克進駐虎尾，開幕當天就推出罕見的獨家虎尾馬克杯，絕版後，現又推出虎尾紀念杯，一樣熱賣。一個城市的榮耀建立在全球化商品的能見度之上，因此在地特色須要全球化的光環。

　　虎尾星巴克開店時，有人斷言鎮上原有的咖啡店會倒掉好幾家。那時虎尾總共有禎藏、85度C、5828、虎尾驛、AJ、雲林布袋戲館、達令、1958、五年乙班、雅砌、生機廚房、巷弄飄香、海洋、湘滿、虎尾曆、歸去來等十六家。現在距離星巴克最

近的禛藏生意興隆外，還多了Eating、兔子的窩、春天小鋪、岸棧、福斯、走踏、京讚、萊莫、多那之等九家，總共已有二十六家之多。也因爲這樣，喝咖啡在虎尾幾乎成了另一種顯學，增添虎尾生活首都的幸福感受。

星巴克並沒有造成虎尾的咖啡店關門，這兩年來反而如雨後春筍般地又冒出好幾家具有特色的年輕業者加入飄香的行列。

我好奇著一間店一小館地拜訪請益。

「怎麼想在虎尾開店？」我坐在吧檯前望著「兔子的窩」的主人，一個小夥子，下巴留著落腮鬍，我直接地問。

「這幾年虎尾熱鬧了。我猜虎尾高鐵通車之後，都市化會讓人口更集中。」他說著，手裡不停地攪動的咖啡，翻滾著他內心裡不時流露的希望，轉化成一縷一縷的咖啡清香。

「一個人經營嗎？」

「三十歲了，學過，想立個足，租金還過得去。」

這時電話響起，主人靦腆的答應來客，有開店。

「客人呢？」

「散客。預約也多。」

午後三點，在我拜訪完離去時，「兔子的窩」變成六隻兔子，分享著主人很有信心煉製的香醇咖啡，和滿懷這個城市的希望。

「Eating」女主人學了三年，有備而來，卡布奇諾上飄著俐落的拉花，讓人捨不得喝下肚，留到杯底一樣完整的再拍一張照片保存，eating還是美麗。厲害。

「走踏」的女主人是藝術學院專攻戲劇畢業的高材生，在台北喝咖啡喝出心得，隨夫婿回虎尾開店。她覺得虎尾的進步和日本遺留的古蹟很值得大家人手一杯咖啡，悠哉的走讀踏查這個城市。所以，她，不設座椅，鼓勵以外帶爲主。走踏虎尾。好有FU。走踏，不管是愛咖啡還是愛虎尾，都很有FU。

「Aj」老闆是虎尾科大的畢業生，家住彰化，因爲愛上虎

尾就在虎尾結婚、置產、創業、開起咖啡店。

「你好，我是林鎮長的學生。」我一腳踏進AJ，老闆認出我後，同時說要招待我一杯他的招牌咖啡。

「佩服，佩服。」我直誇他勇氣可嘉。

「想說糖廠的FU不錯。生活嘛，以後孩子也都照顧得到。」

「學生多，還是上班族多。」店裡尚有其他客人，我不經意地問著

「都有，學生的單客消費較低。」「反正，我們都喜歡咖啡。」Aj用行動投資虎尾，也投資自己的夢想。

咖啡算不算奢侈品？一杯咖啡比便當還貴。但一杯咖啡在手已是一種時尚，一種潮流。無意間，它振奮了人心。打起了這個城市的精神，人們因為咖啡坐下來了。坐下來無目的、悠閒的觀賞街景，人來人往。心沉澱了。城市也變的優雅了。

晚上七點，我走進以台灣自製動畫「闇小妹」為主體意象的福民老街裡「春天小舖」，遇見兩位小姐坐在吧檯前啜飲著咖啡，這畫面打斷了我來社大上課的思緒，卻也同時提振了我上課的情緒。今天正巧要討論虎尾咖啡聯盟的提案，希望以糖都之名連結在地咖啡店，形成一個在地共享的品牌，降低聯合採購的成本，增加文創產品販售的利潤，這個行動當然需要大家合作，以商圈或商店街的經營模式，共同創造產值，光榮這個城市的應該是我們，而不是外來的星巴克！腦子裡翻轉著無數類似絕地大反攻般的情節，但實際上最快意的還是有人願意在當地店家喝咖啡，而不是星巴克。

「請問兩位小姐從那裏來？」

「我們下班後從麥寮過來，在街上吃了麵，逛到這邊就停下來嚐嚐這裡的咖啡囉。」

「第一次嗎？」

「嗯，煮的不錯耶。」

歡迎再來。

她們願意以兩百多元的消費,單點兩杯咖啡在華燈初上的夜裡,有這種FU的虎尾,果真讓人期待。

晚上九點多了,虎尾星巴克的客人熙來攘往,我正準備到樓上的誠品卻被三個壯漢在街座給叫住了。

「來喝一杯啦。」說著說著,其中一位已去點了一杯咖啡給我。原來是任職於虎尾科大的阿源。

「哇!大家怎麼有這個雅興?真幸福!」我回報他們的咖啡。

「國中同學啦。」國中同學一路留在家鄉真不賴。

「咦,不是都泡酒嗎?」我開個玩笑。

「不,現在每週六,我都約來這裡喝咖啡聊是非了。」

虎尾現在不只願意坐下來喝杯咖啡的人變多了。同時願意以咖啡代酒的也不少。

「五年乙班」的咖啡手藝是首選,調煮咖啡的巧妙各有不同,聯盟唯一可以不同的空間就是保留各店的咖啡手藝和特色,以及咖啡豆的選擇。

「糖都、巾都、偶戲之都、虎虎生風:蒜都、拳都,生活首都,虎虎活龍。」好風情配好咖啡。體驗生活的首都,歡樂幸福的虎尾。這都是「五年乙班」追求在地人文的生活步調,喝咖啡來虎尾,走讀虎尾。

「咖啡店其實是一門文化生意。不只是咖啡的生意。是人的生意。」

店主人要不是很有個性,就是很能聊天,她散發有趣的氛圍。

「無形中,咖啡只是一個平台。」

但星巴克正好相反,店員可以不發一語,她可以根本無趣,她可以生冷的以品牌取代文化,以全球品牌掠奪在地文化。

其實,最應該賣城市杯的應是「走踏」,怎麼會變成星巴

克？

　　其實，最了解虎尾的應是「虎尾驛」，怎麼會是星巴克在熱賣虎尾？

　　星巴克的虎尾城市杯愈熱賣，虎尾的城市能見度就愈高。

　　虎尾的咖啡店裡愈流通虎尾的故事，就一再創造虎尾城市杯的業績。

　　星巴克不只賣咖啡，星巴克更多的業績來自杯子。販售杯子的展示架幾乎佔去店面的五分之一。

　　地方型的咖啡店不僅只賣咖啡的業績贏不過連鎖咖啡店。更糟糕的是還把脈地方杯的能力和這個超級的營業外收入拱手讓人。簡直忘掉自己才是這個城市的主人。

　　品牌。虎尾就是品牌。虎尾糖都咖啡！

　　大家聯合，至少有20家在地咖啡店。大家集體設計、製造、採購、廣告、銷售虎尾糖都、巾都，以及偶戲之都三款咖啡杯城市杯。創造城市品牌，以及文創商品利得。同時集體設計製造採購使用，虎尾糖廠的糖、虎尾的毛巾、偶戲兵器攪拌棒、包裝紙、購物袋，和使用糖都咖啡加盟店招，以及聯合舉辦促銷活動等，降低成本，創造話題，集體行銷。

　　「誰來執行！？」討論會上有人發問。聯合營運方式如同社團、合作社的組織運作一般，由加盟者選出每屆會長統籌辦理並推動。另外，還可發行虎尾咖啡地圖及護照，例如只要品嘗五家、十家，就可兌獎，獲贈乙款虎尾城市杯。

　　其實，在地生存，必須學會集體行銷。讓自己具備連鎖店的優勢利得，同時更能體現在地特色的優勢，和最重要的——公平的獲取在地特色耕耘的紅利。

　　在地特色不是星巴克耕耘的！絕對是你我，願意花更多時間在我們的客人身上繁衍更多虎尾的DNA，城市杯才會是城市杯。城市杯的利得應該留在地方，讓願意藉由咖啡的香醇娓娓道出這個城市故事的人獲得公平應有的回報。

城市杯是在地耕耘者應有的紅利。而不是全球品牌坐享其成的利得。

但星巴克城市杯卻已是遊客到過一個城市的見證人,更是人們輕鬆帶走一個城市最簡便的方法。原來,城市杯是用來裝填城市的,星巴克是最好的證明。

在威尼斯廣場上的花神咖啡館,我們可以等待海明威的蒞臨,或面具嘉年華的再現,但無法帶走她那獨特地識別性。

義大利金杯咖啡,可以帶著走,但不一定能證明你來過羅馬。馬可杯沒有星巴克的紋身,就不叫城市杯,在地特色沒有全球化,就少了文創價值。難道地方的咖啡店就只能賣咖啡?

城市杯是一道難解的習題。在地聯盟是否能如復仇者聯盟般絕地大反攻。我們期待的是大家都有利潤,而在地業者也能具有更強大的競爭力,維持提供遊客更多元的在地特色服務,一如柑仔店可以像問路店,像遊客中心、像聊天室、以及展現更多的文創櫥窗,讓遊客滿載而歸,而不只是城市杯。

第十一屆雲林文化藝術獎文學獎散文類佳作

致六輕——我看見灰白煙囪和燃燒的海

你來,以諾言的方式前來
在這璀璨的土地上
一一條列所有
美好的未來
在我珍貴的家鄉

尾隨潮汐的方向
偷偷孕育一方你的國度
撥開蔚藍的海　如你保證
諾言　一定實現
在日子宛如漁業結晶成鹽味的海風

吹向煉油廠麥寮港
及發電廠裡一些等待希望的
遊子黯然臉龐
（夏天的馬鞍藤匍匐在新生的泥地
風中顫顫抖放著紫色的花）

我以爲那是諾言　兌現的模樣
遠方搖曳在馬鞍藤上
在消波塊　在你白色國度之外
一片恰如夢般金黃的模樣
（是兔蕬子嗎？）
歲月未來　日子在烈陽下剝落風化
如堆山的蚵殼與蛤蜊
聚魚海堤內腐壞
在消波塊　在你白色國度之外
一片恰如夢般黃金的
未來　只聽見燃燒得汐潮

（於是海在燃燒……）
黑煙瀰漫，我以爲
那將是諾顏允現的前兆
人民悲喊一只只翻白的虱目魚
漁塭泵浦的頻率低沉打入生活
恰若一次次地層下陷
似乎錯誤都無可避免
自開始，結束，不
尚未結束

（此刻，森林正在燃燒）

你是否聽見八色鳥退色的羽毛？
土地崩壞　砂石紛飛
尾隨野心　蔓延
渺小的山呼喊著渺小
如鳥獸蟲鳴般嬌弱的求救
一直到萬物嘶啞力竭地化作
一灘家鄉的鮮血
朝西奔流
孕育一方你的國度

而諾言遲如矗立眼界
灰白煙囪　浮誇滿嘴毒氣
隨季節的風飄往
家鄉　這璀璨土地上

（遠方有風吹來）
遠方有煙　驚起一群白鷺飛起
機械嘎然作響的風景
一切似乎如往　自日昇往日落的方向
前行著蚵農老舊的鐵牛
趁退潮的河水尚未滿溢成海
摸起蒼白的蛤
收取串串敗爛的蚵
在髒汙的溼地
最後等待清水溪與濁水溪潔白的國境裡
期盼諾言　且無謂犧牲

（秋天蘆葦白化比馬鞍藤更早
獨自搖曳淒涼在黑爛的泥地）

一切隻字未提　你白的國度日漸茁壯
煉油廠　麥寮港　發電廠
那些未曾實現
依舊等待希望的臉龐
依舊黯然……

歲月已往風聲再也止不住悲傷的白化
蚵殼　招潮蟹　虱目魚
你是否看見一座青山溶成人工的海
浮沉萬物的死屍？
朝西奔流　在那片待及所有溪水淨化的國度
──我的家鄉
唯一璀璨的土地上

尾隨潮汐的方向
你來，汙染的河海倒映所有
恰似謊言的承諾
沉默條列
在日子荒涼如一縷秋葦的灰白煙囪

第七屆雲林文化藝術獎文學獎新詩類首獎

二、說明簡介

文本主題介紹

選錄的兩篇散文與新詩，分別在近年來雲林文化藝術獎文學獎中取得優秀的成績，而他們共同的特色是──「在地情感的聯繫與關懷」。

雲林自從國際連鎖品牌「星巴克」正式展店進駐後，虎尾在地各咖啡店如何集思廣益，走出自我風格，創造新商品、新商機，迎向這場在地化與全球化的咖啡大戰（經濟大戰）。而另一方面，在科技化、工業化的同

時，有些事也悄悄在改變。經濟成長了，故鄉美麗的風景卻不再，取而代之的是種種汙染與公害。環境永續與生態保育，已成為我們必須正視的嚴肅課題。

三、深度討論

教師課堂深度討論引導問題

1. 除了咖啡，生活中還有哪些事物，也同樣正面臨著在地化與全球化的挑戰，值得吾人省思？（連結型問題）
2. 你認為政府施政「經濟發展」與「環境保護」應當以何者為優先？兩者之間能找到平衡點嗎？有無適當對策？（分析型問題、推測型問題）

四、作業活動

深度討論作業

月是故鄉明

關心故鄉，不能只是口號。請選擇近日一則與你家鄉有關的新聞報導（環保、人文、經濟），閱讀後進行延伸探索、討論，並與同學交換意見。

翁敏修老師　撰

學生深度討論單

1. 閱讀思辨討論篇章

　　林建華：〈星巴克與城市杯〉

　　戴翊峰：〈致六輕——我看見灰白煙囪和燃燒的海〉

2. 分組討論

主要討論人	討論成員	書面記錄人	口頭報告人

本組提問	問題描述：	
問題類型	問題類型歸納（可複選）：	
本組回應	問題描述：	
	回答：	

備註	1. 回應問題時，必須有「主題句（Topic Sentence）」表達觀點或立場。 2. 回應問題時，必須舉出各類例證或數據，形成「支持句（Supporting sentences）」，以論證觀點或立場。 3. 回應問題時，必須統整前述之論述，總結為「結論句（Concluding sentence）」，整合論證，說明結論。

求知型問題AQ/Authentic Question：開放性問題，問題具多樣性，提問者對於他人的回答感興趣。除測試型問題以外都為求知型問題。

追問型問題UT/Uptake Question：是追問其它人所說的意見，用以釐清、深化問題與認知，並會帶出更多的對話。

分析型問題Ay/Analysis Question：找出文本各部分不同的看法，及這些看法有何相關的問題。分析文本中的概念、想法或論點。

歸納型問題Ge/Generalize Question：整合相關資訊得到更通用化概念的問題。將文本所出現的概念或想法重新組織，建構觀點或創造新的資訊。

推測型問題SQ/Speculate Question：在閱讀時帶入個人體會，這類型的問題能使文章與各自的感受及經歷之間建立聯繫，引導學生對文本產生更豐富、高層次理解。通常是以下面句型出現：「如果……，你會怎麼做？」、「你是否有類似於……的經歷？」、「如果你是……，你會有什麼感受？」

感受型問題Af/Affective Question：將文本與回應者自身的情感或生命經驗連結。聯結個人生活經驗與文本之間的聯繫，進而提出問題。

連結型問題CQ/Connective Question：聯結個人生活經驗與文本之間的聯繫，進而提出問題。根據組內成員早先的討論、主題或是彼此共同擁有的經驗而來的問題。與其他小說、資料、藝術品、電影、網路、電視、雜誌等文本材料的關聯或比較而提出問題。

（深度討論教學教師社群）

請沿虛線剪下

黑奴、侵略與大屠殺：Brenda Romero的《新世界》創作挑戰

李立凡

一、教材來源

文本內容

　　有一天，7歲的Maezza放學回來，媽媽Brenda Romero一如往常問她今天在學校做了什麼？Maezza回答說，老師教了「中央航線」（the Middle Passage）。Brenda聽了頗覺驚奇，原來這所位在美國的學校，課程已經進入黑人歷史教育月。中央航線是大西洋中連結歐洲與美洲的航海路線，也是16至19世紀之間歐洲大航海與海外殖民時期，從非洲販運黑人到美洲的必經航途。而Maezza的爸爸正是黑人。

　　Brenda問說：「那妳有什麼感想嗎？」Maezza大概復述了老師教的內容：歐洲人的船來到非洲，抓了很多黑人上船，通過大西洋中央航線來到美洲，然後把他們當奴隸賣掉；直到後來林肯當上美國總統並發表《解放奴隸宣言（*The Emancipation Proclamation*）》，絕大多數黑奴才恢復自由。然後女兒Maezza停了大約十秒鐘，就想要去玩遊戲了。Brenda聽了哭笑不得，因為這個7歲女兒恐怕把中央航線的過程想像成了越洋旅遊。於是Brenda帶著Maezza玩了一個遊戲。

　　Brenda是一位遊戲設計師，家裡有一大堆自製的人偶棋子。她取了一些讓女兒上色，每個顏色是一個家庭，然後她隨手抓了一把，放在一艘臨時搭造的紙船上。女兒Maezza埋怨說媽媽忘

了這家的寶寶、又忘了那家的爸爸，Brenda告訴她：「他們不會想去的。因為這是中央航線。」

　　然後Brenda設計了一套規則：船需要10個回合才能經過大西洋來到美洲，每個回合必須擲一次骰子，擲出多少就得用掉多少份食物，而食物總共只有30份。沒過幾回合，Maezza就發現這是不可能的任務。「怎麼辦呢？」她問媽媽。Brenda試著跟這個7歲的女兒解釋說，有一個作法是把一些人偶放進海裡，這樣食物會消耗得比較慢。

　　Maezza的臉整個垮下來。離開遊戲之後，經過一整個月的黑人歷史教育月，她又回頭問媽媽：「這些真的發生過嗎？」「真的。」「如果我來到美洲，我的弟弟妹妹可能到不了？」「對。」「那我到美洲之後可以看到他們嗎？」「不會。」「如果我看到他們，我們可以在一起嗎？」「不行。」「而且爸爸也可能不見？」「對。」

　　於是Maezza哭了。Brenda也哭了。剛下班回家的爸爸（雖然有點狀況外）也哭了。Brenda此時已是超過二十年的資深設計師，曾經參與過《巫術／辟邪除妖（Wizardry）》和《龍與地下城：英雄（Dungeons & Dragons: Heroes）》等知名系列遊戲製作（當年她仍姓Brathwaite，婚後才改姓），而這次經驗讓她深刻體會「遊戲」這個東西的潛力：規則和機制，可以帶給人非常具體的感受，進而傳達出訊息。她並將這個靈機發明的遊戲，取名為《新世界（The New World）》，紀念當年曾因歐美非三角貿易（Triangular trade）而受害的非洲居民。

　　《新世界》於是成為她一系列新創作的第一個作品，這系列叫《機制即訊息（The Mechanic is the Message）》，Brenda希望藉著設計獨特的遊戲規則，反映並傳達社會和歷史上幾個重大且嚴肅的問題。此系列第二個作品即是上圖《Síochán leat》或稱《愛爾蘭的遊戲（The Irish Game）》，名字取自蘇格蘭／愛爾蘭地區古代方言蓋爾語（Gaelic），意思是「願你平安（Peace

Be With You）」。

　　小編未能找到完整的遊戲規則，只能根據Brenda的同事Elizabeth Sampat的描述——Brenda和Elizabeth都是流離到美洲的愛爾蘭後裔——瞭解到這遊戲是描述17世紀英國克倫威爾（Oliver Cromwell）征服／入侵愛爾蘭的歷程，此一事件終結了長達十多年的愛爾蘭反抗戰爭，不僅造成大量愛爾蘭居民死亡，也因佔領圈畫土地而造成愛爾蘭人備受壓迫甚至流離失所。綠色的草地回應著愛爾蘭的俗諺：愛爾蘭如此青翠，乃因無數長眠與此土壤中的愛爾蘭人；磚紅的方塊代表著英國人，遊戲開始時拼出英文「我的（Mine）」。而第一條規則是每回合由英國人先行佔領一塊土地，移開那塊地上的愛爾蘭居民。遊戲的規則，是Brenda親自用鋼筆寫在紙上，文體和字體就像17世紀時的契約書。

　　第三款遊戲叫《火車（Train）》。如上圖所示，火車軌道架在一面砸破了的窗戶上，人偶棋子大小幾乎很難塞得進火車車廂，而軌道的盡頭覆蓋著終站的名稱。遊戲組其實還有一台打字機，打著規則的紙仍夾在機身上。根據遊戲研究學者Ian Bogost描述，參與的玩家必須擲骰子，決定你必須塞多少個棋子進入火車，然後也透過骰子決定如何前進。有些隨機抽取的卡片會給予玩家指示，例如破壞其他玩家的軌道、從其他玩家的車廂中抽走棋子等等。由於棋子和車廂的大小關係，玩家無論要塞入或取出棋子都不容易。

　　直到玩家來到終點、將棋子卸下火車，翻開終點車牌名稱一看，才發現都是納粹時期屠殺猶太人的集中營名字，其中一個就是奧斯威辛（Auschwitz）。於是一切都昭然若揭：破碎的窗戶象徵當年迫害猶太人濫觴的水晶之夜（碎玻璃之夜，Reichskristallnacht／Crystal Night），那台打出規則的打字機其實就是當年納粹所用標準打字機的仿製品、數字5的按鍵上根本就印著納粹親衛隊（SS）的符號，每個棋子都代表著十萬個猶太人，而玩家剛才其實就是從納粹打字機接獲命令，還非常努力、

甚至互相競爭，把這六百萬猶太人塞進車廂裡，送往集中營——玩家正親手執行了猶太大屠殺（The Holocaust）。

遊戲首次展出時，許多玩家在發覺自己原來做了什麼之後，羞愧氣憤而離席。這就是Brenda想透過這個機制讓玩家感受到的情緒：盲目跟隨規則的共犯（complicity），以及得知自己原來是共犯的羞憤。也有人落淚、或者憤怒，尤其猶太裔的玩家更是對這段歷史感同身受，我們甚至隱約地嗅到了漢娜鄂蘭的低聲竊語。也有玩家掀開終點站牌、發現這一切的意涵時，編織了一個謊話，說這輛火車其實要通往丹麥，因為丹麥是當年極少數當地政府和納粹官員一致反對德國中央、保得大量猶太人周全的地方。

《機制即訊息》還有其他三件作品仍在構思和製作中，分別是關於美國境內墨西哥非法移工廚師面臨不平等處境的《墨西哥廚工（*Mexican Kitchen Workers*）》、關於海地太子港（Port-au-Prince）一處貧民窟經濟處境的《太陽城（*Cité Soleil*）》，以及體現當年北美印地安人被迫西遷而邁向血淚之路（*Trail of Tears*）的《為我倒下（*One Falls for Each of Us*）》。《為我倒下》將會用上五萬個手繪上色的棋子，代表當年投身西遷的印地安人，Brenda堅持一定要逐一親手上色。她希望未來完成之後，可以利用這些遊戲傳達並討論這些嚴肅的當代或歷史議題。

「遊戲」這個東西，無論實體遊戲如桌遊、還是數位型態的電玩遊戲，最核心的特質都是一套規則、一套機制，供玩家遵循這套規則來與這個遊戲和其他玩家「互動」，也就是來「玩」這個遊戲，而遊戲的其他內容則和這些規則機制相結合，進而在遊玩過程被賦予生命。這些規則就是遊戲的語言。

Brenda這系列作品，或者我們之前介紹過的《Hatred》和嚴肅型的生存遊戲如《Papers, Please》和《This War of Mine》，還有愛斯基摩族群的《Never Alone》，都是試著利用遊戲機制來「說話」，讓玩家循著規則和遊玩過程，能設身處地體會某個

人群或某段歷史的情境，進而通往理解與寬容。遊戲當然不必須處理這些嚴肅的話題、也不必成為傳達某種訊息的媒介，但機制不僅可以傳達訊息。遊戲不必然是殺時間的東西。遊戲不必然是輕鬆的東西。遊戲也不必然是「好玩」的東西——或者，「玩」到底是什麼意思，也隨著「遊戲」意涵的變化，而同步展開——事實上，我們的生活不也是在許多規則、機制和人際關係之下的「遊戲」嗎？

　　Venture Beat 的訪談報導中，提到 Brenda 難忘的一幕，是關於《火車》。在某場遊戲中，已有兩位玩家憤而離席，只剩下一位男士，Brenda 靜靜看了他枯坐著約莫二十分鐘，他才又動起棋子、擲了骰子。Brenda 上前問他在做什麼。他回答說，他沒辦法就這樣掉頭離開，「我想要救每個人阿！」某種悲壯又低沉的聲響。更讓人想到《辛德勒名單（*Schindler's List*）》呢？這是 Brenda 所從未設想到，也是她所見過最美的遊戲結局。

二、說明簡介

文本主題介紹

　　遊戲不只是遊戲，故事也不只是故事，遊戲和故事的力量比想像中更巨大，更能突破時空限制，傳達重要訊息與反思。

　　理解故事與遊戲的結構，思考如何把重要的議題置入，藉由實例理解學習建構龐大的前置作業，透過模擬練習進行反抗成本最低的有效溝通表達實作。

　　沒有科學、邏輯、理論、經驗支撐的不是故事，只是空洞又 low 的拖台前，無論何種語言，最有力道的一句話都是：「讓我告訴你一個故事。」故事是文化傳承的人類共同文化經驗，是最不容易引起反彈的溝通載體。時至今日，遊戲是新型的溝通表達利器，而好故事是遊戲的靈魂，準備一個好故事，或讓遊戲展演一個好故事，讓人照你說的做。

　　本章旨在培養學生理解故事或遊戲的前置作業，並學習如何透過遊戲

或故事做為溝通載體，從而正視這是一個說故事+遊戲的時代，學習掌握當代溝通載體，進行優質有效表達。

三、深度討論

教師課堂深度討論引導問題

1. 「玩」會讓我們產生罪惡感？（推測型問題、感受型問題）
2. 為何「玩」會讓人沉迷？（推測型問題）

四、作業活動

深度討論教學活動

活動一：玩=浪費時間=喪志？

1. 開場：文章朗讀=配音訓練？

   聲音的運用會影響溝通表達的效度，以TA參與遊戲配音的經驗開場，提示練習必須根植於每日生活，採取自願接龍方式朗讀以下文章，該文章於課後公開於課程社團。

   文章連結：https://reurl.cc/yEr62

2. 簡單解釋：玩物喪志、役物VS.役於物、「玩家罪惡」與「心流」理論，輔以幼獸學習模式，點出善用「玩」可能得到的效益，帶出後續影片。

   影片連結：https://reurl.cc/rgD9x

3. 提問：

   ⑴ 分屬黑色與白色的八大動機在本質上最大的落差在哪裡？

   ⑵ 八大動機中你認為哪一個是最有效最吸引人的？為什麼？

活動二：你是戒嚴時代的誰呢？

1. 爭取自願者玩兩到三回合。
2. 借用試玩遊戲為例子，點出遊戲建構背後龐大的前置作業。
3. 介紹議題遊戲：

   一般遊戲與議題/嚴肅遊戲：娛樂VS.議題

   遊戲三要素：機制、劇情、場景

   簡要說明遊戲製作的步驟：以單機角色扮演議題遊戲為例
4. 閱讀主題文章：返校

   以國產議題遊戲《返校》為例，提示其為小說改編，讓學生自主思考載體變化要考慮的問題，引導學生思考：雖然是以台灣歷史事件為遊戲時空背景，為何能普遍引起好評？除了美術、音樂、故事情節、遊戲機制的出色，重點在於共通的議題：「人權」、「歷史」與「遺憾」。

   今天遊戲做出來了，要如何讓市場接受，讓人想玩？那就需要行銷，但是行銷本身也可以是一場遊戲，遊戲的過程則是一場解謎，所有的好故事都是一個謎，好的遊戲甚至好的行銷也可以是一個謎，讓我們讀讀以下兩篇文章。

   https://reurl.cc/Ak763

   https://reurl.cc/ZGANM
5. 小組限時寫作：從上引兩篇文章，針對《返校》簡單歸納出該遊戲的機制、劇情、場景。
6. 從人權到遺憾之小組活動：遊戲設計初體驗

   影片連結：https://reurl.cc/Enrm1

   遊戲機制之核心訊息：如何面對遺憾

   設定：一座沒有接線的電話亭……。
7. 結論：把你想說的話，放進遊戲或故事裡，用體驗取代說教。
8. 閱讀討論參考文本

參考書目

簡・麥戈尼格爾著，閻佳譯：《遊戲改變世界，讓世界更美好》，台北：橡實文化，2016年。

周郁凱著，王鼎鈞譯：《遊戲化實戰全書：遊戲化大師教你把工作、教學、健身、行銷、產品設計……變遊戲，愈好玩就愈有吸引力！》台北：商周出版社，2017年。

侯惠澤：《寓教於樂知識主題桌上遊戲設計》，台北：台科大出版，2018年。

臺灣民間真相與和解促進會：《記憶與遺忘的鬥爭：台灣轉型正義階段報告》，台北：衛城出版社，2015年。

網路資源

程晏鈴、彭子珊〈遊戲世代，用玩樂改變世界〉，2017-10-09，天下雜誌 https://reurl.cc/gW2eN

李立凡：〈黑奴、侵略與大屠殺：Brenda Romero的《新世界》創作挑戰〉https://reurl.cc/yEr62

遊戲化專家周郁凱TED演講https://reurl.cc/rgD9x

沃草出品遊戲：你是戒嚴時代的誰？https://reurl.cc/pg1vZ

Light Wang：〈赤燭「返校」遊戲ARG大解密！〉https://reurl.cc/Ak763

想想論壇：〈《返校》隱喻你有看懂？深度剖析為何連不懂「白色恐怖」的國外玩家都為它著迷〉https://reurl.cc/ZGANM

〈風之電話亭〉紀錄片預告https://reurl.cc/Enrm1

鄭雅之老師　撰

學生深度討論單

1. 閱讀思辨討論篇章

　　簡・麥戈尼格爾：《遊戲改變世界，讓現實更美好》

2. 分組討論

主要討論人	討論成員	書面記錄人	口頭報告人

本組提問	問題描述：

問題類型	問題類型歸納（可複選）：
本組回應	問題描述：
	回答：

備註	1. 回應問題時，必須有「主題句（Topic Sentence）」表達觀點或立場。 2. 回應問題時，必須舉出各類例證或數據，形成「支持句（Supporting sentences）」，以論證觀點或立場。 3. 回應問題時，必須統整前述之論述，總結為「結論句（Concluding sentence）」，整合論證，說明結論。

求知型問題AQ/Authentic Question：開放性問題，問題具多樣性，提問者對於他人的回答感興趣。除測試型問題以外都為求知型問題。

追問型問題UT/Uptake Question：是追問其它人所說的意見，用以釐清、深化問題與認知，並會帶出更多的對話。

分析型問題Ay/Analysis Question：找出文本各部分不同的看法，及這些看法有何相關的問題。分析文本中的概念、想法或論點。

歸納型問題Ge/Generalize Question：整合相關資訊得到更通用化概念的問題。將文本所出現的概念或想法重新組織，建構觀點或創造新的資訊。

推測型問題SQ/Speculate Question：在閱讀時帶入個人體會，這類型的問題能使文章與各自的感受及經歷之間建立聯繫，引導學生對文本產生更豐富、高層次理解。通常是以下面句型出現：「如果……，你會怎麼做？」、「你是否有類似於……的經歷？」、「如果你是……，你會有什麼感受？」

感受型問題Af/Affective Question：將文本與回應者自身的情感或生命經驗連結。聯結個人生活經驗與文本之間的聯繫，進而提出問題。

連結型問題CQ/Connective Question：聯結個人生活經驗與文本之間的聯繫，進而提出問題。根據組內成員早先的討論、主題或是彼此共同擁有的經驗而來的問題。與其他小說、資料、藝術品、電影、網路、電視、雜誌等文本材料的關聯或比較而提出問題。

（深度討論教學教師社群）

請沿虛線剪下

延伸閱讀 篇目

NHK特別採訪小組著：〈對「無緣死」的恐懼已蔓延到年輕族群——在推特訴說對未來的不安〉；鄭舜瓏譯：《無緣社會》

選文出處：NHK特別採訪小組著；鄭舜瓏譯：《無緣社會》臺北：新雨出版社，2013年。

高英哲：〈一頭栽進巨量資料大觀園〉；《科學人》

選文出處：《科學人》第178期（2016年12月）

古硯偉：〈當教育放在勝負之前台大男籃堅持與實踐〉；《聯合新聞網》

選文出處：《聯合新聞網》2017年01月06日

徐星：〈琥珀裡藏著誰的尾巴？〉；《科學人》

選文出處：《科學人》第183期（2017年05月）

沈伯丞：〈寶可夢的科學與藝術〉；《科學人》

選文出處：《科學人》第175期（2016年09月）

佛爾吉（**Tim Folger**）撰，陳義裕譯：〈來去時間旅行〉；《科學人》

選文出處：《科學人》第164期（2015年10月）

布立格茲（**Gordon Briggs**）、舒爾茨（**Matthias Scheutz**）撰，周坤毅譯：〈教機器人說不〉；《科學人》

選文出處：《科學人》第181期（2017年03月）

英特藍迪（**Jeneen Interlandi**）撰，黃榮棋譯：〈謎樣的中醫針灸〉；《科學人》

選文出處：《科學人》第175期（2016年09月）

村上春樹：〈影子的意義〉；《蘋果日報》（網路新聞）

選文出處：《蘋果日報》網址：https://tw.appledaily.com/new/real-time/20161101/979433/。

編輯後記

　　本書做為深度討論國文教學叢書的一部分，其任務在於以臺灣師範大學國文革新課程搭配深度討論教學法所建構的六大單元：「認識自我與發展未來」、「經典閱讀與深度思辨」、「專題探索與優質表達」、「應用寫作」、「評論寫作」、「自由寫作」中的前三單元，進行教學策略的設計與內容的規劃。

　　仰賴黃子純、陳嘉琪、謝秀卉、陳冠蓉、李純瑀、張博鈞、徐敏媛、賴佩暄、呂映靜、顧蕙倩、許惠琪、林玉玫、翁敏修、鄭雅之，諸位老師們在這一學期戮力同心的教學與研究創發，讓美國深度討論教學法在華語世界裡大學國文課程的首場實驗，有了一個參考範例。未來這場國文教學革新，只會繼續前進、持續精進，做為這個教學研究社群的一份子，有一種淡淡的幸福感，也有一份逐漸萌發的使命感。真正從教學核心搭配理論進行大學國文改革的實驗，從這裡開始，我們正呼朋引伴著往前邁進著。

王世豪

國家圖書館出版品預行編目資料

深度討論力：高教深耕的國文閱讀思辨素養課
程／王世豪主編. －－初版.－－臺北市：五
南, 2019.09
　　面；　公分
　ISBN 978-957-763-547-1（平裝）

1.國文科　2.讀本

836　　　　　　　　　　108012138

1XFS 國文系列

深度討論力
高教深耕的國文閱讀思辨素養課程

主　　編 ― 王世豪

作　　者 ― 王世豪、陳冠蓉、黃子純、許惠琪、林玉玫
　　　　　　呂映靜、翁敏修、張博鈞、李純瑀、陳嘉琪
　　　　　　顧蕙倩、謝秀卉、徐敏媛、賴佩暄、鄭雅之

發 行 人 ― 楊榮川

總 經 理 ― 楊士清

總 編 輯 ― 楊秀麗

副總編輯 ― 黃惠娟

責任編輯 ― 高雅婷

封面設計 ― 萬亞雰

出 版 者 ― 五南圖書出版股份有限公司

地　　址：106台北市大安區和平東路二段339號4樓

電　　話：(02)2705-5066　　傳　　真：(02)2706-6100

網　　址：http://www.wunan.com.tw

電子郵件：wunan@wunan.com.tw

劃撥帳號：19628053

戶　　名：五南圖書出版股份有限公司

法律顧問　林勝安律師事務所　林勝安律師

出版日期　2019年9月初版一刷

定　　價　新臺幣420元

經典永恆・名著常在

五十週年的獻禮——經典名著文庫

五南，五十年了，半個世紀，人生旅程的一大半，走過來了。

思索著，邁向百年的未來歷程，能為知識界、文化學術界作些什麼？

在速食文化的生態下，有什麼值得讓人雋永品味的？

歷代經典・當今名著，經過時間的洗禮，千錘百鍊，流傳至今，光芒耀人；

不僅使我們能領悟前人的智慧，同時也增深加廣我們思考的深度與視野。

我們決心投入巨資，有計畫的系統梳選，成立「經典名著文庫」，

希望收入古今中外思想性的、充滿睿智與獨見的經典、名著。

這是一項理想性的、永續性的巨大出版工程。

不在意讀者的眾寡，只考慮它的學術價值，力求完整展現先哲思想的軌跡；

為知識界開啟一片智慧之窗，營造一座百花綻放的世界文明公園，

任君遨遊、取菁吸蜜、嘉惠學子！